KB004807

그 섬에 코끼리가 산다

그 섬에 코끼리가 산다

초판 1쇄 발행 2022년 6월 30일

지은이   이서안
펴낸이   김요안
편집   강희진
디자인   부추밭

펴낸곳   북레시피
주소   서울시 마포구 신수로 59-1
전화   02-716-1228
팩스   02-6442-9684
이메일   bookrecipe2015@naver.com ∣ esop98@hanmail.net
홈페이지 www.bookrecipe.co.kr ∣ https://bookrecipe.modoo.at/
등록   2015년 4월 24일(제2015-000141호)
창립   2015년 9월 9일

ISBN 979-11-90489-58-4 03810

종이 ∣ 화인페이퍼 인쇄 ∣ 삼신문화사 후가공 ∣ 금성LSM 제본 ∣ 대흥제책

그 섬에 코끼리가 산다

*

이서안
소설집

북레시피

차례

I

II

III

I

그 섬에 코끼리가 산다

항구를 떠난 배가 일몰의 바다로 서서히 젖어 들어갔다. 멀리 떠 있는 배들은 한 폭의 그림처럼 해풍에도 흔들림이 없어 보였다. 다만 내가 탄 배 쪽으로는 세찬 바람이 불었다. 겹겹의 진회색 띠가 수평선 위로 두껍게 드리웠다. K는 화물칸 차에서 눈 좀 붙이겠다며 운전석 의자를 뒤로 젖혔다. 잠 핑계를 댔어도 카메라를 끼고 있어야 마음이 놓이는 그였기에 나는 자리를 비켜줄 요량으로 성큼 2층 선실로 올라갔다. 사람이 거의 없어 휑하기까지 한 선실을 둘러본 나는 바깥 갑판을 바라보았다. 하늘과 맞물린 바다는 어둑해져 시야가 불분명해졌다. 단지 실체가 있다면 배가 그 사이를 비집고 들어가 물보라를 일으키고 있을 뿐이었다. 소금기와 비린내를 머금은 바람이 나를 향해 훅 들이쳤다. 섬으로 들어가는 마지막 배였다.

우리가 도착할 섬은 몇 개의 섬을 거쳐 늦은 시각에 다다를 터였다. 까딱했더라면 오늘 이 배를 놓치고 다음 날 아침 배를 탈 뻔했었다. 그렇게 되면 또 하루가 늦어질 테고 일에 차질이 생겨 난처할지도 몰랐다.

몇 달째 행방이 묘연한 홍 PD를 두고 B 제작팀들이 수군대더라고 K가 슬쩍 일러주었다. 복도를 어기적대며 지나가던 조 PD의 며칠 전 몰골이 떠올랐다. 꼬락서니는 밤을 꼴딱 새운 표정이었다.

"어쩌려고 그래? 그러다 몸이 남아나겠어?"

"어쩌긴, 이러다 픽 가는 거지."

얼마 전 아프리카에서 사고를 당한 두 PD를 염두에 두고 한 말인 걸 모르지 않았다.

"홍 선배 소식은 들었어?"

나는 대답 대신 고개를 천천히 흔들었다.

"벌써 석 달째야."

"왜, 한 번씩 그랬잖아. 전에도 3개월 만에 돌아왔지?"

이번에는 그냥 안 넘어갈 것 같아. 국장이 단단히 벼르고 있어.

"그 선배는 병이야 병. 아주 고질병이야. B 제작팀도 안 됐어. 메인 PD가 저 모양이니⋯⋯."

획 사라졌다 나타나는 홍 선배의 방송 사고를 이 바닥에서 모르는 사람은 없었다. 국장들은 술자리에서 홍을 향한 직격탄을 날리느라 쉴 새 없었다. 홍 때문에 청심환 먹는다는 소리가 납득이 가지 않은 건 아니었으나 그렇다고 홍을 아예 제쳐놓고 안 볼 수 있는 사람은 없었다. 어찌 된 게 홍이 맡은 시사 다큐멘터리 프로는 시청률뿐 아니라 굵직한 상들을 싹쓸이하곤 했다. 잡다한 소리를 한 방에 눌러버린 셈이었다. 그러니 술자리에서 뒷담화 까고 게걸스럽게 욕을 해도 국장들은 홍 앞에서 너스레를 떨었다.

어쩔 땐 홍이 부러웠다. 후환을 두려워하지 않고 던져버릴 수 있는 용기가. 5년째 안정적인 다큐 프로를 유지하고 있지만 긴장은 심해 밑에 웅크린 똬리처럼 따라다닌다. 방송에서 보장된 안정은 없다. 시간이 지날수록 불안은 가중되었다. 일정한 시청률을 확보하고도 언제 없어질지 모르는 신기루 앞에 마음을 놓았다 졸이기를 수백 번 수천 번을 더하고 있다. 이런 내 속내를 제일 잘 알고 있는 사람이 홍 선배였다.

홍 선배는 사라지고 나는 홍 선배의 제안으로 불분명한 섬, 미지의 섬으로 향하고 있다. 대개 답사 후 구성안 살펴본 뒤 사인 떨어지면 촬영 나가는 게 일반적이었다. 조 PD가 이 사실을 알았다면 나도 홍처럼 미쳤다고 입에 게거품을 품었을지도 모르겠다는 생각에 쓴웃음이 나왔다.

담배 몇 개비를 피우는 사이에 수평선의 경계는 완전히 무너졌다. 칠흑의 바다만 수심의 비밀을 안고 먹먹하게 침잠했다. 굳이 또 그걸 나눈다면 바다인지 하늘인지 모를 그곳에 허연 담배 연기만 재를 뿌리듯 바삐 달아났다가 흩어지기를 반복했다. 방송에 더 많은 자본이 들어오게 되면서 PD들의 이동 폭이 잦았다. 자기가 기획하고 있는 프로마저 내려놓고 가는 사람들도 생겼다. 케이블 방송 프로 중에는 공중파보다 시청률이 높은 프로도 적지 않았다. 나라고 언제 그러지 않으리라는 장담도 없었다. 기회는 늘 있는 게 아니었다. 미적대다가 놓치면 퇴물이 되는 게 다반사였다.

이번 취재 건도 그런 참에 생긴 기회였다. 코끼리! 시청자들을 사로잡을 흥미는 있어 보이는데 서커스단 코끼리인지 반려동물 코끼리인지 홍은 자세하게 가르쳐주지 않았다. 요즘 코끼리는 어느 동물원이나 쉽게 볼 수 있었다. 굳이 대도시가 아니라도, 소도시의 동물원에도 간혹 있었다. 동물애호가들의 반려 생활이 다양해졌다 해도 코끼리를 키우는 건 드문 일이었다.

희귀 새라든가 악어를 키우는 일은 TV에 종종 나왔으나, 코끼리였다. 그것도 육지에 있는 코끼리가 아니고 남도 작은 섬의 코끼리였다. 제주도에 코끼리가 사는 건 충분히 이해 가능했다. 공항도 있고 지리적으로 동남아와 가까우니까. 점보빌리지의 코끼리 공연은 해외 관광객뿐만 아니라 국내 관광객에게도 유명했다.

터무니없게 듣지도 보지도 못한 남도 끝의 작은 섬이라니, 고개를 갸우뚱거리지 않을 수 없었다. 연락처도 없이 정보만 듣고 무작정 가는 꼴이었다. 이런 경우 허탕을 예견했으나 내가 아는 홍 PD는 그렇게 무모하거나 맨땅에 헤딩하는 사람이 아니었다.

배의 엔진 소리가 어두운 수면을 헤집었다. 하늘의 자디잔 별들이 쏟아질 듯 가깝게 느껴져 도시를 벗어난 편안함과 동시에 마음 깊은 곳에서는 원인 모를 초조가 끈적거렸다. 이제 불안은 몸에 밴 습관이었다. 움직이는 배에 몸을 싣고 있는 나의 현재는 바다 위였다. 사위가 어두웠다. 어둠만 가득한 이 공간에 아득한 곳에서부터 비치는 빛들과 배의 조명등이 나를, 바다를, 명명하며 구분 지었다.

전국을 떠돌아다니며 취재하고 기획하고…… 어느새 마흔 중반에 들어섰다. 해외에서는 다큐 전문 방송 채널이 확보돼 안정적으로 방송할 수 있는데 국내 방송사들은 어떻게든 다큐멘터리 방영을 줄여나갔다. 캄캄한 바다 그늘이 앞날의 자화상을 보는 것 같아 쓸쓸해졌다.

선수가 선착장 주변을 선회했다. 엔진 소리가 멈추자 선체가 가볍게 흔들거렸다. 섬에 내리는 사람은 몇 사람뿐이었고 짐을 실은 차들이 두서너 대 따라 내렸다. K가 탄 방송국 차량이 조심스레 배의 발판을 딛고 섬으로 내려섰다. 밤을 타고 썰렁 바람이 우리를 재촉했다. 민박집은 선착장 주변 근처에 있어 차를 쉽게 주차할 수 있었다. 민박집에서 저녁 식사를 준비하는 사이 나는 그 틈에 섬마을을 살펴보려고 길을 나섰다.

K는 이번에도 같이 가기를 사양하는 눈치였다. 그도 그럴 것이 내일 그가 촬영할 분량은 테이프 몇십 개가 되니 몸을 아껴두어야 했다. 언젠가는 꼭 물어보고 싶었다. 왜 디지털 시대에 계속 아날로그 촬영을 고집하는지.

불빛 두어 점이 보일 듯 말 듯, 컴컴한 마을을 돌아 해변 길로 꺾어 들어가니 온 천지가 암흑이었다. 가로등도 하나 보이지 않았다. 단지 정적을 뚫고 들려오는 풀벌레 소리와 파도 소리가 내가 디디고 서 있는 곳의 실체를 증명해주었다. 바람에 실려 바다의 비릿한 냄새가 볼과 목 언저리를 스치며 지나갔다. 방금까지 불안정한 공간에서 조금은 안심이 되는 공간으로 이동한 것과 피곤하다는 몸의 반응 외에는 그 무엇 하나 떠오르지 않는 막막함이 밀려왔다.

내일 스케줄이 얼핏 머릿속을 스쳤다. 취재 대상인 코끼리와 정도길. 이 적막하고 어둑한 어느 구석에 코끼리가 숨을 쉬고 있다니…… 그때 쿵 하고 묵직한 진동이 울려 퍼졌다. 쿵. 쿵. 무게의 압력이 상당히 느껴지는 소리였다. 인도에서 언젠가 들었던 소리와 비슷했다. 코끼리가 발걸음을 떼며 걷는 소리 같았다. 나는 이제야 내가 코끼리가 있는 곳으로 맞게 왔다는 실감이 들었다.

종적을 감추기 전 홍 선배는 간명하게 말했다. "조선시대에 사라진 코끼리야." 그가 나에게 코끼리를 찾으라는 특명을 내렸다. 그러면서 덧붙이기를 "네 다큐 인생에 새로운 전환점이 될 거야." 평소 유별난 사람인 걸 모르지 않았으나 조선시대의 코끼리를 찾으라니! 아무리 새로운 건수에 목이 말라 있기로서니 그 현실감 없는 소리에 나는 선배가 농담을 하나 했다. 차라리 남도의 수심에 묻혀 있는 보물을 찾으라고 말하는 게 훨씬 설득력이 있었다.

코끼리가 살아봐야 60~70살이 고작이었다. 하지만 홍은 그렇게 대책이 없는 사람이 아니었다. 때론 한 번씩 사라져 방송국 사람들을 곤란에 빠트렸어도 내가 보건대 그건 특종을 건지러 가는 거였다. 방송 20년 동안 그와의 관계는 탄탄했고 일 처리에 있어 한 번도 실수한 적이 없는 사람이었기에 홍의 이 제안은 거절하기도 받아들이기도 힘들었다. 모를 일이었다. 기회를 준 그가 몇 달째 잠수를 타고 있으니, 이거야 원.

다시 민박집으로 돌아오는 길이었다. 얼마나 걸었을까? K의 부르는 소리가 멀리서 들려왔다. K는 휴대폰을 가리키며 여기 전화가 잘 터지지 않는다고 폰을 흔들었다. 그는 나에게 몇 번 연락을 시도한 모양이었다. 주인에게 부탁해 놓았는지 푸짐한 밥상이 차려져 나왔다. 시장기가 돌아 정신없이 먹고 있는데 방송국에서 온 걸 알고 주인은 우리에게 취재를 왔느냐고 연신 물어댔다. 어차피 내일 이 섬의 사람들 모두 인터뷰를 해야 할지도 몰랐다.

우리는 식사를 하면서 민박집 주인과 이런저런 얘기를 나누었다. 그는 1년 전 이곳 민박집을 인수해 들어와 섬 사정은 아직 속속들이 잘 모른다는 투로 말했다. 띄엄띄엄 사람들이 모여 살고 있으며 큰 섬에는 50가구쯤 살고 작은 섬은 30가구쯤 모여 산다는 게 그가 아는 섬의 상식이었다. 이곳 풍광에 끌려 낚시꾼들을 밑천 삼아 은퇴 후 노후를 보내려고 들어왔다는 것이다. 이 섬에 코끼리가 사느냐고 묻자 그는 눈을 동그랗게 뜨며 고개를 절레절레 흔들었다. "섬에서 웬 코끼리?" 하고 오히려 되물었다.

K가 나를 향해 곁눈질했다. 낚인 게 아닌가 하는 눈치였다. 내가 이 섬에 도착해 코끼리 걷는 소리를 들었다고 하자 민박집 주인은 그럴 리가 없다며 점잖은 분들이 장난하냐고 코웃음을 쳤다. 하나 이 사람은 외지 사람이나 다를 바 없었다. 섬사람들이 외지 사람에게 선뜻 자신들의 귀한 정보를 까발리지 않을 터였다. 무엇보다 그는 코끼리에게 관심조차 없는 인물이었다. 대화를 끊기가 어색해 나는 한 가지 더 물었다. 여기에 사는 사람들 연령대가 어떻게 되느냐고 묻자 그가 거침없이 말했다. 자신이 60대 중반이 넘었는데 매우 젊은 축이고 대부분 80세가 넘었으며 100세가 넘은 사람도 몇 된다고 했다. 그러고는 연이어, 어찌 된게 1년 동안 아이 한 명 본 적이 없다며 남도의 방언이 아닌 표준어를 구사했다.

오래전 교육방송에서 일할 때 『조선왕조실록』에 나오는 코끼리 살인사건을 다룬 적이 있었다고 홍 PD는 말했었다.

그때는 사료에 근거해 조선시대에도 코끼리가 있었다는 사실과 그 코끼리로 인해 발생한 살인사건을 보도하는 측면에 그쳤단다. 방송이 끝나고 사라진 코끼리의 행방을 알 길 없는 궁금증은 방송사를 이전하면서 잊어버렸는데 그러다 작년 남도의 철새를 취재하면서 이 섬 근처에 들렀고, 코끼리가 유배왔다는 섬을 지나게 되자 그때 방송했던 코끼리 프로가 떠올라 이번에는 다른 관점에서 취재를 해봐야지 생각했다며 기획을 계획했던 사정을 설명했다.

홍이 떠나면서 한 말은 그냥 흘린 말이 아니었다. 근데 이 좋은 소스를 왜 나한테 넘겼는지? 본인이 직접 제작해도 되는 건이었다. 시간이 갈수록 시청률 신경 쓰느라 다큐에 드라마를 가미하는 나 자신의 초라함을 밝힌 심경을 들은 탓이었을까? 거슬러 올라가보면 수습 때부터 선배들을 떠나보내는 연습을 하면서 방송 일을 했다. 떠날 때 조용히 떠나는 사람들은 한 사람도 없었다. 그러면서 꼭 나를 보고 프로그램 잘 마무리하라며 과업을 당부하듯 엄숙하게 말했다. 자신들은 이런저런 이유로 떠나면서 왜 나에게는 그리했는지 아직도 모르겠으나 어쩐지 따라야 할 것 같은 사명감에 프로가 바뀌어도, 메인 연출이 사라져도, 이 자리를 지킨 지 20년째다.

이번 섬 취재 건도 후배를 아끼는 홍의 배려라고 볼 수 있었다. 자신이 애써서 기획해놓은 걸 맡아보라며 나에게 덥석 안겨주었으니까. 그건 이 바닥에서 거의 없는 룰이었다. 최근 시청자 기고란에 올라온 제안서들은 건질 게 거의 없었다. 얄팍한 상업 목적으로 보고서를 올려놓은 게 두서너 개 되었고 터무니없는 기고도 몇 개 되었다. 급할 때는 외주업체에 의뢰할 때도 있었으나 아직 급한 건 아니었다. 방송 분량이 5주 정도 남아 있었다. 홍이 내 자리를 대신했다면 이번 취재도 홍이 맡아 진행했을 거였다.

도중에 그만두고 나간다 한들 굳이 나일 필요도 없었고 다른 PD들한테 줄 수도 있었기에 나는 호의로 받아들였다. 게다가 1년 전 섬에 갔다가 건진 거라며 급할 때 써먹을 수 있는 히든카드라고 호기롭게 몇 번 말했었다. 홍은 일만큼은 서둘러 달라붙는 타입이 아니었다. 그의 선택은 방송 프로그램의 목적과 시의성에 맞아떨어졌을 때 감행했다. 그럼 이 건은?

코끼리가 있습니까?

무성하게 엉긴 숲을 헤치고 나는 무작정 외줄기 산길을 따라 산 위로 올라가는 중이었다. 햇살이 눈부시게 쏟아졌고 주변의 색깔은 화려하고 다채로웠다. 펼쳐진 여정은 신기한 뭔가를 찾아가는 상황으로 보였는데 어쩐지 나는 신바람에 들떠 흥이 나 있었다. 혼자가 아니었다. K가 취재 카메라를 들고 나를 바짝 따라붙었는데 항시 무뚝뚝한 그의 표정은 찾아볼 수 없이 해맑았다. 그 뒤에는 관광객 같은 무리가 떠들썩하게 긴 띠를 이루며 따라왔다. 밝게 웃는 소리와 아우성들이 오르막길을 따라 퍼져갔다. 족히 몇백 명이 넘는 인파였다. 코끼리 울음소리가 숲 전체에 지루하게 파동 쳤다. 소리를 따라 재빠르게 추적하는 내 모습이 보였다. 소리가 연거푸 들렸다. 소리의 다다름 끝에 코끼리가 우뚝 서서 코를 흔들어댔다. 코끼리도 잔뜩 신이 나서 춤을 추는 것 같았다.

엄청난 크기의 코끼리였다. 지금껏 본 코끼리 중 가장 큰 코끼리였다. 인도에서 본 코끼리도 저 정도는 아니었다. 산 중턱의 공간은 헬리콥터가 착륙할 정도의 공간이 펼쳐졌다. 코끼리는 곡마단의 코끼리처럼 화려한 장식품을 달고 주변을 여유롭게 거닐었다. 다만 놀라웠던 건 코끼리 코를 아이들이 까르르 웃으며 만지고 있고 코끼리 등에도 아이들이 타고 있는 광경이었다. 사람들이 코끼리 주변을 둘러싸며 덩실덩실 원을 따라 춤을 추었다. 하회탈춤이 생각날 정도로 모두가 흥이 넘쳐 보였다. 코끼리 옆에는 대나무로 만든 2층 움막이 정글 집처럼 한 채 있었는데 K가 그쪽으로 카메라를 돌렸다. 그러고 보니 숲을 둘레 삼아 동그란 원 안에 코끼리가 들어서 있는 형국이었다. 코끼리가 발을 들었다 기다란 코를 돌돌 말았다 펼치기를 반복했다. 마치 서커스단의 코끼리 같았다. 아이들도 어른들도 코끼리도 환호를 지르며 더없이 즐거워 보였다.

섬의 아침은 6시인데도 햇살이 말갛게 창을 뚫고 들어왔다. 지난밤 코끼리 꿈까지 꾼 걸 보면 취재를 못 할지 모른다는 불안과 기대가 뒤섞인 심리 기저라고 봐야 했다. K도 잠자리가 불편했는지 얼굴이 푸석해 보였다. 어떻게 보면 가장 수고가 많은 게 K였다. 전국을 취재하며 촬영해야 하는 그는 늘 촬영장비와 함께했다. 좋아하지 않으면 할 수 없는 직업이었다. 10년 내내 그는 군말 없이 나와 일을 해왔다. 그래서 별말이 없어도 누구보다 서로를 잘 알았다. 그의 수고는 매주 한 번씩 방영되는 다큐멘터리 프로를 통해 말끔히 씻겨 나갔다. 내가 그런 것처럼 그도 그랬다.

한산한 부두에는 갈매기들이 여유를 즐기며 끼룩끼룩 소리를 내었다. 간만의 여유가 오히려 나는 생경했다. 모두 고기를 잡으러 나간 것일까, 누구 하나 지나다니지 않았다. 민박에서 식사를 마친 우리는 제일 먼저 마을회관을 찾았다. 섬의 모습과 달리 회관 건물은 현대식으로 지어져 깔끔했다. 마을회관에는 세 명의 노인네들이 일찌감치 자리를 잡고 있었다. 공통점이 있다면 세 할머니 모두 백발이라는 것이었다. 세 노인 중에 두 사람은 화투를 치고 있었고 한 사람은 모로 누워 화투판을 쳐다보고 있었다.

"할머니, 말씀 좀 여쭙겠습니다. 이 섬에 정도길 어르신이 산다고 들었는데 댁이 어딘지 아시는지요?" 휘둥그레진 노인들의 시선은 K의 카메라에 잽싸게 머물렀다가 다시 내 쪽으로 얼굴을 휙 돌리더니 와락 달려들어 팔을 만져대며 마구 흔들었다.

"그라재마는? 아따, 징허게 방갑소잉. 방송국에서 나왔으라이."

사람이 그리웠는지 할머니들은 K와 나에게 엉겨 붙어 떨어지지를 않았다.

"정되길? 정되길이 누구여?"

"정되길이 아니고요. 정. 도. 길. 요."

큰 목소리로 내가 거듭 이름을 말해도 잘 알아듣지 못하는 눈치였다. 아무래도 청력에 문제가 있는 것 같았다. 그때 자신에게 묻고 있다고 느꼈는지 누워 있던 할머니가 슬그머니 일어나 카메라 쪽을 째려봤다.

"정씨 할아부지는 뭣 땀시 그란다요?"

"아, 예…… 여기 이 섬에 코끼리가 있다고 해서 취재차 왔습니다. 그 어르신께서 코끼리를 기르신다고 해서요."

"모라고라, 코끼래? 아따 긍께…… 코끼래를?…… 거시기, 시방 모라고라?"

"예, 할머니. 이 섬에 코끼리가 있다고 해서 방송국에서 나왔습니다."

"말해서 뭐 하냐께. 코끼래가 있지라이. 암요. 버젓이 살아 있지라이. 조상님 때부터 살아 있지라이."

한 할머니가 말하자 두 할머니도 똑같이 따라 말했다. 세 노인은 주절대기를 멈추지 않았다. 할머니들이 떠들어 대는 사투리를 알아듣기가 벅차, 이러다 인터뷰를 어찌 다 할까 싶었다. K가 촬영 테이프를 교체했다.

"제가 여기 섬에 오고 코끼리는 한 마리도 보지 못했어요. 쿵, 하는 코끼리 발소리는 들은 것 같기도 하지만요."

"코끼래 소리를 들었당가?"

할머니들은 일제히 놀란 표정으로 눈들을 껌벅이며 반문했다. 청력에 문제가 있다고 여겼는데 코끼리 얘기만은 신기하게 잘 알아들었다. 그 가운데 머리를 쪽진 할머니가 자신의 집에도 코끼리가 있다고 냉큼 말했다. 그러자 두 할머니도 이구동성으로 자신들의 집에도 코끼리가 있다고 호들갑을 떨었다. 호기심이 생긴 나는 그 코끼리를 보여줄 수 있느냐고, 취재하고 싶다고 되물었다. 그러자 할머니들의 얼굴이 금세 굳어졌다. 좀 전의 부드러운 인상에서 잔뜩 심술 난 인상을 지으며 외지 사람들에게 보여줘 부정 탈지 모른다며 설레발을 쳤다.

이래서는 취재고 뭐고 아무것도 안 될 것 같았다. 할머니들의 말로 코끼리가 있다는 게 지금까지의 팩트였다. 하지만 사실관계를 입증할 코끼리는 보이지 않았다. 꼭 미로에서 숨바꼭질하는 기분이 들면서 마음 깊숙이 낭패감이 몰려왔다.

할머니들이 코끼리가 있다고 가리킨 곳은 산 중턱이었는데 어젯밤 꿈에서 만난 코끼리가 있던 곳과 얼추 비슷해 보여 나는 눈을 다시 비벼봤다. 이 섬의 산은 유독 숲이 우거졌다. K는 몇 장면 찍었으니 지나가면서 만나는 사람들을 취재하자고 말했다. 다랑이 밭에서 일하는 할머니에게 인터뷰를 요청했다. 이 섬에 코끼리가 있다고 하는데 들어본 적 있느냐고 했더니 할머니는 휘어진 허리를 힘겹게 펴고서 어이가 없다는 표정을 감추지 않으며 "있지라이." 하고 짧게 툭 던지듯 말했다. 그리고 우리를 아랑곳하지 않고 밭이랑 사이를 향해 무릎걸음으로 호미질을 계속했다.

*

홍 선배가 제작한 코끼리 살인사건 방송을 내가 보지 않은 건 아니었다. 그냥 정보 전달의 교육용에다 시청자를 겨냥한 흥미를 가미한 프로였다. 요즘 심심찮게 대학가에서도 코끼리 살인사건을 연극으로 올리고 아이들 동화극이나 인형극에서도 코믹하게 이 사건을 다루어 화제가 되고 있었다. 차이가 있다면 거의 재미가 전부이고 팩트는 재미를 뒷받침하는 조미료 정도에 그쳤다는 거였다. 코끼리 대신에 다른 뭔가로 바뀌어도 그 오락성은 변함이 없어 보였다. 코끼리가 사라진 뒤의 이야기를 추적해보는 게 홍 PD 기획안의 주요 테마였다.

작년에 야심 차게 기획했던 〈화장 권하는 사회〉는 호평을 받았었다. 나와 지금 프로를 맡은 조 PD는 그 방송으로 상까지 거머쥐었다. 물론 스텝들의 수고를 알기에 그의 상은 우리 모두의 상이 되었다. 요즘 초등학생부터 화장 안 하는 아이들이 드물었다. 여성의 전용이었던 화장이 이제 남녀를 불문하고 상용화된 시대에 우리는 살고 있다. 시의도 적절했고 주제적 함의도 좋아 시청률이 높았다. 지금 카메라를 담당하는 촬영 감독 K도 그 방송 때 함께했었다. 화장품이라 화려한 색조가 주는 영상효과가 컸다고 K는 입을 떼곤 했다. 카메라를 만지는 사람이니 그의 말은 적확할 것이다.

방송하다 보면 별 고생하지 않고 효과를 거두는 일도 있고, 수고는 수고대로 했는데 시청자 반응은 영 시큰둥한 일도 있다. 타 방송에서 먼저 다룬 내용을 내보냈을 때가 그랬다. 그건 그러니까 기시감에서 오는 이미지 때문이거나 적시의 문제였다. "그러니까 이 바닥에서 오래 일하다 보면 그게 그렇고 그래."라며 PD들은 푸념 어린 하소연을 했다. 해 아래 새것이 없는 것처럼.

바다에서 본 작은 섬은 작은 산을 바다에 떼어놓은 것처럼 울창하게 숲이 졌다. 작은 산에 연이어 바다에 홀로 떠있는 무인도에도 숲이 우거졌다. 도착해서 본 섬은 그냥 섬이 아니라 어느 골진 숲의 원시림을 방불케 했다. 정 노인이 사는 집은 우리가 내린 선착장에서 돌고 돌아 가장 멀고도 높은 끄트머리 집이었으나 섬 전체를 차로 둘러보는데 채 20분도 걸리지 않았다.

집은 산 가운데 위치해 있었다. 즉, 차가 진입할 수 없다는 뜻이었다. 카메라 장비를 들어야 하는 K에게는 난코스였다. 연락망이 없으니 우리가 올라가는 게 유일한 방법이었다. 야외 취재에서 이런 일은 다반사였다. 어떤 프로도 쉬운 일은 없었기에 잦은 변수를 대비해야 했다.

몇 군데의 밭과 능선을 지나 숲길로 접어들자 빽빽하게 늘어선 대나무 숲이 펼쳐졌다. 하늘을 향해 뻗은 대나무 사이로 옅은 빛과 강렬한 빛이 번갈아가며 명암을 나타냈다. 산을 향해 갈수록 바닥의 흙길이 붉은빛을 띠었다. 비자나무숲이었다. 수십 개의 가지를 뻗은 나무는 생김새만큼 야릇한 기운을 자아냈다. 침엽수의 비자나무 길은 꽤 가팔랐고 한껏 팔을 뻗으며 자란 가지들은 나무의 경계를 어수선하게 만들었다. 비자나무 열매가 떨어진 나뭇잎들에 섞여 좁은 산길로 드문드문 보였다. 나는 습기에 젖은 비자 열매를 손바닥에 올려 냄새를 맡아보았다. 소나무 향 같은 싱그러운 냄새가 코로 흡입되었다.

어젯밤에 통화한 조 PD는 기괴한 분위기로 섬을 엮지 말고 독자들의 흥미를 끌게 촬영해 오라고 말했다. 막막한 섬에서 재미를 끌 게 뭐가 있을까, 편집실에 처박혀 몇십 개의 테이프를 엮다 보면 기괴가 재미로 탈바꿈하는 일이 썩 없지 않았지만 그렇더라도 뭐가 있어야 할 게 아닌가. 코끼리가 있다는 섬에 코끼리의 흔적조차 없으니…… 굳이 재미를 살리려면 남도 방언을 구사하는 마을회관의 세 할머니 정도였다. 그 어른들이 자신의 집에서 키우는 코끼리를 보여주기만 한다면 몇 개의 테이프 분량은 채울 듯도 싶었다. 아무튼, 과제는 이 섬에서 사오일 동안 방송 분량을 다 채워야만 한다는 것이었다.

가슴에 숨이 차올라 더 걷기가 힘들 때 마침내 꿈속에서 본 장소와 비슷한 곳에 도착했다. K도 쌕쌕거리며 숨을 가다듬었다. 적막한 산에서 개도 기르지 않는지 적요했다. 그 늘진 숲 아래에 엉성하게 지은 초가집의 움막은 사극의 한 장면을 떠오르게 했다. 그 움막집에서 나온 노인장의 모습도 옛날 드라마의 인물 같았다. 아직 상투를 올린 노인은 타임머신을 타고 등장한 것 같았으나 코끼리를 키울 정도의 비범함은 찾아볼 길이 없었다. 노인의 생김새를 보는 순간부터 내 뇌리에서는 김빠지는 소리가 들렸다. 노인의 집 둘레를 대충 눈 씻고 봐도 코끼리는 없었다. 코끼리가 풀 뜯어 먹으러 갔나? 하지만 조선시대를 역추적해보면 섬에 살았던 코끼리가 풀만 먹은 건 아니었다.

〈일본 국왕 원의지가 사자를 보내어 코끼리를 바쳤으니, 코끼리는 우리나라에 일찍이 없었던 것이다. 명하여 이것을 사복시에서 기르게 하니, 날마다 콩 4, 5두씩을 소비하였다.〉(『태종실록』 21권, 태종 11년, 2월 22일.)

한양에서 쫓겨나 전라도로 내려간 지 약 반년 만에 코끼리는 다시 실록에 등장한다. 이번에는 전라도 관찰사가 보고를 올렸다. 〈길들인 코끼리를 순천부 장도에 방목하는데, 수초를 먹지 않아 날로 수척하여지고, 사람을 보면 눈물을 흘립니다.〉(『태종실록』 27권, 태종 14년, 5월 3일.)

갑자기 어젯밤 꿈에서 본 그 영상들이 사실이었다면 얼마나 좋았을까 하는 아쉬움마저 생겼다. 촬영하기도 멋졌고 많은 시청자에게 큰 호응을 안겨주었을 것이다. 아쉽게도 그 코끼리는 오간 데 없고 한평생 섬에 묻혀 감각 없이 사는 노인과, 태풍이 몰아치면 금방 무너질 것 같은 움막과, 노망기를 보이는 할머니들이 내가 본 현실이었다. 작년에 들렀다는 홍의 얘기를 꺼내자 정 노인은 한참 후에야 고개를 끄덕였다. 이 섬에 코끼리가 있다고 해서 왔다고 하자 그는 대답은 않고 고개를 주억거렸다. 조바심에 지쳤는지 카메라가 무거웠는지 K가 카메라 장비를 내려놓으며 땀을 훔쳤다.

코끼리를 보여달라고 하자 노인은 서두를 것 없다며 물주전자를 가져와 마시라고 건넸다. 나무로 만든 물주전자였다. 컵도 나무잔이었다. 우리가 물 마시는 것을 지켜보던 노인은 움막 옆에 있는 후미진 가마 토굴로 들어갔다. 잠시 기다리는 동안 우리는 의구심이라는 단어를 떨쳐낼 길이 없었다. 그 토굴은 코끼리의 반도 안 되는 크기라 새끼 코끼리가 아닌 바에야 거기서 살아 있는 코끼리가 나올 리 만무하다는 걸 K와 나는 단박에 알아챘다. 마음이 썰렁 내려앉기 시작했다. 낚인 순간이었다. 차라리 노인이 모습을 보이지 않고 이대로 사라져주었으면 하는 바람이 일순간 더 강하게 들었다.

모든 것이 정지된 듯한 낯선 장소에서 K와 나는 서로의 난감한 얼굴을 쳐다보며 실실 웃었다. 그때 정 노인이 토굴에 서서 우리를 향해 손짓했다. K는 카메라 렌즈를 갈아 끼웠다. 옻칠한 듯한 네모 상자를 들고 나온 노인은 의식을 치르듯 상자를 조심스레 다루었다. 사과 상자 크기였다. 그 상자 안에 죽은 코끼리의 뼈나 모형이 있을 거라는 짐작은 예상을 빗나가지 않았다. 상자 안에서 보자기 천에 덮인 코끼리를 펼쳐 보였을 때 우리는 애써 실망을 감추려 노력했다. 화려하지 않은 극히 소박한 목각 코끼리였다. 단지 눈길을 끌었다면 코끼리 코에 아이들이 매달려 있었고 등에도 아이들이 타고 있었다. 옻칠도 하지 않고 유약도 바르지 않은 나무의 결이 다 드러난 코끼리였다. 팔목 크기 정도의 코끼리는 정교하고 색깔도 기묘했다.

이 말도 안 되는 상황을 엮어 방송으로 내보낼 생각을 하자 어깨 힘도 빠지고 다리 힘도 빠졌다. 홍은 어쩌자고 이런 말도 안 되는 것을 기획했다는 말인가! 나는 또 그 말도 안 되는 것을 무턱대고 믿고 이 남쪽 끝의 섬까지 왔다는 말인가! 김이 빠지기는 K도 마찬가지인 모양이었다. 돌아가서 조 PD가 지랄 발광할 뒷일을 생각하자 더 뚜껑이 열릴 것 같았다. 모처럼 주어진 기회를 이렇게 날려보낼 수는 없었다. 팩트만 있으면 불가능한 것도 시청률로 만회시켜놓는 게 조 PD와 나였다.

한번은 우리 팀에서, 내장산에서 평생 산 할머니를 일주일째 취재한 적이 있었다. 그냥 단조로운 할머니의 일상이었다. 특별하거나 관심을 끌 여지가 없는, 팩트는 '어떤 할머니가 내장산에서 혼자 산다'였다. 일주일 동안 그 할머니는 우리에게 몇 마디 말도 하지 않았다. 너무 말이 없어 처음에는 실어증 걸렸나 생각했다. 마당에 있는 닭과 병아리에게 모이를 주고, 개밥을 챙겨주고, 밭일하고, 나무를 해왔다. 긴장을 끌었다면 그 집의 병아리를 호시탐탐 노려 지붕 위에서 빙빙 도는 솔개 녀석이었다. 그냥 내장산에서 한 할머니가 살아가는 팩트 하나 가지고 명작을 탄생시킨 조 PD를 다큐멘터리 연출가라고 해야 할지 드라마 작가라고 해야 할지 해석이 난해했지만 그 방송을 보고 전국의 아들딸들이 부모를 생각하며 울었고, 그날 통신사 집계로 부모에게 자녀들이 가장 전화를 많이 한 날이었다고 한다.

조 PD는 종종, 누누이 말했다. "팩트 하나만 있으면 돼. 나머지는 김 PD와 내 몫이야. 팩트 하나만 건져와!"

나를 슬며시 끌고 들어가 공범으로 만들었지만 지금 이 사실을 팩트라고 해야 하나? 섬에 코끼리가 있는 줄 알고 왔는데, 없다. 코끼리는커녕 달랑 코끼리 목상 하나 눈앞에 있는데…… 목상을 어떻게 살아 있는 코끼리로 둔갑시킬까? 그 섬에 코끼리가 '산다'를 '살았다'로 바꾸어야 하나? 살았다는 것을 증명할 팩트들은 여럿 있었다. 『조선왕조실록』에는 코끼리 사건이 구체적으로 기록되어 있다. 『태종실록』 21권, 24권, 26권, 27권, 35권에도, 『세종실록』 10권, 11권에도 코끼리는 존재했다. 그러나 '그 섬에 코끼리가 산다'는 것은 증명해 보일 그 중요한 실체가 없었다. 그러니 코끼리는 분명 살아 있게 만들어야 하는데…….

촬영 감독으로 뼈가 굵은 K가 보이콧을 했다. 찍어봐야 방영되지 못한다는 걸 K도 나도 모르지 않았다. 하지만 이보다 더 입증할 것이 없을 때도 찍어서 방송을 내보낸 적이 한두 번이 아니었고 허상이 실제로 둔갑해 아직도 그 프로의 실상을 철석같이 믿고 있는 시청자들이 좀 많은가.

정 노인이 연기에 그을린 코끼리를 내밀었다. 그의 마지막 코끼리가 될지 모른다고 했다. 오늘 밤 그는 비자나무에 그을린 코끼리를 다시 그을리게 하는 작업을 한다고 말했다. 비자나무를 깎아 코끼리를 빚는 제작 과정을 못 담는 게 아쉬웠지만 그나마 연기에 그을린 작업을 촬영할 수 있어 다행한 일이었다. 정 노인은 자기를 소개할 때 목수도 아니고 목공예가도 아니라고 말했다.

그는 직업이 어부라고 짧게 말했다. 오랫동안 배를 탔고 이 섬에서 태어나 이 섬에서 마지막을 보내게 될 거라며 긍지가 담긴 어투로 말했다. 코끼리 목상 제조는 대대로 내려왔다고 했다. 아버지에게 만드는 법을 배웠고 그 아버지는 그 아버지에게 배웠다고. 그러면서 이 작업이 마지막이 될 거라고 재차 말하는데…… 무슨 사연인지 몰라도 그는 가족이 없어 보였다. 있었는데 없는 건지, 아예 없었는지, 스스로 말해주지 않는 이상 알 도리는 없었다.

정 노인은 지금까지 코끼리만 만들었다고 말했다. 아니, 탄생시켰다고 말했다. 그을리는 작업을 수십 번 걸친 목상은 은은한 비자나무 향을 머금었다. 해충에 강하고 습기에 강한 비자나무로 그는 바둑판을 만들지 않고 코끼리를 만들었다. 일평생 만든 코끼리로 집 전체가 채워져 있어야 마땅할 텐데 딱 하나 간직하고 있을 뿐이었다. 코끼리 하나 만드는 데 일 년이 걸린다는데, 이 섬의 사람들이 간직하고 있는 코끼리는 죄다 그의 손에서 태어나 그들에게서 다시 살아난 건지 아니면 섬사람들이 먼 옛날부터 간직해온 것인지 모를 일이었다.

높고 기다란 절구에서 몇 줄기의 희멀건 연기가 피어올랐다. 울퉁불퉁한 표면을 보니 시중에서 파는 절구는 아니었다. 커다란 바윗덩어리를 정을 쳐 깎아 만든 절구였다. 절구통은 화구통이었다. 코끼리를 만드는 솜씨라면 짐작건대 이 화구통도 그가 만들었을 게 분명했다.

목기나 목공예는 깎아서 만든 후 옻칠하는 게 보통이었다. 정 노인은 일반적인 방법을 따르지 않았다. 숯불에 바비큐 요리하듯 화구 높이에 코끼리를 빙글빙글 돌려 그을음이 자연스럽게 스며들도록 했다. 옻칠 대신 그가 택한 방법이었다. 정 노인은 비자나무 자체가 해충에 강하다고 여러 번 말했다. 매일 작업하는 건 아니고 시간이 날 때마다 급할 것 없이 일 년에 한 개씩 만들었는데 이제는 손목과 손가락 통증으로 제대로 만들 수가 없다고 했다.

노인이 만든 코끼리 목상은 동남아 여행 시 골동품 가게나 특산품 가게에서 흔히 볼 수 있는, 몸매가 미끈하여 귀엽거나 우습게 생긴 코끼리가 아니었다. 수백 번을 그을린 몸통에는 마치 살아 있는 코끼리의 살결처럼 거칠고 투박한 조각의 흔적들로 입체감을 살려냈다. 마을의 몇몇 노인이 보여준 코끼리와도 사뭇 표정이 달랐다. 한 사람이 수십 개의 코끼리를 만들었을 텐데 코끼리는 어느새 그 노인들의 살아온 삶의 얼굴을 간직하고 있었다. 그 점이 다르다면 다른 차이였다. 아니, 실제로 코끼리는 똑같이 만들었는데 내가 그렇게 보았는지도 모를 일이었다.

"이 섬의 코끼리들은 어르신이 다 만들었다고 하는데 집마다 코끼리 느낌이 다릅니다. 비슷한 것 같으면서도 다른 점이 있네요."

정 노인은 내 말에 살며시 미소 지을 뿐 아무 말도 하지 않았다. 돌연 멀리서 해풍이 불어왔다. 화구통의 연기가 방향을 잃은 듯 마구 흩날렸다. 똑같은 것은 있을 수가 없었다. 아무리 같은 사람이 만들었다고 해도 나무의 재질이 다르고, 그날그날 작업할 때 그 사람의 마음과 손길이 다르고, 습도가 다르고, 온도가 다르고, 바람이 다르고, 불길이 다르고, 연기의 세기가 달랐다. 방송도 마찬가지였다. 그 방송이 그 방송 같다는 소리도 간간이 듣지만 한 프로가 완성되기까지 무수한 시간이 녹아들어 만들어지는 것이었다. 같은 듯 보여도 정확하게 같은 것이 아닌, 다 다른 거였다. 어쩌면 모든 게 달랐다. 그래서일까, 내가 본 코끼리 목상 중에 어떤 코끼리도 같게 느껴지는 것이 없었다.

정 노인에게 조선시대부터 코끼리가 여기 섬 근처에 살았다는 사실을 아느냐고 묻고선 순간 내가 바보 같은 질문을 한 것을 깨달았다. 코끼리가 살아 있다고 믿는 사람에게 멍청한 물음을 한 거였다. 사람들의 마음에 하나님이 있고, 부처가 있고, 조상이 있듯이 그들에게 코끼리는 그런 존재로 살아 있었다. 그는 한 치의 의심 없이 지금도 코끼리에게 생명을 부여하고 있다. 그의 손에서 목상이 살아나고 그 목상은 다시 카메라 영상으로 재현될 순간에 놓여 있다.

정 노인의 집에는 텔레비전이 없었다. 이번 코끼리 취재한 내용이 방송으로 나가니 마을회관에서 방영되는 프로그램을 꼭 보시라고 권유했지만 그는 도통 관심이 없어 보였다. 안타까운 마음에 재차, 정 노인이 TV에 나오고 이 마을 사람들도 나오고 섬도 나오고 코끼리도 소개된다고 말했으나 노인은 어째 듣는 것 같지 않게 코끼리 그을림 작업만 계속했다. 비자 향을 머금은 코끼리가 점점 어두운 빛을 띠었다. 비자나무가 타면서 나무 향내가 움막 안으로 물씬 새어 들어왔다. 어둑한 공간에 존재가 확인되는 건 비자나무 냄새와 상자 안에 있는 코끼리, 그리고 지금 그을림 작업 중인 코끼리였다.

이 섬에 코끼리는 있었다. 살아 있는 코끼리가 아닌 나무로 만들어진 목상의 코끼리가. 나에게는 그렇게 보이는데 이 사람들은 그것이 살아 있단다. 목상의 코끼리를 시청자들에게 최면을 걸듯 살아 있는 코끼리로 보십시오, 라고 말할 수는 없는 노릇이었다. 그러나 내장산에 사는 할머니가 자연 속에서 자연과 하나가 되어 할머니가 자연이고 자연이 할머니인 것으로 둔갑시켜놓은 게 다큐멘터리의 변신술이었다. 그 할머니에게 자연은 그저 그런 일상이고 무의미한 것일 수도 있었다. 할머니는 별 뜻 없이 하늘을 바라보고, 별 의미 없이 가축들을 다루고, 늘 그렇듯이 밥상 앞에서 혼자 꼭꼭 씹어 밥을 먹었을 터이다. 시청자들의 감동을 위해, 그 할머니와 시청자의 소통을 위해, 우리는 거기에 아주 조금만 각색하여 둔갑술을 부렸다. 그랬더니 전국의 불효자가 가슴을 치며 부모를 찾고 전화해 시청률까지 끌어 올려놓았다. 참으로 모를 노릇이었다.

그래서 살아 있습니까?

바다 한가운데 섬이 떠 있다. 몇백 년 전에 멀리 배를 타고 온 한 마리의 코끼리는 위, 아래가 없는 우주처럼 지금 여기 섬에서 다시 살아났다. 그때 그 코끼리는 모두가 죽기를 바라는 버림받은 코끼리였다고 실록은 전했다.

1413년 병조판서 유정현이 태종에게 청한다. 〈일본 나라에서 바친 바, 길들인 코끼리는 이미 성상의 완호玩好하는 물건도 아니요, 또한 나라에 이익도 없습니다. 두 사람이 다쳤는데, 만약 법으로 논한다면 사람을 죽인 것은 죽이는 것으로 마땅합니다. 또 1년에 먹이는 꼴은 콩이 거의 수백 석에 이르니, 청컨대, 주공이 코뿔소와 코끼리를 몰아낸 고사를 본받아 전라도의 해도에 두소서.〉

열 개의 테이프에는 마을 사람들이 보여준 코끼리가 담겨 있었다. 치매 증세가 보인다고 섣불리 단정 지었는데, 할머니들의 기억력은 엄청났다. 노인들은 80년 넘게 이 섬에 살면서 보고 들은 얘기들을 우리에게 모조리 들려주었다. 노인들이 간직하고 있는 코끼리는 정 노인보다 정 노인의 윗대 분들에게서 물려받아 내려온 거였다. 정 노인이 만든 목상은 이 노인들에게 없었다. 자손이 없는 정 노인이 이들 손자 손녀들에게 선물로 만들어주었다는 것이다. 정 노인 가족사에 대해 은근슬쩍 물었지만 할머니들은 하나같이 모르쇠로 능청을 떨었다. 궁금증이 다소 일었지만 지금은 적절한 때가 아닌 건 분명했다.

현재는 30가구 남짓 살지만 예전에는 큰 섬과 작은 섬에 150가구가 넘게 살았고 중국의 무역상들도 드나드는 제법 활발한 섬이었다고 할머니들은 말했다. 이 코끼리를 가지고 있는 집치고 복을 받지 않은 집이 없다는데…… 자식들도 잘되고 무병장수하고, 그들이 산증인이라고 했다. 그리고 이 섬에는 해일이 한 번도 덮친 적이 없고, 이 주변에서 고기를 잡거나 낚시를 한 사람이 다치거나 죽은 적도 단한 번도 없다고 했다. 무엇보다 마을 사람들이 화목하게 지내고 형제간에 우애가 깊다고 했다. 그렇다면 정 노인은 예외였다. 그가 왜 혼자서 사는지 알 길은 없어 보였다.

사투리를 번역한다고 애는 먹었지만 침을 튀겨가며 말할 때 할머니들은 부쩍 신이 나 있었다. 어찌 된 영문인지 여기 코끼리는 조선시대와는 전혀 다른 코끼리로 탈바꿈해 있었다. 조선 전기 시대부터 코끼리가 실제로 있었고 그 코끼리가 여기 섬에 살았을 수도 있다고 말했을 때 그들은 결코 놀라워하지 않았다. 뭐 당연한 사실을 그처럼 재차 말하고 있느냐는 투였다. 코끼리가 이 섬의 모든 좋지 않은 악운들을 쓸어내버렸다는 거였다.

그들에게 코끼리는 정령 같은 존재였을까? 조상이 있어 그들이 존재하듯이 코끼리가 있었으니까 지금 그들이 존재한다는 논리였다. 갑자기 '산티아고 가는 길' 크루즈 데 히에로Cruz de Hierro의 철 십자가 아래에 쌓아 올린 돌탑이 생각났다. 거기는 마음의 짐을 내려놓거나 돌에다 사연과 기원을 적은 무구한 신념이 정령을 이루었었다.

유추해보면 그때 사라진 코끼리가 이 섬에 와서 섬사람들을 감동케 할 일을 했을지도 모른다. 아니면 이 사람들이 코끼리를 불쌍히 여겨 코끼리에게 지극 정성을 들이니 지능이 뛰어난 코끼리가 그 마음을 알아채고 이 섬의 사람들을 좋아하게 됐는지도 모를 일이었다. 원래 코끼리는 순한 동물이고 사람을 좋아한다고 하지 않는가. 섬사람들에게 신적인 존재로 각인되기까지 어떤 일들이 있었는지 모르지만 고맙지 않은 존재를 이처럼 오랫동안 기억할 수는 없는 법이었다. 그러나 이것도 저것도 증명할 길은 없다. 중요한 건 그들의 기억 속에 코끼리가 살아 있고, 그 코끼리를 아주 소중하게 간직하며 대단한 존재로 여긴다는 것이었다. 그게 지금의 팩트였다.

진실을 소명으로 알고 많은 사람에게 보고 들은 사실을 제대로 알리겠다는 내 다부진 다큐멘터리 PD의 길은 처음부터 조금씩 어긋나더니 머지않아 수정이 일상화되었다. 서브 작가였던 시절의 나에게 어느 작가가 말했다. "뭐가 팩트야? 사람들이 기억하고 믿으면 그게 팩트야!" 사람들이 지금껏 즐겨 보는, 5년 넘게 장수하는 다큐멘터리 프로를 보라며 조 PD도 자주 회식 자리에서 말했다. "시청자들에게 살아남아야지, 내가 말했잖아, 한 줄 팩트만 쓰라고, 나머지는 내가 다 알아서 한다니까!"

마을 사람들의 코끼리 보여주기 적극성으로 K는 테이프 몇십 개 분량이 채워졌다고 말했다. 모르긴 몰라도 섬 할머니들의 구수한 방언이 내레이터와 찰떡궁합을 이룰지 몰랐다. 한 달 뒤 방영되는 이 프로가 『조선왕조실록』보다 더 진한 팩트로 사람들에게 기억될지는 지켜볼 일이었다.

　K는 실록의 역사적 사실성을 믿느냐고 물었다. 자신은 촬영할 때마다 매번 기시감의 혼란을 겪는다면서. 그래도 극복할 수 있었던 것은, 그러한 중에 한 컷의 무언가가 카메라를 놓지 않게 만들었기 때문이라고 했다. 지구상에 그 무엇도 완전한 실재는 없다며, 사실이라고 착각하고 믿을 뿐이라며 진중한 K가 무거운 입을 뗐다.

　코끼리의 수명은 길어야 70~80년이었다. 지금이야 문명의 발달로 100세 시대가 되었지만 조선시대만 하더라도 70세까지 산 사람들이 많지 않았다. 이곳저곳 눈칫밥을 먹던 코끼리가 오래 살았으리라는 가정은 어쩌면 신빙성이 떨어졌다. 어디에 있는지조차 모른 채 사라진 걸 보면 이 골칫거리를 누군가 없애버렸는지도 모를 일이었다. 기록 어디에도 이 코끼리의 행방에 대해 남겨져 있지 않으니 죽었는지 살았는지, 아니면 바닷속으로 들어갔는지, 원혼이 이 섬에 깃들어 섬사람들의 기억에 살아남았는지 도무지 알 길이 없지만 세종의 마지막 당부만 『조선왕조실록』에 남아 있다. 〈물과 풀이 좋은 곳을 가려서 이를 내어놓고, 병 들어 죽지 말게 하라.〉

다랑이 밭마다 흰콩이 누렇게 익어가며 수확을 기다렸다. 대나무와 동백나무, 육박나무, 비자나무로 어우러진 메숲진 숲과 누런 콩밭은 선명한 대조를 이루고 경계를 뚜렷이 했다. 다만 파란 하늘의 하얀 구름이 조화를 깨트렸다. 이 섬의 코끼리는 언젠가 흔적도 없이 사라질지 몰랐다. 마야 부인도 코끼리 꿈을 꾸고 아들인 부처를 잉태했다고 문헌에 전해져 내려온다. 인도에 코끼리가 흔하니 그럴 법도 했다. 그렇지만 그들이 믿고 있는 게 사실인지 확인할 길이 없는 것처럼 노인들은 이 섬에 살면 복락을 누린다고 한결같이 믿고 살아왔다. 마치 코끼리가 눈에 보이는 듯이.

지금의 노인들이 오래 산다고 해봐도 기껏 이삼십 년이었다. 눈에 보이는 코끼리가 이 섬에 있고 없고는 그들에게 별로 중요해 보이지 않았다. 노인들이 사라지면 코끼리도 사라질 터인데 나는 코끼리에 매달린 아이들처럼 이 섬에 코끼리가 줄곧 살아 있을 것 같은 기대감이 생겼다. 내 말년에 이곳을 다시 올 기회가 있다면 이 섬에 코끼리가 산다고 믿는 사람들을 다시 찾아낼지도 몰랐다. 민담은 시공간을 뛰어넘어 실재로 둔갑하기도 했다. 그때 한 번 더 취재하고 싶다는 마음이 발동했다. 강산도 몇 번 변하고 다큐도 어떻게 변할지 모르지만 말이다.

조 PD는 내가 기획한 '그 섬에 코끼리가 있다'를 '그 섬에 코끼리가 산다'로 편집하도록 지시했다. 누구나 다 예상한 타이틀이었다.

M은 무려 7년 넘게 그 이국의 땅, 해발 몇천 킬로미터의 산속 마을에서 한 작품으로 버텨냈다. 말도 통하지 않는 나라에서 추운 날씨와 씨름하며 없는 것을 보이게 만들고 볼 수 없는 것을 볼 수 있게 만들었다. 그가 촬영한 행간 사이를 관객들은 볼 수 있었고 찾아낼 수 있었다. 시청자들이 단순히 보이는 것만 본다는 것은 시청자를 몰라도 아주 모른 판단 오류였다.

관객들은 M의 다큐에서 말하지 않은 암묵의 시간과 사유를 읽어내었다. 그냥 지루한 산속에서 꼬맹이의 어설픈 행동과 말들을 주워 담았다. 특별할 것 없는 지극히 평범한 일상을 보여주었는데 사람들은 그 얼마 되지 않는 장면에서 현상 너머의 세계를 보고 감동하며 눈물을 흘렸다. 어찌 보면 참으로 지겨운 영화인데 관람객들은 드높은 정신과 맑음의 세계를 보고 지나온 시간을 반추했다고…… 그 깨달음은 장소와 시간을 벗어나 문화의 다름까지 포용하는 앎으로서의 확대를 통해 현대인들에게 참된 인간의 사랑을 보여주었고, 올해 자신의 가슴을 가장 따뜻하게 해준 영화였다고 관객들은 말하기를 서슴지 않았다.

M이 국제적인 상을 받았다고 색다른 감동을 한 게 아니었다. 엔딩 크레디트가 올라갈 때까지 관객들은 기립박수를 아끼지 않았고 나는 낯이 점점 뜨거워졌다. 5년의 안정이 단 한 편의 영화보다 가볍다는 게 아니었다. 7년을 인고한 다큐멘터리가 한 편의 영화가 되어 관객들 앞에 섰을

때 100분의 영화가 아니라 수백 년의 목소리로 호소하고 있는 것을 알았기 때문이었다. 그때부터 내 내면의 흐느적거림이 시작된 것인지도 모르겠다.

어디에 있습니까?

작업을 끝낸 정 노인은 움막 뒤편으로 우리를 조용히 불렀다. 움막 뒤편은 아주 어두웠고 여러 나뭇잎의 냄새들로 차 있었다. K가 카메라의 줌을 조절했다. 정 노인은 조심스레 촛대의 촛불을 밝혔다. 나는 순간 조상을 모시는 사당이지 않을까 하는 생각이 들었다. 그의 표정이 신중하기도 했지만 뭔가 결연한 뜻을 자행하려는 듯 비쳤기 때문이었다. 정 노인이 양 무릎을 꿇었다. 나는 그가 잠깐 기도를 하고 있지 않나 여겼다. 그는 묵념 자세를 하고 있었다.

정 노인이 오랜 시간을 안고 닳은 서랍장에서 뭔가를 조심스럽게 꺼냈다. 주위에 아무도 없는데 흡사 지체 높은 사람 앞에서 의식을 거행하고 있는 듯 그의 두 손은 바르르 떨었다. 그의 비장한 눈빛은 처연했다. 한 개의 두루마리를 꺼내놓았는데 종이는 아니었고 양피지였다. 두루마리는 거의 80% 정도 타버려 테두리가 검게 구불거렸다. 글자 맞추기를 한다고 해도 얼마 남지 않은 한자를 가지고 한 문장도 제대로 전달이 될 것 같지 않았다. 너절한 교지를 향해 정 노인이 한마디 내뱉었다. "선대왕 세종대왕의 교지요."

정 노인이 홍에게 전해주려고 한 것은 교지였다. 세종의 친서로 사복시 주부에게 내린 일명 교지였다. 집안 대대로 조상들이 그랬듯이 정 노인이 숙명으로 받든 마지막 코끼리 지킴이 내력이었다. 이 교지가 타지 않았다면 국보급 교지로 남는 것뿐 아니라 나는 대단한 특종으로 올해의 최우수 다큐멘터리 상을 받았을지도 모르겠다.

나는 이 기구한 물건이 국립박물관에 전시되지 않고 이토록 섬 구석에서 초라한 꼴로 있는 게 쓰라리고 쓰라려 속에서 비명을 지를 지경이었다. 그러나 타버린 교지라도 세종의 친서임은 틀림없었다. 첨단 과학 기술로 진품 증명을 할 수도 있었다. 가슴 한쪽이 짧게 설레었다. 이 섬에서 유일하게 증거로 삼을 수 있는 물건이었다. 내 귓가에만 들리는 환청 같은 소리를 녹음할 수도 없고, 정 노인이 만들어놓은 코끼리 형상은 아프리카부터 인도까지 흔하디흔했다. 방영조차 불가한 상황에서 조 PD를 설득할 수 있는 물증이 있어 마음 언저리에 안도감마저 들었다. 다큐에서 물증만큼 중요한 것은 없었다. 왜 시청자고 TV인가? 물론 할머니들의 인터뷰 진술도 있었지만 시청자들을 감응케 하기에는 증명력이 약했다.

사람 잘 죽이기로 소문난 악명 높은 태종이 왜 코끼리한 마리에 천착했는지는 알 길이 없으나 짐작해보면 외교적인 실리를 더 우선으로 여긴 선택이지 않았나 싶다. 「용비어천가」에도 조선의 개국 정당성을 홍보하려고 '누인개국'이라고 말하지 않았는가. 씁쓰름한 사실은 태종의 실리 외교가 한 가문에 지대한 영향을 끼쳤다는 점이다. 한 가문의 운명을 송두리째 바꾸어버렸다. 그들의 후예들은 귀양지 섬에서 평생을 보내야만 했다. 얄궂은 교지 한 장과 코끼리 한 마리 때문에…… 하지만 이건 내 생각이고 정 노인만 보더라도 그는 꽤 자긍심을 가지고 있었다. 일제 강점기에 태어난 정 노인이 이 정도의 정성이라면 그 윗대는 말할 필요도 없었다.

기억을 더듬는 그의 눈빛이 유달리 그늘졌다. 어릴 때의 충격이 컸을까, 정 노인은 지금도 그 자리에 있는 것처럼 심장이 멎는 것 같다고 가슴 언저리를 주먹으로 쳤다. 평화를 깨트리는 폭력은 사람들을 이렇게 마비시키고 병들게 했다. 그날따라 코끼리들이 아침부터 많이 울부짖었다고 했다. 평소 듣던 울음이 아니어서 어린 정 노인도 이상하게 생각했지만 원인을 몰랐다. 남도의 끝에 있는 섬이었으니까, 그 당시 나라 정세에 어두웠을 것이다. 코끼리는 10킬로미터의 소리를 듣는다고 한다. 일지에도 그날 아침, 코끼리들이 유달리 불안 증세를 보였고 아주 서럽게 울부짖었다고 기록이 돼 있었다. 기록은 여기까지였다. 이후부터는 노인의 증언뿐이었다. 열 살 된 아이의 시선이 전부였다. 지금 내 앞의 그는 89세의 노인이었지만 그때를 술회하는 그의 시선은 10세의 어린아이였다.

"사람들이 왜놈들이라고 했재. 아주 무시무시한 놈들이라고. 우리를 다 죽일지 모른다고 하더구먼. 우리 엄니가 집에서 나오지 말라고 신신당부를 했으니껭. 세상모르는 열 살배기가 무서운 일을 뭘 안다요. 왜놈들이 궁금해서 좀이 좀 쑤셔야재. 어른들 눈을 요리조리 피해 짚신이 몇 번

벗겨지면서도 내달렸지베. 지금 생각해보니 그게 군함이라는 건디, 태양에 바다도 자글거리고 그 군함도 자글거리는 건 마찬가지였지라. 어마어마해서 오줌이 지릴 정도였으니께. 그렇게 큰 배는 처음 보았는기라. 태어나서 내 두 눈망울이 그렇게 커졌던 적이 없었구먼. 근디 세상 물정을 모르는 애라도 뭔지 모르게 무시움에 사지가 저절로 떨렸지베. 왜놈들 입은 옷들이 햇빛에 번쩍번쩍거렸당께. 총칼을 차고 줄을 지어 행진하는 왜놈들 입은 옷이 아주 멋지기도 했지만 두렵기도 했지라이. 바다가 보이는 절벽 근처에 대포를 배치한다고 우리 코끼리들을 강제로 다 끌고 갔지라이. 그날 구경한다고 따라갔으면 나도 죽은 목숨이었당께. 어른들 몇 분도 함께 끌려갔지라. 대포 소리가 '쿵쾅쿵쾅' 천둥소리보다 더 컸지라. 천지가 뒤집히는 줄 알았는기라. 어찌 된 영문인지 몰라도 코끼리의 찢어지는 비명도 함께 들렸지라…… 우리 집 식구들은 코끼리가 죽을까 봐 가슴을 치고 맴이 찢어지게 아파했지라. 지금도 가끔씩 그 비명이 들린당께. 70년도 넘었는데 말이지. 천지가 조용해져서 마을 사람들이 죄다 나갔더니 글씨 난리도 아니었당께. 글씨 우리 코끼리들이 모조리 싹 다 죽은 거여! 군함도 대포도 사라지고, 군인들과 코끼리 시체만 나뒹굴어 눈 뜨고 볼 수 없었당께. 요상한 일은 마을 사람들은 한 사람도 다치지 않고 왜놈들만 싸그리 죽었으니께, 지금도 한 번씩 생각하면 지독히 분하고 치가 떨리는기라."

코끼리의 죽음을 얘기할 때 정 노인은 급기야 흥분조로 몸을 부르르 떨기까지 하며 눈에 눈물을 글썽거렸다. 다행인 것은 마을회관의 할머니들과 달리 정 노인은 사투리를 그렇게 많이 구사하지 않았다. 집에 텔레비전도 없는데 우리가 알아들을 정도로 발음이 정확했다. 움막 안 구석구석에 쌓인 책들을 많이 읽어서인지도 몰랐다. K와 나는 정 노인의 얘기를 듣고 가만있기가 왠지 민망해졌다. 어쩌면 이때부터 일본은 동남아를 점령할 계획을 수립하였는지도 모르겠다. 중일전쟁에서 이긴 일본은 유럽의 식민지, 동남아에 주둔 중인 유럽 군사력을 무너트리려고 맹공을 퍼붓던 시기였다.

코끼리의 수난은 제2차 세계 대전 때 동남아 여러 나라에서도 확인된 바 있다. 대만 국립박물관의 조사 사료를 보면 1942년 아시아 코끼리 13마리가 군사 부품을 나르는데 강제로 동원된 것에 대한 일제의 만행이 자세히 소개돼 있다. 1941년, 정 노인이 열 살 때 본 장면은 역사적으로 사실일 가능성이 컸다. 가장 충격을 받은 사람은 정 노인의 아버지였다. 선조로부터 물려받은 책임을 완수하지 못한 부담감에 시름시름 앓다가 돌아가셨다고 했다. 정 노인은 아버지의 유언대로 코끼리 상을 그때부터 만들기 시작했다니…….

마을 사람들은 코끼리의 희생을 두고두고 가슴 아파했다. 코끼리의 장례를 한 달 동안 절벽 아래에서 행하고 제의를 올려 코끼리들을 위로했으며 사람들의 손이 타지 못하게 꼬리 섬에 수장했다. 인터뷰를 하고 있지만 나도 모르게 가슴 한 언저리가 울컥 벅차올랐다.

이제 고려에서 갓 개국한 조선은 가난한 나라였다. 팔도를 정비하고 나라의 기반을 하나씩 다져갔지만 시작 단계였다. 사람도 잘 못 먹는데 하물며 미물인 코끼리였다. 일본 국왕 원의지에게 선물로 바쳐진 코끼리는 국왕의 기대를 실망으로 바꾸어놓았다. 인도의 전설에 나오는 하얀 코끼리를 기대했던 탓일까, 짙은 회색의 코끼리를 검다고 부정하게 여겼다는 기록들이 여러 군데서 확인된다.

조선의 팔만대장경 판본이 필요했던 막부는 코끼리와 판본을 주고받는다. 명목은 나라 간의 외교 선물이었지만 골칫거리를 떠넘긴 셈이었다. 하루에 그 엄청난 양을 먹어대니 어느 나라와 고을이 감당할 수 있었을까. 섬 사정은 더 열악했다. 인도네시아의 수마트라섬도 아니고 말레이시아의 보르네오섬도 아니고, 초식동물인 코끼리가 살기에는 말이 안 되는 곳이었다. 남도의 아주 작은, 무인도에 가까운 섬이었다. 사복시 정 주부가 생각해낸 게 기발했다. 코끼리에게 소금을 뺀 해초를 먹인 것이다. 바다에 해초는 무궁무진했으니까.

코끼리 개체 수를 조절하는 일이 가장 힘들었다고 일지에 적혀 있었다. 개체 수가 늘어나면 아무리 단속해도 사람들 눈에 띄게 되고 4~5년마다 새끼를 낳으니 여간 신경을 쓰지 않을 수가 없었다. 게다가 코끼리는 철저하게 모계 중심이었다. 코끼리가 네 마리를 넘지 않도록 하는 게 사복시 주부의 주된 임무였다. 코끼리섬에 사람들이 하나둘씩 모여들었다. 주로 육지에서 마음 놓고 살아갈 수 없는, 쫓기는 처지의 사람들이었다. 코끼리 역시 어느 육지에서도 반겨주지 않았다. 육지 사람들에게 코끼리는 사람을 죽인 몹쓸 동물이었다.

조선으로 들어온 코끼리는 동남아시아에서 온 수놈 코끼리였다. 코끼리는 본래 온순한 동물이었다. 지금 생각건대 공교롭게 사람이 죽은 걸 보면 수놈 코끼리의 발정기가 아니었을까 싶다. 발정기는 1년에 한 번, 한두 달 지속한다고 하니 호르몬의 과다 분비로 흥분되어 그런 일이 발생했을 가능성이 컸다. 1941년까지 어떻게 그 섬에 계속 코끼리가 살아남을 수 있었는지는 사복시의 기록으로 알 수 있었다. 어느 날 난파된 배 한 척이 들어왔다. 중국 청도로 들어가는 배가 폭풍으로 섬까지 밀려온 것이었다. 그 배에는 각종 진귀한 동물들이 있었는데 그중 암컷 코끼리도 있었다. 코끼리를 풀어놓자 수놈 코끼리가 암놈 코끼리를 보고 그냥 있을 리가 없었다. 그때부터 코끼리에게도 이 섬에 정착할 이유가 생긴 거였다.

사복시 주부는 고개를 들지 못했다. 다른 왕도 아니고 세종대왕이었다. 고개를 숙인 그에게 세종은 지엄한 어명을 내렸다. "코끼리를 잘 돌보아라. 네 가문이 지켜야 할 게 코끼리다. 코끼리가 병들거나 죽어서는 아니 된다. 지금 여론이 시끄러우니 너는 코끼리를 데리고 조용히 사라져라. 코끼리와 네 집안이 살 방도는 내가 마련해줄 것이다. 풀이 많고 물이 좋은 곳을 찾아 반드시 살려놓아라."

그때부터 정 주부의 파란만장한 삶이 시작되었다고 봐야 했다. 사람들의 눈을 피해 그가 정착한 곳이 이 섬이었다. 그의 집안은 코끼리를 지키기 위해, 코끼리를 살려놓기 위해 존재했다. 코끼리의 수명은 오래 살아야 80년이었다. 그런데 일제강점기인 1941년까지 코끼리의 후손들이 살았다는 건 실로 놀라운 일이었다.

일지의 기록은 한문과 언문이 섞여 있었다. 국문학을 전공한 덕에 일지를 대충 읽어 내려갈 수 있었다. 지금의 일기처럼 긴 내용들은 아니고 짤막한 기록이었다. 사람도 아니고 코끼리이니 코끼리의 관찰일기처럼 여겨졌다. 초기에는 코끼리가 섬에 잘 정착하도록 신경을 많이 쓴 흔적들이 있었다. 정성이 지극했는지 코끼리의 상태가 좋아졌는데 내 보기에, 정 주부의 코끼리를 향한 정성을 코끼리가 모르지 않았을 거란 생각이 들었다. 아무리 짐승이라도 자신을 아껴주고 애지중지하는 걸 모를 리가 없었다.

여러 동물 다큐멘터리 프로그램에서도 알 수 있듯이, 더군다나 코끼리는 동물 중에서도 뇌가 크고 영리했다. 코끼리의 배설물 때문에 섬의 땅이 비옥해졌고 콩 농사가 잘되었다고 쓰여 있었다. 그리고 소를 대신해 코끼리가 쟁기를 메고 땅을 고르고 농사를 짓는 데 많은 도움을 준 구절들은 다양한 영상을 떠오르게 했다. 코끼리의 먹을거리를 위해 섬사람들이 해초의 소금을 제거해 대나무 잎과 야생초에 콩을 섞여 먹인 기록들도 특이했다. 그 덕에 코끼리가 별 탈 없이 잘 컸단다.

그 밖에 코끼리의 치수, 몸무게, 먹는 양, 배변 양, 임신 시기, 수명, 장례 등 코끼리에 관한 지침서처럼 일지에 빠짐없이 기록돼 있었다. 특히 코끼리의 장례 부분이 눈길을 끌었다. 가족 중 누가 죽으면 코끼리들은 시체 곁에서 며칠씩 잠도 자지 않은 채 애도하고, 흙과 덤불로 시체를 덮어주며 사람들이 성묘 가듯 몇 년 동안 죽은 코끼리를 찾아 코로 유골을 어루만져준다는 부분은 신기하기까지 했다. 코끼리가 성묘 간 무덤이 어디쯤이었을까 하는 궁금증이 일었다. 분명히 섬 안 어느 곳에 무덤이 있을 터였다.

햇빛을 해바라기 삼아 진종일 콩잎은 찬란하게 번들거렸다. 콩밭, 콩잎, 콩대, 콩 덤불…… 유일하게 이 섬에서 살아 생존하는 건 이 콩밭의 콩들이었다. 물론 역사의 증인이 되어줄 노인들도 있었다. 의학적 사실에 근거하면 그들 대부분은 치매성 초기의 환자들일 거였다. 초기 치매라도 그들이 도달할 곳은 정해져 있었다. 유일하게 89세의 관록에도 눈빛은 20대 청년처럼 번득이는 정 노인, 그는 시대의 전수자로서 그의 머릿속에는 데이터 과다로 여겨질 만큼 스토리로 가득 차 있었다. 어쩌면 그가 죽지 못하는 이유는 전수할 대상을 만나지 못해서라는 생각마저 들었다.

그를 편히 눈 감게 하려면 그의 데이터들을 방송으로 내보내야만 했다. 그래 알겠다. 근데 무엇으로? K는 대충 내얘기를 듣자마자, 어쩌라고? 하는 표정으로 어깨를 연거푸들썩이며 카메라를 구부린 무릎에 걸쳐놓았다. 코끼리들의파다한 얘기들만 남고 코끼리는 흔적이 없다?

바다를 향해 있는 섬의 절벽은 이상하게도 코끼리의 코가 고개를 숙이고 있는 형상이었다. 그 장소에서 코끼리들이 떨어져 숨졌다고 정 노인은 말했다. 정 노인이 가리킨손끝의 떨림에서 옅은 슬픔이 느껴졌다. 바다가 모든 비극을 쓸어가버렸다가 다시 이 섬을 향해 토해내었다. 임금의교지를 받들어 코끼리와 이 섬에서 생애를 바친 정 주부집안의 일대기를 섬과 바다만 알고 있었다. 수백 년의 역사에서 코끼리를 지키기 위해 분투한 시간…… 어명을 내린임금도 죽고 코끼리를 기억하는 사람들도 죽었는데 자자손손 이 어명을 지키기 위해 그들은 숨죽인 시간을 살아내었다. 몇백 년의 팩트들…… 코끼리들과 그 시대의 사람들은없어도 어쩌면 이 바다와 섬이 수몰된 시간의 서사들을 모조리 기억하고 있을지도 모르겠다.

섬으로 흘러들어 온 사람들은 추노나 귀양 온 사람들이대부분이었다. 그 섬에 그런 신분이 아닌 사람은 사복시의 정 주부였다. 그는 자신의 임무를 완수하는 중이었다. 그 섬에 들어온 사람들은 엄명의 규칙이 있었다. 왕이 여러 번 바뀌고 시대가 바뀌어도 지켜야 할 게 있었다. 코끼리가 산다는 것을 발설하면 죽음이었다. 사복시 정 주부는 코끼리를 지키기 위해 들어오는 사람과 나가는 사람을 철저하게 비밀에 부쳤다. 그래서 코끼리의 집도 지금 산 중턱 깊숙한 곳에 자리를 잡았다. 잠시 머물다 가는 사람들에게 코끼리 소리는 기이했지만 그게 코끼리 소리라고 사람들은 받아들이지 않았다. 생전 코끼리를 본 적도 없고 코끼리 소리를 들은 적도 없는 사람들이었으니까. 천둥소리나 땅이 흔들려 나는 소리쯤으로 여겼다.

코끼리는 없지만 코끼리가 남긴 얘기들은 무성했다. 코끼리가 이 마을에 미친 영향도 모름지기 컸다. 조선시대에 온 코끼리는 의도하지 않게 사람 둘을 죽였지만, 이곳에 와서 그 후예들은 조선 사람들을 구하고 자신들은 죽었다. 은혜를 갚은 셈이었다. 이 내용만 해도 한 분량의 다큐멘터리가 되고도 남았다. 시청자들에게 보여줄 코끼리는 없지만 정 노인이 만든 목상과 세종이 내린, 거의 타다 남은 교지, 할머니들의 인터뷰 등을 엮으면 굳이 방송을 못할 이유도 없을 것 같았다. 그런데도 마음 한구석에 뭔가 부족한 것이 해결되지 않은 듯 좀체 잠을 이루기가 힘들었다. 판국에는 코끼리를 CG 그래픽으로 처리해 사이사이에 넣어줘야 할지도 몰랐다.

K는 코까지 골며 잠들어 있었다. 제일 고생하는 게 촬영 감독이다. 10년을 K와 같이 일할 수 있었던 것도 인덕이라고 봐야 했다. K와 나는 운명공동체다. 2년 전 기획시리즈 다큐를 끝내고 K와 나는 모처럼 50일 휴가를 받아 산티아고 순례에 나섰다. 일평생 걸어야 할 걸음을 산티아고에서 다 걸었다는 K는 나중에 걷기를 거부하는 버릇이 생길 정도였다. 실은 K만 걸었던 건 아니었다. 휴가를 어떻게 보낼까 하다가 우리는 산티아고 가는 길을 재충전의 기회로 삼았고, 가기 전에 K는 한 가지 제안을 했다. 일절 카메라를 들지 않겠다는 거였다. 그렇다 보니 찍는 몫은 내 담당이 되었다.

K가 50일 동안 한 컷도 찍지 않고 묵묵히 걸었다는 얘기는 제작팀 모두에게 이슈처럼 회자되었다. K의 요지는 자신의 시력으로 본 세상, 인위적으로 가미되지 않은 자유롭게 펼쳐진 풍경을 보고 싶다는 것이었다. 그러나 산티아고 순례는 모두가 알다시피 자유를 느낄 만큼 가벼운 길이 아니었다. 무거운 배낭과 변덕스러운 날씨는 또 다른 고통이었다. 떠난 지 3일 만에 나는 순롓길에 나선 것을 후회했으나 K는 나와 달랐다. 보통 때도 체력에 있어서는 K가 항시 나보다는 나았으나 이건 체력도 체력이지만 정신력과의 싸움이었다. 이틀간 나는 정신없이 찍어댔지만 그것도 몸이 피곤하니 만사 귀찮고 싫증이 났다. 느낀 게 있다면 카메라

장비를 들고 촬영하는 K를 이해했다는 것 정도, 그게 내가 얻은 소득이었다.

"그 어떤 영상매체도 들고 가지 않은 건 탁월한 선택이었어요. 내 시야가 렌즈가 되어 프레임에서의 해방을 만끽했으니까요. 체력의 한계 상황에서도 걷게 한 힘이 있었어요. 길을 둘러싼 주위의 경치들이 가감 없이 쏟아져 안길 때, 그 자연의 순수 속에서 다음 발을 뗄 수 있었죠. 카메라의 렌즈 범위에서 결코 볼 수 없고 담을 수 없는 자연의 선물 앞에 감사할 것밖에 없더라고요. 대지의 냄새, 신록의 짙푸름, 지천으로 피어나는 이름 모를 꽃들의 향내, 간간이 들려오는 새소리, 바람 소리, 순간순간이 벅찬 감동과 희열로 업그레이드되었죠. 아쉬운 게 있다면 자연의 선물을 고스란히 받은 내 감각의 주체 못 하는 심정뿐이었어요."

이런 K와 달리 나는 거기서도 다음 프로의 틀을 짜느라 머리가 바쁘게 돌아갔다. 길을 걸어가면 갈수록 환경과 관련된 다큐를 장기간 준비해보고 싶다는 열망이 강하게 일었다. 생장 피에 드 포르에서 산티아고 데 콤포스텔라 대성당 779킬로미터를 지나 스페인의 땅끝 피스테라 1,000킬로미터를 나는 완주했다고 하는데, K는 인생의 가장 큰 선물이라며 광활한 대서양의 일몰이 내려앉는 바다에서 껵껵대고 눈물을 흘렸다. 덩치 큰 어른이 바다를 보며 울던 광경은 지금도 생생하다. 그때 나는 K에게 말할 수 없는 신뢰감을 느꼈다.

"해가 뜨면 걷고 해가 지면 잠들고, 또 해가 뜨면 걷고 또 해가 지면…… 하루도 똑같은 하루가 없었어요. 많은 사람이 그 길을 걸었어도 그 풍경 속에서 느끼는 건 모두가 달랐으니까요. 언젠가 미래에 시각과 청각으로 카메라에 담을 수 없는 다른 감각들을 실현하는 영상의 시대가 온다면 어떨까요? 인간의 감각을 영상매체에 다 담을 수 있는 세상 말이죠."

아프리카에서 급작스러운 사고를 당한 두 선배도 운명을 같이했다. 나와 K처럼. 섬의 어둠은 일찍 찾아온다. 밤의 경계를 파도 소리가 일깨워주고 까무룩 모두가 영원히 잠들 것같이 어둠이 짙다. 그 사이로 시간의 여울들이 파도의 물결처럼 잦아들었다.

*

촬영 테이프가 든 배낭이 감쪽같이 사라졌다. K의 넋 나간 표정을 보니 심각한 사태가 더 절실하게 다가왔다. 늦게 잠든 나를 깨운 건 K였다. 급한 일이 아니고는 그가 나를 흔들어 깨울 일은 거의 없었다. 배낭째로 없어진 걸 보면 누가 벼르고 가져간 게 분명했다. 몇십 개의 테이프는 며칠 동안 공들인 수고들이 담긴 결과물이었다. 마을의 할머니들? 정 노인? 누가 가져갔지? 그들은 촬영에 비협조적이지 않았다. 대체, 이 사고를 어떻게 수습해야 할지…….

곤란, 그 자체였다. 조 PD에게 내일 올라간다고 했는데, 애써 작업한 것을 다 잃어버렸다고 하면, 성질 급한 그의 입에서 튀어나올 욕지거리들이 예상되었다. 코끼리의 부재에다 겨우 찍은 흔적들조차 사라지다니…… 섬 취재는 깡그리 날린 셈이 되었다. 다시 찍어야 하나, 이런 일이 전혀 없지 않으나 참으로 곤혹스러웠다. 방법은 배낭을 찾는 수밖에 없었다. 섬을 샅샅이 뒤져서라도 찾아야 했다. 나는 마음속으로 나를 세뇌시켰다. 찾으면 된다. 찾을 수 있다. 찾고 말 것이다. 반드시 찾게 된다…….

배낭의 행방을 민박집 주인에게 다급히 묻자 모르겠다며 고개를 저었다. 혹여 어젯밤에 투숙한 낚시꾼들이 배낭을 바꿔갔을 수 있을 것 같아 배를 빌려서 그 사람들 있는 낚시 장소까지 갔다. 결과는, 헛수고였다. 그들은 도대체 무슨 배낭이기에 바다까지 와서 배낭을 찾느냐는 투로 배낭에 엄청난 돈이나 금이 들어 있는 게 아니냐고 실없는 농담들을 툭툭 던졌다. 방송 취재 테이프라고 하니 조금은 알아듣는다는 시늉을 했다.

다시 배를 돌려 마을회관으로 되돌아갔다. 할머니들에게 물어보는 수밖에 없었다. 어찌 된 게 오늘따라 할머니들은 한 사람도 마을회관에 없었다. 큰 섬마을에 칠순 잔치가 있어 모조리 거기로 갔다는 거다. 이래서 찾을 수 있을지 자신이 없어졌다. K는 다시 정 노인의 움막으로 가보자고 말을 꺼냈다.

정 노인이 그 테이프를 가져갈 이유는 전혀 없었다. 그가 우리를 이 섬으로 오게 한 것은 코끼리를 알리려는 목적이었다. 그 목적이 아니었다면 홍 선배도 그렇고 우리를 받아들였을 리가 만무했다. 그러나 정 노인은 이 섬의 지리를 꿰뚫고 있으니 도움이 될 수도 있겠다 싶어 발걸음을 산 중턱으로 향했다. 전국을 다니다 보면 촬영한 테이프가 비에 젖기도 하고 공테이프가 되거나 카메라가 망가져 애를 태우는 게 자주 있는 일이지만 우리에게는 오늘이 최악의 날이었다.

조 PD가 메일로 취재한 것을 대충 보자고 문자를 보냈는데 이렇게 난처할 수가 없었다. 조금 더 찍을 게 있어 저녁에 보내겠다고 대충 둘러댔지만 그런 핑계도 오래가지 않을 것이다. 속이 타는지 K는 다시 찍자고 했다. 서둘러 찍으면 없는 것보다는 낫지 않겠냐고 한다. 역시 그의 막판에 강한 의지는 산티아고에서 보여준 그대로였다. 중요한 것은 정 노인은 그렇다 치더라도 할머니들의 인터뷰를 어떻게 하나였다. 큰 섬마을로 간다고 해도 이 할머니들을 모두 한자리에 모아놓고 인터뷰를 다시 해야 하다니! 할머니들의 사투리를 생각하니 머릿속이 뱅글뱅글 돌았다.

K와 나는 시간이 없으니 배낭을 찾으면서 취재하자고 했다. 마을회관에 할머니들이 없으니 밭에서 일하는 할머니라도 찾아야 했다. 근데 며칠 전 그 할머니가 아니었다. "저, 할머니? 혹시 이 섬에서 코끼리를 본 적 있어요?" 할

머니는 "뭐시라?" 청력이 안 좋은지 계속 헛소리를 해댄다. "시방 뭐라고 했소? 코가 어찌 됐다고?" 여기서 붙잡혀 시간을 소비할 수는 없었다. K가 어서 가자는 눈짓을 보냈다.

방송 카메라를 둘러매고 다시 산을 오르는 K의 모습에 만감이 교차했다. 그의 고생에 비하면 내 수고는 아무것도 아니라는 생각에 이르자 다시 산을 오를 힘이 생겼다. 며칠 전에 올랐던 산길을 다시 오르니 별의별 생각이 다 떠올랐고 심지어 가상 시나리오까지 그려졌다.

조 PD는 간단하게 물을 것이었다.

─ 건졌어?

─ 아무것도 없어.

─ 아무것도 없다니? 뭐가? 코끼리?

─ 나도 어이가 없어…… 올라가서 의논해.

얼마 전까지만 해도 조금은 어깨가 가벼운 나였다. 그러나 한 달간의 여유는 생기기도 전에 깡그리 달아나고 한 달 앞으로 닥친 이 사태를 어떻게 처리해야 하는가의 고심이 자리를 잡았다. 이런 일이 생기려고 외주업체에 맡기기로 한 3주 차 방송도 펑크가 났다. 3주 차에 방영될 프로가 두 달 뒤로 밀려났다. 결론적으로 코끼리가 한 주 앞으로 당겨져 3주 차에 방영되어야 하는 꼴이었다. 근데 아무것도 없으니…… 주체인 코끼리도 없고, 그 흔적들을 취재한 것도 없으니, 낭패였다.

정 노인은 낮잠을 자고 있었다. 한적한 움막 마당에 닭 몇 마리가 모이를 쪼고 있을 뿐 고요만 감돌았다. 바로 깨우기가 미안해 우리도 올라오느라 지친 숨을 가다듬고 물을 찾아 마셨다. 부스럭거리는 소리에 정 노인이 눈을 떴다. 잠결에 꿈을 꾸는 줄 알았는지 두 눈을 끔벅거렸다. K가 어르신께 다시 여쭤볼 게 있어 왔다고 하자 그는 자신이 누운 평상에 앉으라며 반가운 표정을 짓는다. 그러면서 서울 양반이 어젯밤에 다녀갔다고 말을 건넨다. 그리고 우리가 취재하고 갔다는 얘기도 전했다고 했다.

　아, K와 나는 신음에 가까운 소리를 내뱉었다. 홍 선배였다. 내 짐작이 맞는다면 테이프를 가져간 사람은 홍 선배일 가능성이 컸다. 그렇다면 어제 우리가 잠든 사이 홍 선배가 민박집에 들렀다? 한편으로는 어느 정도 안심이 되기도 했다가 곧 또 다른 두려움이 마음 한구석을 차지했다. 홍 선배가 왜 촬영 배낭을 가져간 거지? 우리가 어떻게 취재했나 궁금해서? 아니 그렇다면 우리를 깨우든지 만나러 와야지, 도대체 홍 선배는 어디에 있는 건가?

　정 노인에게 묻자 행방을 모르기는 마찬가지였다. 그도 홍 선배가 당연히 우리를 만나러 갔을 거라 여기고 있었다. 자고 가라고 했지만 홍은 잠깐 들렀다가 얘기만 나누고는 급히 떠났다는 거다. 혹시나 싶어 홍의 달라진 점이나 이상한 점은 없었는지 묻자 옷차림이나 행색이 고생을 많이 한 것 같았다면서 정 노인은 그가 콩잎 줄기 말린 것과 농기구 연장들을 빌려달라고 해서 가지고 갔다는 말을 덧붙였다. 무엇에 쓰려 하느냐고 물었더니 씩 웃으며 "코끼리."라는 말을 남기고 가더라는 것이었다.

혹시나 하고 홍 선배에게 휴대폰으로 통화를 시도했지만 폰은 아예 꺼져 있었다. 그가 농기구 연장들을 가지고 갔다면 이 섬에 있을 확률이 높았다. 확인도 하지 않았지만 촬영 배낭을 홍이 가지고 있을 거라는 데에 K도 수긍했다. 달리 가져갈 사람도 없었고 홍이라면 가지고 갔을 가능성이 99%였다. 그렇다 하더라도 어디에 가서 그를 찾는다 말인가! 섬을 다 뒤져서라도 찾아야 했으나 홍의 소식을 듣기 전보다 갑갑하지는 않았다.

번뜻 무언가가 머릿속을 훑고 지나갔다. 홍 선배라면, 짐작 가는 곳이 딱 한 군데 있었다. 해안이 끝에 있는 절벽이었다. 일본군들과 코끼리가 떨어져 죽은 곳이기도 했다. 심증은 확신으로 바뀌었다. 갖가지 생각이 뇌리를 꽉 메웠다. 몇 달 동안 잠적한 홍이 이 섬에 나타난 것도 이상하고 왜 이곳에 와서 촬영 배낭을 가져갔는지, 더군다나 정 노인 집에 들러서 콩대 말린 것과 농기구들을 챙겨 갔다는 것은 더 이해가 되지 않았다.

카메라를 맨 K가 말을 꺼내자마자 숨을 헐떡이며 바닷가를 향해 내달았다. 그의 품새로 봐서는 홍을 만나면 한 대 칠 태세였다. 평상시 과묵하고 어진 사람이 한번 성질이 뻗치면 어떻게 나올지 몰랐기에 나는 K를 앞질러 뛰었다.

그러고선 K를 진정시키며 홍을 내가 만나 설득하겠다고, 나서지 말아줄 것을 당부했다. 드디어 해안가 절벽이 시야에 드러났다. 누군가 서 있었다. 짐작한 대로 홍은 거세게 부는 바람을 등지고 머리카락을 휘날리며 우리가 오기를 기다린 듯 뛰어오는 우리를 뚫어지게 바라봤다.

*

"뱃머리에 서 있는 너를 보았지. 늘 붙어 다니는 K도 봤어. 섬이 작아도 나를 찾으려면 반나절쯤은 족히 걸릴 거라 여겼는데. 예상보다 빨리 왔네. 그래도 너라면 여기를 떠올릴 것이라 생각했지."

"아니, 선배 뭐야? 몇 달 동안 여기 있었던 거야?"

홍은 머리를 천천히 흔들며 피곤한 표정을 지었다. 절벽 끝에 서 있는 홍은 광야 그 자체였다. 머리를 풀어 헤치고 마치 한 마리 야수처럼 눈빛이 이글거렸다. 얼굴은 수염으로 덮여 그를 잘 알지 못하는 사람이라면 홍인 줄도 몰랐을 테지만 그와 나의 관계는 무려 20년이었다. 그의 등에는 촬영 배낭이 있었다.

K가 홍을 향해 뛰어갔다. 본능적인 몸부림이었다. 홍이 소리쳤다. "가까이 오면 바다에 뛰어내린다." 황급히 달리던 K가 멈칫했다. 도대체 왜 그러느냐고 K가 원망 섞인 목소리로 소리를 질렀다.

"눈에 보이는 코끼리만 찾는 너희, 이 섬의 실오라기 하나도 가져갈 수 없어!" 홍은 단호하게 말했다.

"쪽팔리게, 너네가 그러고도 다큐 PD야!"

K가 툭 내뱉었다.

"씨발, 저 새끼 완전 미친 또라이잖아. 왜 저러는 거야?"

그의 내지르는 목소리에 순식간 아프리카의 사고로 죽은 두 PD의 얼굴이 다시 내 머릿속을 지나갔다. 그중 한 명은 홍의 절친이었다. 열악한 환경에 어떤 서포트도 없이 몇 달을 동물 취재에 매달린 그들이었다. 그들이 촬영한 것을 어떻게 편집해 방송국에서 유작으로 내걸지 모르지만 그들의 죽음 뒤에 남겨진 촬영 테이프가 전부였다. 홍이 사라진 것도 그때쯤이었던 것 같다. 그들의 죽음으로 방송계를 떠난 사람들도 있었고 외주업체의 처우 개선을 요구하는 칼럼들도 몇몇 신문에 실렸다. 더불어 독립 다큐를 찍는 사람들에게는 연대감으로 똘똘 뭉치는 계기도 마련해주었다. 사고를 당한 두 PD는 외주업체 소속이었다.

"죽은 코끼리를 어떻게 증명할 거냐고?"

그가 소리치며 말했다.

"보이는 것만 믿는 너희가 어떻게 증명할 거냐고? 시대의 행간을 어떻게 밝힐 거야?"

우리에게 부르짖고 있었지만 어째 그 자신에게 절규하는 소리 같기도 했다.

"선배, 진정하고 우리 얘기 좀 들어봐. 그 배낭은 제발 내

려놓고. 며칠을 우리가 어떻게 수고했는지 누구보다 선배
가 잘 알잖아. 선배 지시대로 할 테니 일단 배낭부터 내려
놓자, 응?"

나는 홍이 배낭을 던지지 못할 것을 진즉부터 알았다.
아니, 던질 생각조차 않는다는 걸 알았다. PD들에게 취재
필름은 목숨 같은 거였다. 홍은 배낭을 내려놓고 바다가 내
려다보이는 절벽에 철퍼덕 주저앉았다. 한 무리의 거센 바
람이 홍의 머리카락을 휘날렸다. 나는 K에게 자리를 좀 피
해달라고 부탁했다. 선배와 둘만의 대화가 필요했다. 몇 달
잠수 탄 선배의 꼬락서니는 어느 무인도의 로빈슨 크루소
를 연상시켰다. 아니나 다를까, 홍은 몇 달을 이 섬 저 섬
떠돌아다니며 폐인처럼 지낸 모양이었다.

"내가 늘 감시당하며 살해 위협까지 받고 살았다는 거
넌 좀 알잖아. 방송국에 있으면 안전할 것 같아도 그렇지
가 않아. 가족들도 마찬가지야. 니 형수는 우편물이 오면
깜짝깜짝 놀라. 공황장애래. 씨발, 언제까지 치료해야 하는
지 감이 안 온다. 돈도 없다면서 왜 애들 밖으로 유학 내보
냈냐고 예전에 그랬지? 돈은 없어도 애새끼들이 나 때문에
죽으면 안 되잖아. 아, 애새끼들이 내가 죽는 걸 지금 보기
엔 너무 이르다고!"

사이비 종교집단 취재 건으로 홍 선배가 어려움을 겪은
걸 모르지 않았으나 몇 년 전의 일이라 다 끝난 줄로만 알
고 있었다.

"뭐 근데, 사실 그거 진짜 별거 아니야. 늘 따라다니는 거니까. 대가 없는 소득은 없으니까. 그렇지 않고야 이 미친 세상을 카메라에 담을 수 없으니까. 시대정신을 갖고 시청자들을 움직이게 해야 한다! 맞아, 꼰대야! 이 꼰대를, 그 부담감이 천행처럼 따라다니네. 송, 그 새끼 마지막을 보니 내가 주인공인 씨발, 존나 슬픈데 단순한 신파극이 그려지더라. 그 자리에 내가 짜부라져 처박혀 있더라고. 그 새끼 먼저 갔지만…… 야, 그래도 그 새끼는 돈, 시청률에 쫄지 않았어. 갖고 있었어. 씨발, 그 꼰대 정신! 그 돗대, 한 개비! 꼰대 마인드로 어디든 다녔다. 새끼야, 너도 알잖아. 나라고 다를 것 같냐? 근데 그 새끼 존나 부럽다. 진짜 1년 차 때나 가질 수 있는, 현장에서 죽는 것, 그걸 해내네…… 내가 계속해서 히트작을 만든다고 부럽다고 했지만 그거 다 개뻥이고 운이야. 그거 아무것도 아니야. 내 유작이 될 수도 있다고 늘 생각해. 어쩌면 그때가 더 나았어. 거지 같은 편집실, 카메라, 인간 같지 않던 선배들과 있던 그때, 그래도 명분이 있었고 사회의 변화를 끌어낸다는 자부심도 있었지. 요즘은 돈이 안 되면 방송국에서 아예 시도조차 하지 않잖아. 시청률이 돈이니까. 다큐를 없애는 추세야. 삶이 고단할수록 다큐는 줄어들 거야. 사람들은 자신과는 다른 반대 급부를 원하잖아. 카메라는 계속해서 관찰 예능과 불륜만 담을 거야. 그래서 오락물과 연애 프로가 인기 있는 거지만. 너만 매너리즘에 빠진 게 아냐. 나는 내내 시달렸어. 나에게도 전환이 필요했어. 다들 현상에 목이 마르니까, 독립 다큐로 전환하려고 하지만 독립 다큐 수준을 알잖아. 방송국 하청이야, 걔네들! 나도 조만간 그럴 참인데…… 외주업체 일하면 돈은 안 돼도 마음은 편하잖아."

수습 때부터 선배들을 봐왔었다. 그리고 어느덧 방송국에서 내가 선배가 되었다. 내 밑에 나를 바라보는 PD들이 줄을 서 있다. 사실 나는 홍에게 이런 값비싼 대화를 들을 주제가 되지 않을지도 모른다. 내가 방송국에서 배운 건 어떻게 또박또박 월급을 받을 수 있나였다. 오랜 눈칫밥에 요령만 터득했는지도 모르겠다. 돈이 되는 프로, 시청률이 높은 프로, 안정적인 프로, 5년째 안정적인 방송프로가 나를 그렇게 망쳤는지, 아니면 원래 나란 인간이 그랬던 것인지는 나도 잘 모르겠다. 누구는 살해 위협을 느끼고, 누구는 무언가를 카메라에 담겠다고 아프리카까지 가서 비참하게 죽는 모험을 감행할 동안 나는 인기 PD가 되었다고 거드름을 피웠는지도 모르겠다.

아무 생각 없이 한 프로만 보고 5년을 달려왔다. 매주 방송을 치러내는 데 의미를 두면서…… 선배들에 비해 너무 쉽게 이 길을 달려왔다는 생각에 자괴감이 밀려들었다. 이 섬에서 우리가 취재한 내용들을 선배는 다 살펴보았을 것이다. 선배가 이 건을 취재했다면 특종 다큐로 만들고도 남았을 테니까.

＊

　홍 선배는 멀찌감치 떨어져 앉은 K를 향해 따라오라고
손짓했다. 절벽 아래로 뛰어 내려가는 그의 발걸음은 가벼
워 보였다. 해안가에 서서 이 섬과 떨어져 있는 꼬리 섬을
가리켰다. 우리는 꼬리 섬이라고 했지만 이 섬의 사람들은
새끼 섬이라고 불렀다.

　"지금부터 잘 듣고 잘 봐야 해. 다른 세계가 펼쳐질 거야.
눈 깜짝할 사이야. 나도 처음 보는 광경이니까."

　선배의 목소리는 흥분된 어조였다. 그러면서 K에게 카
메라 렌즈를 다른 사이즈로 빨리 바꾸라고 말했다. 이 섬에
온 이유는 코끼리 무덤을 보여주기 위해서였다는 거다. 25
년마다 섬이 하늘로 올라가다니, 지나친 과장이었다. 더군
다나 그곳에 코끼리가 있다니! 나는 선배의 말을 듣는 순
간 마그리트의 그림이 문득 떠올랐다. 바위에 성이 있는데
바위째로 하늘을 날고 있는 그림이었다. 정 노인에게 들었
으니 정확한 팩트라고 홍 선배는 힘주어 강조했다. 조금
있으면 정 노인도 나타날 거라고 말했다. 내 생각에도 어
부로 잔뼈가 굳은 노인이 허무맹랑한 소리를 내뱉을 리는
없었다.

　바다가 갈라져 이스라엘 민족이 육지처럼 건넜다는 모
세의 기적은 성경에도 있었다. 우리나라에도 그 비슷하게
물이 빠지고 뭍이 드러나는 섬들이 간혹 있었다. 비슷한 자

연 현상을 기적으로 표현하는지도 모를 일이었다. 게다가 코끼리의 소리도 들을 수 있다니! 그 광경을 일평생 딱 두 번 봤고 코끼리 소리는 자주 들었다고, 정 노인이 한 번도 아니고 두 번을 말할 때 그의 눈빛은 신념에 찬 말투여서 홍 선배도 믿음이 갔다고 한다. 그 말을 듣자마자 선배에게 정 노인의 말을 입증하고 싶은 충동이 밀려왔다나. 하늘로 올라가든 바다 밑으로 내려가든 섬에 변화가 있는 건 사실인 것 같았다.

정 노인이 말한 시간이 다 돼가고 있었다. 아니나 다를까, 정 노인은 절벽 위에서 우리를 바라보고 서 있을 뿐 내려오지는 않았다. 섬 절벽에서 바라보면 영락없이 꼬리 섬이었다. 원래는 같은 섬이었지만 지금은 떨어져 나가 홀로 섬 같았다. 절벽에서 바라본 하늘에는 희부연 초승달만 휑하니 떠 있다. 조락의 시간, 해가 꼴깍 넘어갈 무렵이라고 잘 지켜봐야 볼 수 있다고 말했다. 하늘의 주홍빛이 바다에 뿌려진 듯 부드럽게 맞물려 서서히 물들어간다. 하늘이고 바다고 경계를 지을 수가 없었다. 둘이 거꾸로 된들 다를 건 없어 보였다. 사람만이 나누고 분류하기를 좋아했다. 강태공 몇이 수영해 가서 앉아 놀거나 낚시를 하기에 딱 좋은 섬의 크기, 꼬리 섬은 작은 항아리가 바다에서 유영하는 자태였으나 내 눈에는 봉분처럼 여겨졌다.

그때였다. 처음 이 섬에 왔을 때 느낀 울림이 발아래 딛고 있는 땅에서 다시 감지되었다. 쿵. 쿵. K도 느꼈는지 놀라운 표정으로 나를 쳐다보았다. 바다 전체에서 울려 퍼지는 소리 같았다. 해저의 맨 깊은 곳에서부터 차 올라오는 소리, 그것은 구슬프고 처절한 애한哀恨의 소리였다. 아니, 내가 그렇게 느꼈는지도 몰랐다. 파도를 가로지르며 소리는 점점 가깝게 들려왔다.

코끼리 소리에 빠진 나에게 홍이 옆구리를 찔렀다. 꽉 차올랐던 물들이 어찌 된 게 삽시간에 스르르 빠져나갔다. 홍해의 기적이 양옆으로 쩍 갈라졌다면, 꼬리 섬은 주변의 물들이 점점 어딘가로 달아나는 형세였다. 바닷물은 멀찌감치 뒤로 물러나면서 섬 밑에 바닷물은 거의 없고 울퉁불퉁한 바위들만 민낯을 드러냈다. 수목들로 빽빽한 꼬리 섬에 온갖 새들이 둥지를 틀고 배설물들을 갈겨 들쑥날쑥한 암석은 멀쩡한 곳이 없어 보였다. 코끼리의 울음은 계속되었다. 그 울음소리는 긴 시간과 아울러 수많은 사연을 담고 있었다. 마치 처절한 울음의 내막을 알아달라는 듯이.

머뭇거리던 홍과 나는 정신없이 꼬리 섬을 향해 뛰었다. 다시 물이 차오르기까지 시간이 분초를 다투었다. 꼬리 섬을 둘러싼 테두리, 바닷물에 가라앉았던 밑동 표면이 성큼 올라왔다. 멀리서 봤을 때 그게 코끼리 뼈인지, 바위인지 잘 구분이 되지 않았다. 몇백 년 동안 코끼리들이 있었으니 뼈가 있을 가능성도 컸다. 꼬리 섬 밑동에 붙어 있기도 하고 널브러져 바위틈에 붙어 여러 진기한 모양을 이룬 뼈들은 산호초 같기도 하고 심해에 묻혀 있는 고래 뼈 같기도 했다. 아주 큰 뼈들이었다. 동물의 등뼈 같기도 하고 코끼리의 상아 같기도 했다. 나는 K에게 카메라를 들이대 급히 찍으라고 독촉했다. 카메라가 고정된 K의 어깨가 빨리 움직였다. 절벽에서 떨어져 죽은 코끼리들은 이해가 되지만 다른 코끼리들이 왜 이곳에 모여 죽었는지는 모를 일이었다. 어쩌면 한 섬이었는데 수백 년의 시간 동안 조금씩 꼬리가 잘리듯이 잘리고 밀려 나갔을 가능성이 컸다.

한 바퀴를 도는 사이에 바닷물이 금세 차오르기 시작했다. 코끼리 울음소리는 물이 차오르는 동시에 뚝 끊어졌다. 홍 선배가 옷이 다 젖었다고 껄껄 웃어댔다. 카메라가 젖으면 안 되었기에 나는 K를 향해 재빨리 뛰어나가라고 소리쳤다. 불과 몇 분 만에 섬은 원래대로 바닷물에 잠겨 뭍이 드러난 흔적을 감쪽같이 감추었다. 절벽 위로 올라와 우리는 잠긴 꼬리 섬을 어두워질 때까지 쳐다봤다. 역사의 시간이 바닷물에 수장되어 실체를 감추고 있었다. 바다 세계에는 인간 역사의 또 다른 역사가 무진장하게 감추어져 있는지도 몰랐다. 어둑한 공간에 파도 소리만 차르륵 밀려왔다 쓸려갔다.

"홍 선배, 이거 찍은 것 쓸 수 있을까?" 홍은 피식 웃으며 팔을 내저었다.

"야, 그게 말이 되냐. 방영되자마자 이 섬은 그야말로 절단날걸…… 코끼리 상아를 얻을 수 있는데 이 대한민국의 꾼들이 가만히 있겠어? 거기다 독립투사 코끼리인데 야,

생각만 해도 끔찍하다. 여러 프로 해봐서 알잖아. 뭐가 좋다면 당장 그 물건들과 음식이 동난다는 것. 우리나라 사람들이 그건 잘해요."

"그러면 왜 그렇게 급히 찍으라고 했어요?"

K가 볼멘소리로 억울한 표정을 지었다. 다 찍는다고 해도, 우리가 사실을 안다 해도, 방송으로 내보낼 수 있는 것은 정해져 있었다. 이것도 생각해야 하고, 저것도 생각해야 하고, 그러다 정작 내보내야 할 것은 내보내지 못하고 잠긴 캐비닛에 담긴 진실들이 얼마나 많은지…… 그러고 보면 역사는 감추어져 있는 사실이 더 진실일 수 있었다.

"지금은 못 써도 언젠가 다 쓰일 때가 있을 거야."

홍이 K의 등을 가볍게 쳐주었다.

"이왕 온 김에 작품 하나 남기고 가지."

절벽 위에 서 있던 정 노인은 어느새 가고 없었다. K가 카메라로 코끼리의 흔적을 찍었지만 홍을 믿는 정 노인은 그가 찍은 장면들을 방출하지 않을 것을 알고 있었다. 그가 알리고자 하는 것은 무엇이었을까? 선조들의 코끼리 지킴의 수고였을까? 아니면 역사의 진실이었을까?

절벽 아래로 내려간 홍은 절벽 주변에서 뭔가를 찾아 헤매었다. "분명히 이 근방인데……." 카메라를 든 K의 몰골이나 나나 말이 아니었다. 꽤 지쳐 있는 우리와 달리 홍은 바다의 암석 위로 날아다녔다. 언제나 느끼는 거지만 보통 사람은 아니었다. 절벽 뒤쪽 후미진 곳에는 갯벌이 형성돼 있었다. 짙은 회색의 머드였다. 일지에 코끼리가 매일 이곳에서 갯벌에 뒹굴며 놀았다고 했다. 상상만 해도 참으로 진귀한 장면이었을 것이다. 하늘 아래 바다를 배경으로 코끼리들이 천진하게 갯벌에서 놀이하는 게. 그 갯벌에는 푹 삶아 말린 콩잎 대가 섞여 원래의 누런 색깔은 잃고 갯벌에 섞여 회색으로 범벅돼 있었다.

홍이 우리를 향해 소리쳤다. 뭔가를 발견한 모양이었다. 갯벌 옆, 알 수 없는 덩굴나무에 싸인 기다란 암석 사이로 홍이 서 있었다. 퇴적암인지 화강암인지 동굴 벽은 온통 암석이었다. K가 카메라 렌즈를 바꾸어 들어갔다. 동굴 길목은 두세 사람이 들어갈 정도의 긴 암벽 공간이 있었다. 큰 동굴이라고 말하기는 뭐했지만 어두운 공간 아래 바닥은 서늘하고 축축했다. 굳이 이 어두컴컴한 장소에 왜 들어왔는지 모르지만 카메라 플래시를 비추자 평평한 석벽에 그림의 형체가 보일 듯 말 듯 했다.

전문가의 솜씨가 아니었다. 어설픈 코끼리 그림이었는데 어떤 장면은 머리와 몸통만 있고 어떤 벽에는 코끼리 엉덩이와 다리만 있기도 했다. 세월의 흔적에 낡아 희미한 형체였지만 내 눈에는 틀림없이 코끼리로 보였다. 나는 단박에 가늠할 수 있었다. 정 노인이 어릴 때 그렸다는 것을. 정노인이 그린 코끼리 상은 세월에 닳아 떨어져 나간 부분이 많았다. 자세히 보지 않고는 그냥 흙무더기로 여길 뿐 코끼리로 보지 않을 수도 있었다.

지금 홍 선배가 그 머드로 입체 조각을 하려고 하는 것 같았다. 정 노인이 만든 코끼리 상과는 아주 달랐다. 홍은 옆의 평평한 벽면을 바라보며 작업할 자리를 잡았다. 나중에 안 사실이지만 코끼리가 이 섬에서 사라지고 정 노인은 가끔 시간을 내어 콩대와 진흙, 접착 아교를 섞어 이 벽에 코끼리를 그리기 시작했다. 그것은 어린 시절 정 노인의 눈에 비친 코끼리, 네 마리의 코끼리였다. 그 옆에 한 아이가 있었다. 또 다른 벽화에는 코끼리 등에 아이들이 타고 있었는데 그 시대 때 정 노인의 동무들이 아니었을까. 또 다른 벽화에는 세 마리의 코끼리와 세 사람이 있었다. 정 노인의 가족 같았다. 화가 이중섭이 자식들을 그리워해 바다에서 아이들과 노는 그림을 그린 장면들이 동시에 겹쳤다.

그리움은 시공간을 초월해 우리를 거기에 다다르게 한다. 산 사람은 죽은 사람을 기억하려고 하니까. 자세히 보지 않거나 코끼리라고 생각하지 않고 그 벽화를 보면 쉽게 코끼리임을 알아차릴 수 없는 그림이었다. 누군가 우리보다 먼저 여기 벽화를 본 사람들이 있을지도 몰랐다. 그러나 코끼리의 내력을 알지 못하니 그게 코끼리 그림이라고 단정 짓기는 어려웠을 것이다.

홍은 정 노인 집에서 가져온 농기구와 갯벌 진흙과 혼합한 콩대를 자루에서 꺼내었다. 이 섬에는 고랑 사이로 바람결을 따라 누운 황금빛 콩잎과 콩대가 지천이었다. 밭길을 따라 걸으면 무릎 사이로 콩잎들이 서걱거렸다. 정 노인이 뒤란에 잔뜩 쌓아놓은 더미도 콩대였다. 가마솥에 콩대 삶는 냄새가 소죽을 끓이던 냄새랑 흡사했다. 차이가 있다면 구수한 콩대를 삶아 소를 먹이는 게 아니라 코끼리 형상을 빚을 재료를 만들었다.

진흙에 볏짚을 섞어 담장을 짓고 집을 짓듯 정 노인은 소금기를 뺀 진흙에 푹 삶아 말린 콩 줄기를 잘게 썰어 혼합했다. 진회색의 갯벌과 누런 콩잎 줄기가 섞여 코끼리 상은 살아나고 있었다. 목상은 시간이 많이 걸리지만 진흙으로 빚으면 빨리 만들 수도 있고 코끼리가 갯벌에서 뒹굴며 놀던 때를 생각하며 만드니 더 흥이 난다고 말했다.

정 노인은 몇십 년 전만 해도 물이 들어오지 않았는데 폭풍우가 심할 때 틈새로 바닷물이 조금씩 스며든다고 했다. 홍이 지금 그 보수작업을 다시 하는 거였다. 알타미라 동굴벽화까지는 아니라도 홍의 손에서 갯벌에 벌렁 누운 코끼리들이 재현되고 있었다.

렌즈를 갈아 끼운 K의 카메라가 돌아간다. 지금 홍은 본 적도 없는 코끼리의 흔적들을 카메라에 담았다. 세 마리의 코끼리 옆에 네 남자가 서 있었다. 정 노인, 나, K, 그리고 홍이었다. 그런데 어른들의 모습은 간 데 없고 어째 아이들이 서 있는 것처럼 여겨졌다. 이 섬이 수몰되지 않는 이상 또 오랜 시간 후에 이 벽화를 발견한 사람들이 무슨 생각들을 떠올릴지 모르겠다. 역사는 남은 자들의 몫이다.

눈앞에 증명해 보일 거는 머드로 만든 코끼리 벽화와 이 섬에 묻힌 코끼리 무덤과 정 노인의 집안 대대로 내려온 불탄 교지와 일지, 코끼리 목상, 코끼리가 살아 있다고 믿는 섬 노인들의 말이었다. 그것도 치매기가 있어 보이는 80세가 넘은 노인들. 이들의 믿음을 대한민국에서 이 프로를 보는 사람들에게 '이 섬에 코끼리가 살고 있다'로 믿게 해야 했다. 가장 확실한 물적 증거는 코끼리 무덤이지만 그것은 증명되어서는 아니 되었다.

"자네가 할 일은 시청자들에게 이 섬에 코끼리가 살아 있다는 걸 보여주는 거야. 집집마다 코끼리가 살아 있는 걸 확인하게 해야 한다고! 그게 우리 방송인들이 해야 할 일이야. 섬에 갇혀서 오랜 동안 수인의 시간을 겪어온 코끼리가 살아 있음을 전국에 보여줘야 해."

내 고민의 정점은 제주도에 있는 코끼리를 잠깐 빌려와 이 섬에 풀어놓는 지경까지 이르렀다. 편집실에서 아무리 몇 날 며칠 밤을 새운다 해도 어떻게 코끼리를 살아 있게 만들지, 조 PD에게 슬그머니 내맡기고 꽁무니를 빼는 가상 상황극도 세워보았다. 프롤로그는 그렇다 치더라도 에필로그는?

코끼리가 이 섬에 온 뒤 두 번의 위기가 있었다고 하지만 일지에는 기록이 없었다. 정 노인이 태어나기 전에 일어난 일은 그의 아버지로부터 들은 얘기였다. 1912년, 우리나라의 아픈 역사 현장에 코끼리가 다시 등장한다.

1909년 을사늑약을 구실로 일본은 창경궁 안에 동물원인 창경원을 만듦으로써 자신들의 입지를 과시했다. 그때 동물들이 들어왔는데 인도코끼리도 들어와 그 당시 사람들에게 엄청난 볼거리가 되었다. 코끼리가 돈벌이가 될 거라여긴 사람 중에 이 섬을 어떻게 수소문했는지 코끼리를 발견하자 코끼리를 몰래 빼돌려 나가려다가 코끼리 발에 차여 죽을 뻔했다는 얘기였다. 그 사람은 몸의 마비 증세 때문에 코끼리가 있다는 사실을 발설할 수가 없었다. 이 섬에 코끼리가 사라지기까지 비밀은 유지된 셈이었다. 참으로 안타까운 사실은 1945년 일본이 패망하면서 창경원의 동물들을 독약을 먹여 모조리 죽였다는 것이다. 인도에서 온 코끼리가 또 그렇게 수난을 겪었다.

정 주부가 코끼리를 데리고 간 곳은 남도의 어느 무인도였다. 세종은 무인도에서 코끼리와 정 주부 집안이 살 수 있도록 재원을 마련해주었다. 그렇게 시작된 유인 섬이었다. 코끼리의 배설물은 땅을 비옥하게 했고 이래저래 사연 많은 도망자 신세의 사람들도 먹고살 수 있을 정도로 먹을거리가 풍부해졌다. 코끼리의 온화한 눈을 보고 살아서일까, 사람 사는 섬에 분쟁이 있기 마련인데 상부상조하며 사람 사는 맛이 느껴지는 섬이 되었다고 한다. 땅을 갈아엎을 소가 없는 섬이었다. 밭을 갈 때 코끼리가 사람들을 도와 일을 거들었지만 꼭 필요한 때가 아니면 코끼리를 노역에 시달리게 하는 법은 없었다.

사람들은 모두 코끼리를 아끼고 아이들은 코끼리를 좋아했다. 육지에 살 때는 불행하게도 사람을 죽게 하는 불상사를 일으킨 코끼리였다. 정 주부는 이렇게 유순한 코끼리가 사람을 죽게 했다는 것이 납득이 되지 않는다고 자주 말했다고 전한다. 코끼리와 사람들이 정겹게 살아가는 섬은 또 하나의 율도국이 아니었을까. 정 노인의 말대로라면 우리 모두가 꿈꾸는 이상국이었다.

홍 선배를 통해 알게 됐지만 정 노인은 코끼리를 묻듯 꼬리 섬 바다에 아내와 아들을 묻었다. 마을 노인들은 정 노인 집안을 애국자 집안이라고 한마디로 규정지었다. 나는 그 '애국자'라는 말에 가슴이 쓰라려왔다. 누군가의 혜택의 누림에는 누군가의 고통의 대가가 따랐다. 코끼리 한 마리 때문에 시작된 집안의 숙명은 몇백 년을 이어왔고, 시대의 과오에 또다시 풍랑을 겪었다. 베트남 전쟁에 참전한 아들은 싸늘한 시신이 되어 돌아왔다. 독자를 잃은 아픔의 여파로 아내마저 잃은, 코끼리의 수장처럼 함구된 아픔의 시간이었다. 아이들이 없는 미래, 정 노인이 오랜 침묵의 상자를 연 것은 어쩌면 이 때문이었는지 모른다. 코끼리 코에 매달린 아이들과 코끼리 등에 탄 아이들의 목상이 실제로 눈앞에서 재현되기를 꿈꾸며, 눈을 감기 전에 그 모습을 보고자 한 갈망이었는지도…….

코끼리가 묻혀 있는 코끼리 무덤은 25년마다 그것도 몇 분의 순간만 실체를 드러냈다. 하나, 그것은 재현되었어도 안 되고 영원히 수장되어야 할 역사였다. 태어난 곳을 떠나 낯선 곳에서 적응하지 못해 버림받으며 타국에서 일생을 보낸 코끼리에 대한 조금이나마 예의였다. 정 노인마저 죽으면 코끼리의 기억은 수장된 코끼리 무덤처럼 묻혀버릴 것이다. 코끼리가 살아 있다고 변함없이 믿고 있는 이 섬의 노인들도 살날이 얼마 남지 않았다. 불현듯 꼬리 섬에 수장된 역사처럼 이 섬 전체가 수몰되는 것을 상상하자 섬뜩하기까지 했다. 아이들이 돌아와야 했다. 죽어가는 이 섬을 살려야만 했다. 그런데 무엇으로⋯⋯.

*

"원본 테이프 내놔!"

조 PD의 목소리는 날카로웠다.

"장장 일주일 동안 내려가서 찍은 게 달랑 이거라고? 코끼리가 사는 섬에 취재하러 간다고 해놓고서 코끼리는 흔적도 없고 이게 무슨 장난이야? 할머니들 인터뷰만 가득 실은 테이프에, 코끼리 목상에, 참 기가 찬다. 김 PD, 이제 맛이 갔니? 우리 프로는 역사 프로가 아니야. 공감 다큐라고! 처음부터 그럼 코끼리 목상을 제조하는 정 노인의 사연을 담자고 취지를 세우지 그랬어."

"K 어디 갔어? K 불러와. 둘 다 진짜 이러기야? 나한테 뭔가 숨기고 있지?"

79

이 바닥에서 조 PD의 촉 빠름을 따라갈 사람은 없었다. 방송국 짬밥만 얼마인가.

K가 편집실 문을 열고 들어왔다.

"촬영 테이프 전부 내놔. 나한테 전화할 때 코끼리 무덤 이니 벽화니 뭐라고 구시렁댔잖아? 그런데 무덤은 왜 안 보여줘?"

거짓말에 재주가 없는 K가 무슨 말을 할지 짐작이 되고도 남았다.

"이게 전부예요. 무덤 찍은 건 홍 PD 줬어요."

조 PD의 눈이 휘둥그레지며 뒤통수 맞은 표정을 짓는다.

"뭐라고? 여태껏 홍 PD랑 있었어? 그걸 홍 선배한테 줬다고? 단단히 미쳤구나! 아니, 왜? 홍 선배는 B 제작팀 사람이야. 에이, 씨발, 진짜 가지가지들 한다. 그럼 홍 선배가 몇 달 사라진 게 다 이것 때문이었다는 거야!"

조 PD의 얼굴이 붉으락푸르락 담배를 연거푸 빨아댔다. 뚜껑 열려 펄쩍 뛰리란 건 짐작한 일이었다. B 제작팀은 같은 방송국이라도 엄밀하게 말하면 경쟁 상대였다. 게다가 조 PD는 홍 선배에 대한 징크스가 있었다. 홍 선배 때문에 상을 두 번이나 놓친 터였다. 자존심에 또 스크래치를 냈으니, 그를 설득하기란 쉬운 일이 아니었다. 이 사태를 어떻게 해결해야 할지, 얽히고설킨 실타래처럼 꼬여만 간다.

"김 PD, 어떻게 할 거냐고?"

"코끼리 무덤 찍은 건 나도 복사본 가지고 있어. 하지만 방영은 못 해. 진정하고 내 말 좀 들어봐."

"야! 코끼리가 산다는 물적 증거도 없는데 코끼리 사연만 잔뜩 안고 와서는 '코끼리가 산다'로 방영하자고? 너도 홍 선배한테 물든 거야? 그래, 좋아. 코끼리 무덤은 바다에 묻자 쳐. 나도 꾼들이 달려드는 꼴은 못 봐. 그럼 타이틀이라도 바꿔, 기획을 수정하자고. 차라리 '코끼리를 찾아서'나 '코끼리 목상 만드는 노인'이라고 바꿔."

"아니, 그렇게는 못 내보내. 반드시 '그 섬에 코끼리가 산다'로 해야 해. 시청률 안 나오면 내가 모두 책임져."

"야, 진짜 돌겠네! 아니, 지금 시청률을 말하는 게 아니잖아. 섬에 코끼리가 산다는데 코끼리가 없는 게 문제지. 어떻게 편집할 거야?"

처음에 조 PD가 그 타이틀을 냈을 때 짐짓 불편했는데 이제 내가 그 타이틀을 고집하고 있었다. 그 섬에는 코끼리가 진짜 살아 있다. 그 사람들의 기억 속에, 그리고 그 섬과 바다의 오랜 시간 속에.

"아무튼 타이틀 안 바꾸면 나는 이대로는 못 해. 접어!"

제작팀 안에 돌연 냉기가 감돌았다. 그도 그럴 것이 방송은 2주밖에 안 남았는데 아직 조 PD조차 설득을 못 하고 있었다. 이대로 접어야 하나? 어쩌면 이번 방송으로 A 제작팀을 떠날지도 몰랐다. 그래도 시현을 꼭 해보고 싶다. 물적 증거인 코끼리가 없어도 사람들 기억에 살아 있는 코끼리를 안겨주고 싶었다. 이번에 이걸 못 한다면 반복되는 안정에 정착하면서 그럭저럭 살아갈지도 몰랐다. 홍 선배의 말처럼 나에게도 변화가 필요했다.

뜻하지 않게 일이 실없이 풀렸다. 국장이 무엇을 누구에게 어떻게 들었는지 내 기획안 취지의 손을 들어주었다. 조 PD를 설득할 사람은 국장밖에 없었으니까. 국장을 만나고 온 조 PD는 책상을 몇 번이나 주먹으로 내리쳤다. 홍 선배의 입김이 작용했다고 이 새끼 저 새끼 욕설을 내뱉으며 한바탕 길길이 날뛰었다. 그러고는 나를 무섭게 째려보았다. 여차해서 방송은 나가겠지만 조 PD와의 사이는 예전 같지 않을 것을 각오해야 했다.

항상 느끼는 거지만 중요한 찰나에 신뢰를 주는 건 K였다. 나를 누구보다 잘 아는 K였다. K는 코끼리 무덤의 전 과정을 담은 테이프를 홍 선배한테 받아와 조 PD에게 주었다. 촬영 전 과정을 살펴본 조 PD의 눈빛이 조금씩 얼룩졌다. 어떤 장면, 어떤 대목 때문에 그의 태도가 돌변했는지 모르지만 조 PD는 메인 PD였으니까, 감이 온 건지도 몰랐다. 방송 오케이 사인이 떨어졌다.

[프롤로그]

광고가 끝나자마자 방송의 첫 장면은 화면과 동시에 음향이 먼저 기선을 잡았다. 바다 섬의 영상과 함께 자막이 드러났다. "남도의 끝자락, 그 섬에 코끼리가 살고 있습니다……" 내레이터 성우의 음성이 시청자들을 향해 호기심을 끌며 구성지게 울려 퍼지는 순간 남해의 쪽빛 바다가 드넓게 펼쳐졌다. 나는 현상 너머 있는 새로운 세계의 낯섦으로 빠져들었다.

기억은 늘 다른 형태입니다. 오래된 필름처럼, 때론 디지털 화면처럼, 그러나 질감이 조금씩 다르더라도 저마다 코끼리를 간직하고 있습니다. 그 섬에 코끼리가 살고 있습니다. 당신은 어떠한 코끼리를 기억합니까?

[비하인드 스토리]

홍 선배는 다큐멘터리에서 운과 시의성을 강조했다. 외주업체 펑크로 한 주 방영이 당겨진 게 이런 결정적인 역할을 할 줄 몰랐다. 어찌 보면 운이었다. 마침맞게 독일 베를린 미테구 '평화의 소녀상' 철거 문제가 터질 줄이야. 일본 정부의 공식 요청으로 베를린시는 철거 명령을 내렸고 철거하지 않으면 강제 집행한다는 보도는 국민의 정서를 자극했다. 심지어 독일 차 불매운동으로 번질 태세였다. 〈그 섬에 코끼리가 산다〉 프로는 2021년 방영된 우리 방송국 다큐멘터리 프로 중 최고로 시청률이 높았다. 부분 캡처로 블로그를 올리는 사람들이 많아지자 재방영을 원하는 시청자들이 늘어 재방영되었고, 세계의 한인 방송국에서 다큐멘터리 저작권 계약 요청이 쇄도했다. 석 달 뒤, 독일 베를린시 미테구 의회는 '평화의 소녀상' 철거 명령을 철회한다는 결의안을 의결했다. 일본은 심한 유감을 표명했다.

※ 조선왕조실록의 『태종실록』과 『세종실록』을 참고했다.
※ 동아닷컴 "2017. 7. 20. 사회 뉴스"와 다큐멘터리 〈다시 태어나도 우리〉를 참고 변용했다.

II

글라스 파파

익숙한 바람이 해변으로부터 달려들었다. 멀찍이 떨어진 아드리아의 바다 잔향이 잠깐 머물다 흩어졌고 오늘따라 사람들을 수시로 실어 나르던 바포레토*들도 뜸했다. 넘실 거리는 바다의 곡선이 쏠려왔다 스러지기를 지겹도록 반복하는 나른한 오후였다. 어쩌면 바다와 닮은 게 있다면 나 또한 마주 보는 공간에서 지겨움을 거듭하는 거였다. 바다는 물로, 나는 불로. 부숴놓은 유리를 용해로에 붓는 마리오의 뒷등으로 옅은 모자이크 빛이 아롱거렸다. 집게를 잡은 양 손목이 저려 시큰거렸다. 최근 들어 바다 생물 문진을 찾는 고객들이 부쩍 늘었다. 문진 가격은 고가라 공방의 수입을 최고조로 끌어올렸다. 지난주 작업량도 몇십 개가

---

* 이탈리아 베네치아의 교통수단으로 수상 택시(수상 버스)의 일종.

넘었다. 유리 문진 작업의 마지막 단계였다. 자칫 미세하게 라도 흔들리면 전체가 망가지기에 몸은 진즉부터 굳어 움직일 엄두를 내지 못한다. 젊은 유리공예가들로 주축이 될 프랑스 특별전이 얼마 남지 않았다.

작업실 너머로 하얀 점의 형체가 시야에 좁혀 들어왔다. 작은 문진 한 개를 만드는 내내 백발의 노인은 출렁대는 바다를 우두커니 바라보았다. 두 다리를 뻗고 바다를 바라보는 노인의 등이 왠지 모르게 거슬렸다. 소나기를 몰고 올 바람이 창문을 스치며 휙 지나갔다. 노인의 하얀 중절모가 바람과 함께 날아가는 걸 지켜보다가 아, 저런! 나도 모르게 조바심 어린 탄성이 새어 나왔다. 시선은 굴러가는 모자에 꽂혀 따라가다가 이내 지쳐버린다. 치매에 걸린 노인인가, 아니면 누군가 슬그머니 버려두고 가버린 것인가. 관광지마다 흔히 있는 일이었다. 날아간 모자를 주울 생각도 않고 노인은 구부정한 등만 보여주며 붙박이처럼 움직이지 않는다.

바다를 추상화로 형상한 문진이 잘됐다며 마리오는 완성된 문진을 집게로 집어 서냉로로 가져갔다. 완제품들이 서냉로에서 서서히 식어가는 동안 차 한잔을 마실 여유가 생겼다. 에스프레소를 단숨에 마신 나는 마리오에게 잔을 흔들어 한 잔을 더 부탁했다. 머그잔에 커피를 마시는 습관이 배어 에스프레소 잔은 양이 차지 않는다. 늘 그랬기에 마리오는 그럴 줄 알았다는 듯 윙크를 날리며 에스프레소를 다시 뽑았다. 떠들썩한 관광객 무리가 떼 지어 왔다 돌아가는 게 이곳의 익숙한 광경이었다. 노인도 그 무리에 끼어 있었더라면 신경이 쓰이지 않았을지 모른다. 영화의 슬로 모션을 보듯 관광객들은 보이지 않고 잔잔한 바다와 노인의 굽은 등과 백발의 머리카락만 아른거렸다. 구름을 가로지르는 햇살이 만만치 않았다. 저러다 쓰러지는 건 아닌가, 앞서가는 오지랖에 나는 고개를 내저었다.

다시 오후 작업에 들어갔다. 공방 대표인 루카는 수습생에게 가스 토치로 램프 워킹* 기법을 보여주고 있었다. 오전에는 쇠 파이프에 숨을 불어넣으면서 연출한 블로잉 기법으로 유리의 예술세계를 신비롭게 펼쳐 보였다. 참관자들의 환호 소리가 내 작업실까지 들려왔다. 눈을 동그랗게 뜨고 입이 헤벌어진 수습생을 보자 내 지난 시절의 얼굴이 떠올랐다. 차이점이 있다면 루카가 좀 더 나이를 먹었고 나또한 그랬다. 작업 도중 잠시 잊고 있었던 해변의 노인이문득 떠올라 내 시선은 해변 구석구석을 찾아 더듬었다. 해변에는 다시 사람들로 북적일 뿐 노인은 보이지 않았다.

여우비였다. 잠깐 흩뿌리다 햇빛 속으로 사라질 비를 어느 나라에서는 그렇게 부른다고 말하자 마리오는 이름 붙이는 데 유별난 소질을 가지고 있다며 나에게 엄지척을 해

---

* 유리 막대기를 램프에 녹여 작품을 만들어내는 것.

보인다. 대지를 적시다 만 습기가 공방의 열기까지 식혀주지는 못했다. 아침부터 햇살이 따가웠고 잠시 비가 내렸다는 게 믿기지 않을 정도로 습도라곤 한 점 없이 증발해버렸다. 물기를 다 삼켜버린 하얀 구름만 미적대며 푸른 바다를 떠나갔다.

나랑 피 한 방울 섞이지 않았어. 이제 '그'라고 불러야겠지. 처음부터 그랬다면…… 모든 일이 거리 조절의 문제야. 지나치지도, 그렇다고 부족하지도 않은 상태, 그걸 잘 유지하는 사람은 상처로부터 벗어나는데…… 돌아갈 거니?…… 돌아가기 싫어? 아니, 여기가 내가 있을 곳이야. 나는 돌아가지 않아. 돌아가고 싶지 않아. 돌아가지 않을 거야. 그곳은 말끔히 잊었어. 이제 나와 아무 상관 없는 곳이란 말이야…… 눈을 떼지 않고 일에 몰두하는 내내 뇌리에서는 그에 반한 질문들이 되살아났다. 메일을 읽고 시작된 두통은 쉽게 가라앉지 않았고, 누가 뭐라고 말을 건넨 것도 아닌데 연신 변명을 늘어놓는 내 몰골에 짜증이 치밀었다.

한국과 소식을 끊고 산 지 16년이 지났다. 내 메일 주소를 어떻게 알고 연락을 해왔는지도 놀라웠고 메일 한 통이 이렇게 파장을 일으킬 줄은 미처 몰랐다. 서경민, 삼촌 이름이었다. 메일에는 도시미관을 해치는 ○○건물의 노후보완을 하지 않으면 강제 철거 집행 대상이 될 수 있다는 구청 공문이 첨부되어 있었다. 수백 명 주민의 민원 진정서 서명이 빈틈없이 칸을 메워 쪽수가 10면을 넘어갔다. 한마디로 위협과 협박성의 공문이었다. 공장 소유주가 서영민에서 서유리로 바뀐 것도 도무지 납득이 되지 않았다. 아직 그곳에 정리되지 않은 게 남아 있을 줄이야. 가슴이 답답해지다가 종국에는 두통까지 겹쳤다. 이걸 어떻게 처리해야 다 끝났다고 방점을 찍을 수 있을까.

눈을 감고 있는데도 스며드는 빛에 눈이 따가울 지경이었다. 침대에 더 누워 있는 건 무리였다. 두통이 심하다고 했더니 루카는 하루 쉬고 나오라며 인자한 아버지처럼 말했다. 공방의 주문 예약이 밀려 있었다. 두통 정도로 쉰다는 게 마음이 편하지 않았다. 협탁 위의 파란 유리 구두 한 쌍을 보자 마음이 더 심란해졌다. 유리 구두를 한 짝씩 들고 스스로에게 물었다. 왜 공장 소유주가 나야? 나일 이유가 없잖아? 그에게 무슨 일이 생긴 거니? 아, 몰라 강제 철거를 하든 말든 나보고 어쩌란 말이야.

유리, 어디 가는데? 서울. 지금 어디야? 공항. 비즈니스?…… 그럴지도, 아닐지도…… 다녀와서 말해줄게.

특별전을 함께 준비하는 로베르토와의 보이스 톡이었다. 16년, 3개월하고 5일째였다. 여기 인천공항에서 비행기를 타고 떠나 다시 이곳으로 돌아온 지가. 떠나던 그날을 차마 잊을 수가 없다. 두려움, 망설임, 슬픔, 외로움, 배신…… 이런 감정들을 등지고 이국의 하늘을 날아올랐다. 다시는 돌아오지 않으리라 했는데…… 아뿔싸, 다시 돌아오다니…… 마음의 저항과 달리 몸은 어찌 된 노릇인지 까맣게 잊고 공기를 마시듯 자연스럽게 받아들인다. 눈에 보이는 변화의 격차에도 망설임 없이 내 발걸음은 어느새 기억을 더듬어 찾아갔다. 그것은 항시 내 가슴에 담겨 잊는다는 게 불가능한 영역이었는지 모르겠다. 처음 타국에 발을 내디뎠을 때 나는 잔뜩 겁먹은 나약한 짐승이었다. 모든 경험이 생경하고 익숙하지 않아 몸은 바투 움츠러들었었다. 언젠가 한국으로 가게 되면 뵙겠다고 삼촌한테 메일을 보냈을 뿐 나도 내가 이렇게 빨리 돌아오게 될 줄은 몰랐다. 언제 가겠다고 약속을 하지 않았기에 당연히 공항에는 아무도 마중 나온 사람이 없었다.

　차창 밖으로는 바다를 배경 삼은 나지막한 섬들이 노을 빛으로 드리워져갔다. 이국의 바다와는 사뭇 다른, 소금 냄새가 부연 바람을 타고 택시 안을 휘돌았다. 트렁크를 내려놓자마자 택시는 넓게 펼쳐진 도로를 향해 휑하니 떠나갔다. 나는 눈이 휘둥그레졌다. 바다 맞은편은 온통 빌딩 숲으로 이곳은 내가 알고 있던 그곳이 아니었다. 쓰라린 낭패감이 밀려왔다. 아무리 시간이 흘렀어도 유리 공장쯤은 쉽게 찾아가리라 여겼건만 혁혁히 변한 주변의 풍광은 내 기억을 무색하게 만들었다. 단지 코끝으로 흠흠한 바다 냄새만은 내가 간직한 그 바다였다.

　빌딩들을 거슬러 시선은 오직 한곳만을 향해 내달았다. 그러다 차츰 익숙한 공장이 눈에 띄자마자 이내 안도했다

가 가슴이 철렁 내려앉았다. 빌딩들 사이로 공장은 휑뎅그
렁하게 존재감을 나타냈지만 지붕 한쪽이 멀리서도 보일
만큼 푹 꺼져 흉측했다. 게다가 온갖 더러움을 껴안아 주
위 사람들에게 불쾌감을 주고도 남을 흉물로 건재했다. 지
저분한 낙서들이 공장의 긴 외벽을 따라 어지럽게 그려졌
고, 그 빈틈에는 위험, 출입 금지, 철거하라 등의 휘갈겨 쓴
글자들이 고압적 분위기를 연출해 한층 보기가 추했다. 공
장 인근의 최첨단 건물들이 못마땅하게 째려보는 것 같아
내가 더 무안해졌다. 떠날 때만 해도 대부분 들판과 망망한
바다만 한없이 펼쳐져 있었는데 도시는 어느새 신시가지로
탈바꿈하고 세월을 고스란히 떠안은 공장은 버려진 듯 초
라한 몰골로 나를 맞이했다.

이곳의 공기를 마시며 19년을 살았다. 공장 모퉁이의 집
에서 유리 공장의 딸로 불리면서. 꼭꼭 숨겨두었던 비애의
그림자들이 무너져가는 공장과 함께 내 눈앞에 떡 버티고
있는 걸 보니 심장이 올랑거리며 눈에 습기가 차올랐다. 문
이 닫힌 공장은 차단한 슬픔처럼 어둑했다. 이렇게 직접 맞
닥뜨려 보지 않아도 문득문득 기억은 이곳으로 치달아 말
갛게 되살아나기가 일쑤였는데…… 더 쓰리고 아플 게 뻔
해서 긴 시간을 떠돌아다녔다고 보아도 크게 틀리지 않았
다. 기껏 도망갔는데 다시 제자리로 돌아오다니…… 게다
가 시간의 얼룩진 주름들을 몽땅 접어 정리해야 할 난제가
복병으로 남았다.

용해로에 난제들을 모두 집어넣으면 1,300도에서, 1,400도에서, 1,500도에서 다 녹아 없어질까? 공장 안으로 선뜻 들어가지 못하고 담배 몇 개비를 피우며 미적댄 건 누군가 내 이름을 불러주거나 문을 열고 나를 맞이해줄 그 누구를 기대해서였는지도 모르겠다. 공장에서 일하던 어느 아저씨나 아줌마라도, 아니, 그라도 뛰어나오기를 바라고 바랐건만 건물은 버려졌고 짙게 그늘졌다.

걸음은 어느새 공장 모퉁이 끝의 집으로 향했다. 그를 먼저 만나는 게 어쩌면 속이 편할 것도 같았다. 이런 날이 올 줄 몰랐다는 말인가, 뭐라고 부르지? 나는 그의 얼굴을 마주 대하는 것보다 그를 부를 호칭이 애매해 입안에서 혀를 뱅글뱅글 돌렸다. 그러나 집의 대문도 공장처럼 굳게 닫혀 있었다. 발과 고개를 한껏 들어 집 안을 살펴보아도 서늘하고 어둑하기는 마찬가지였다. 오랫동안 사람이 살지 않은 게 틀림없었다. 더럭 불길한 예감에 가슴 한 언저리가 내려앉아 억지로라도 마음을 누그러트리고 생각을 바꿀 필요가 있었다. 무려 16년의 세월이 흘렀으니까. 재혼한 여자와의 사이에 아이들이 태어날 수도 있었고, 공장의 집은 아무래도 살기 불편하니 이사를 하였을 가능성도 컸다. 어떻게든 공장 문을 열고 싶은 마음이 간절해졌다.

공장 뒤편으로 그가 평소 녹슨 장비들을 모아둔 드럼통도 뒤져보았지만 문을 열 마땅한 게 보이지 않았다. 하는 수 없이 삼촌 연락처로 핸드폰 번호를 눌렀다. 삼촌은 화들짝 놀란 목소리였다. 유리라는 소리를 듣자마자 울먹이며 말을 채 잇지 못했다. 공장 도착하는 데 한 시간 정도 걸린다며 옆의 커피숍이라도 들어가 있으라고 했지만 나는 우선 공장 자물쇠 비번을 알려달라고 말했다. 먼지가 가득 찬 공장에 왜 들어가려고 하느냐며 삼촌은 물었지만 바로 가르쳐주었다.

공장 기계들은 켜켜이 엉킨 거미줄처럼 어수선했다. 어느 것 하나 감추지 않은 적나라한 시간의 궤적에 나는 아리고 쓰라렸다. 기계들은 마치 잠을 자는 듯 적요한데 내 기억들은 봉인을 푼 것처럼 날뛰기 시작했다. 시뻘겋게 타올라 파이프에 액체의 유리를 흘려보내던 중앙의 용해로는 꺼무죽죽한 재와 섞여 불을 마음대로 뒤섞여대던 때가 있었던지 까먹은 듯 잠잠했다.

그의 공장에서 용해로의 불이 꺼진 것을 본 적은 한 번도 없었던 것 같다. 불이 꺼진다는 건 공장 문을 닫는 거라고, 그는 쉼 없이 붉게 타오르는 용해로를 가리키며 나에게 말했었다. "이 용해로에 불이 있다는 건 아빠가 살아 있다는 거야." 그때는 그 말의 상관성을 쉬 알아채지 못했지만 왠지 그 담박한 문장에는 내가 체득하지 못한 생활의 경험이 강하게 담겨 있는 것 같았다. 쇠 파이프로 블로잉 작업을 하던 아저씨들과 주문량을 맞추기 위해 밤을 꼴딱 새우고 새벽녘에 집으로 돌아가던 인부들의 모습이 또렷이 떠올랐다. 이마에 방울진 땀을 닦을 새도 없이 불의 열기랑

범벅돼 유리를 자유자재로 다루던 사람들은 다 사라지고 내 뇌리에서 환영으로 살아 움직였다.

유리의 신비함을 알게 된 건 걸음마를 떼기 시작했을 즈음이었는지 아니면 그의 공장에 있는 신기한 물건들과 사람들의 행동을 관찰할 때 즈음이었는지 정확하지는 않다. 양 볼이 빵빵해져 불룩하게 되면 그는 파이프 끝에 신기한 풍선을 만들어냈다. 다채로운 풍선은 둥글어졌다, 길쭉해졌다, 오그라들기를 거듭하다 상상도 못 할 물건들을 만들어냈다. 그것이 바로 평소 칼날보다 날카롭고 예리해 나를 피나게 만들던 유리라고 하니 더 믿기지 않았다. 지금이야 화학적 원리를 익히 알고 있으니 당연하게 여기지만 그때는 또 하나의 흥미로운 세계가 눈앞에 펼쳐진 것 같아 나는 뛸 듯이 기뻐했다. 대여섯 살 때는 직접 해보고 싶다고 생떼를 쓰기도 했다. 위험해서 안 된다고 했지만 나는 위험을 알리는 경고보다 대롱 끝의 마법을 부리는 풍선에 홀딱 빠져 틈만 나면 그를 졸라댔다.

내 끈질긴 조름에 그는 작심한 듯 시범을 보여주었다. 그가 가르쳐주는 대로 파이프를 입에 갖다 대고 불어봤지만 꿈쩍도 하지 않고 내 볼만 커지자 아저씨들은 내 표정을 보고 껄껄대며 손뼉을 치고 웃어댔다. 실망한 나를 안타깝게 여겼는지 그는 작은 쇠 파이프를 달궈 조금만 유리를 담아와 "불어봐."라고 말했다. 한꺼번에 힘주어 푹 불지 말고 천천히 조금씩 숨을 불어보라고 했다. 그랬더니 정말 감쪽같이 유리가 풍선처럼 부풀러 올랐다. 그때의 체험은 뭐라 말로 표현할 수가 없었다. 그의 기뻐하는 눈빛에 부응하느라 좀 더 세게 불었더니 유리는 "픽" 하고 깨져버렸다. 너무 놀라 한참을 울던 나를 그는 기특하다며 달래주었다. 그렇게 나는 유리에 조금씩 익숙해져갔다. 유리 공장 딸 유리, 그 이름은 내 정체성을 한 치도 의심하지 않게 만들었다. 유리처럼 맑고 투명한 나날이 마냥 내 앞에 보장돼 있다고 굳게 믿도록 만들어주었다.

수백 개의 금형이 희부연 먼지 속에 처박혀 있다. 내 기억 속에는 아직도 기술자 아저씨들의 바쁜 손놀림이 생생하게 그려진다. 아저씨들은 금형을 '다구리'라고 불렀다. 재빠르게 틀을 바꿀 때마다 액체의 물컹한 유리는 고체로 변신했다. 금형 틀이 많다는 건 다양한 유리 제품을 만들어낸다는 뜻이었다. 그는 담금 술병이나 실험 기구, 화장품 병 등 소량의 주문이라도 마다하지 않아 거래하는 곳이 많았다. 그래, 그때는 그와 나만으로도 충분했는데 어디서부터 어긋난 것일까.

새된 목소리의 여자가 집으로 전화를 걸어온 날은 고등학생이 되기 전 겨울이었다. 방학은 생각보다 길었고 나는 엄청 심심하던 참이었다. 한편으로는 고등학생이 된다는 어설픈 기대감에 조금 들뜨기도 했지만 그것도 잠시였다. 공장의 도기 용해로는 24시간 풀가동으로 달구어졌고 아빠는 일한다고 바빠 나에 대한 관심은 뒷전이었다. 방학이라 학교에 가지 않은 나는 종일 지루했다. 집에서 TV와 컴퓨터로 빈둥대며 친구 중 누구한테서라도 연락이 오기만을 바라던 찰나 걸려온 전화라 거실로 잽싸게 뛰어가 반갑게 받았다.

"유리니? 엄마야."

"……."

"……."

그때의 심정을 번개가 번쩍였다고 해야 하나. 심장이 덜컥 내려앉으며 호흡이 멎을 것 같았다. 심장이 딱딱해지며 기억조차 싫었던 장면들이 떠올라 기분 더럽게 복잡해졌다. 심장이 가파르게 다시 파닥거렸다. 여섯 살 때 나랑 아빠를 버리고 어떤 남자랑 눈 맞아 도망간…… 엄마라는 여자. 배불뚝이 서씨 아재가 조선족 아재한테 귓속말로 말하던 그 화냥년이었다. 사진 한 장도 없어 얼굴조차 가물거리는…… 엄마, 그 엄마라는 어색한 목소리에 나는 입이 쉽게 열리지 않았다.

"유리야, 듣고 있어? 엄마라니까?"

"……."

"유리야?"

"……."

말문이 막힌 내가 어떻게 반발심이 일었는지 나도 모르게 불쑥 내뱉었다.

"나, 엄마 없어요…… 아줌마 누구세요?"

"엄마가 없다니, 애 좀 봐! 무슨 말을 그렇게 정떨어지게 해."

"엄마 필요 없어요! 나는 아빠만 있으면 돼요. 앞으로 우리 집에 전화하지 마세요!"

"뭐라고? 대문 앞에 버려진 걸 6년이나 키워줬더니, 뭐? 엄마 필요 없다고! 인정머리 없는 계집애. 넌 네 아빠랑 피한 방울 안 섞였어……."

엄마라는 여자의 목소리도 앙칼졌지만 버려진 것, 아빠랑 피 한 방울 섞이지 않았다는 말은 더 날카로운 비수로 내 가슴을 푹 쑤시고 들어왔다.

내가 주워온 딸? 이 여자가 미쳤나? 아빠도 엄마도 내 친부모가 아니라고? 내가 버려진 아이라니? 내 정체성의 뒤죽박죽이 그때부터 뒤틀렸다. 아니, 아주 오래전 내가 유리 공장으로 들어온 날부터였는지도 모르겠다. 실성한 여자야. 그럴 리가 없어. 아무리 바람나 애를 버리고 간 화냥년이라도 자식한테 그런 말을 하는 사람이 있을까. 내가 꿈을 꾼 건지 몰라. 아니면 아빠랑 나를 떼어놓으려고 훼방을 놓는지도 몰라.

나는 여자의 전화 목소리를 애써 잊으려고 꽤 몸부림쳤던 것 같다. 하지만 출생의 비밀 때문에 고심한 시간은 그렇게 오래가지 않았다. 언젠가 밤늦게까지 아빠는 삼촌과 술을 마시며 얘기를 나누었다. "어쩌려고 지금 와서 전화를 해!" 아빠의 큰 목소리가 들려왔다. 그 여자가 전화했다는 말에 내 귀가 쫑긋해졌다. 거나하게 취한 아빠의 목소리는 다시 낮아져 잘 들리지 않았다. 나는 방문을 살짝 열고 귀를 기울였다. "그 여자가 갓난아기를 안고 들어온 날이 결혼하고 7년쯤이었던가? 아…… 그래, 맞아. 그날이 결혼기념일이었어. 아기가 백일을 일주일 앞두고 있다고 대뜸 말하더군. 오죽 아이가 기다려졌으면 버려진 아기를 데려왔을까 싶어 아무 말도 못 했어." "형님, 불임이었소?" 아빠는 삼촌 말에 고개를 절레절레 흔들며 흥분된 소리로 말했다. "아니, 병원에 가서 여러 번 검사를 받아봐도 둘 다 아무 이상이 없다는 거야. 시간이 지나면 생기겠지 했는데 7년이 지나니까…… 너도 어머니 성화 알잖아. 장남이 자식이 없으니…… 알게 모르게 많이 볶아댔나 봐. 나야 그렇지만 집사람이 얼마나 힘들까 싶어 아기를 기다리는 내색을 하지 않았지. 그런데 난데없이 아기 얼굴을 들이밀더니 앞뒤 다 잘라먹고 이름이나 지으라고 말하더군. 그러면서 덥석 안겨주었어. 우리 유리가, 내 딸 유리가, 그렇게 서유리가 된 거야. 암, 내 딸, 서. 유. 리."

아빠는 이 부분을 힘주어 한 자씩 끊어 말했다. 내 존재의 증명서는 아빠의 입을 통해 도장을 찍듯 인이 박였다. 나는 명백히 업둥이로, 부모가 누군지 모르는 버려진 아이였다. 엄마라는 여자가 터무니없는 말을 할 때 일말의 희망이 없었던 건 아니었다. 아빠랑 나를 버리고 떠난 여자니 그 여자의 말은 거짓부렁일 수 있다는…… 못 들은 셈 치자고, 못된 여자의 헛소리라고 단단히 마음먹으며 버텨냈으나 아빠에게 들은 말은 아무리 부정해도 지워지지가 않았다. 그날 밤 침대의 베개가 흠씬 젖도록 울었지만 내가 아빠 딸이 아니라는 진실만 마음에 또렷이 새겨졌다.

"유리야! 너, 너, 유리 맞구나!" 그를 많이 닮은 삼촌이 공장 문을 벌컥 열며 한달음에 달려와 나를 안았다. "아이고 이 자식아, 왜 이제 왔어. 네 아빠가 널 얼마나 기다렸는데…… 어떻게 그렇게 독할 수가 있어. 네 아빠가 뭘 그리 잘못했다고…… 어째 그리 소식이 없었어."

엉겁결에 삼촌에게 안겼지만 삼촌 혼자 나를 만나러 온 것에 나는 짐짓 불안해졌다.

"아빠는요?" 조금 전까지 호칭을 고민하던 게 맞나 싶게 아빠라는 말이 툭 튀어나왔다.

"아이고, 형님, 유리가 이제야 왔소." 삼촌의 목소리가 울먹대자 나는 대번 그에게 무슨 일이 벌어진 것을 직감했다. 삼촌의 얘기를 다 듣기도 전에 가슴이 벌렁거리고 눈물이 차올라 주체할 길이 없었다. 삼촌의 넋두리는 16년의 굴곡진 시간을 밤새워 들어도 모자랄 지경으로 내 가슴을 비집고 들어왔다.

나 때문에 서둘러 재혼했지만 그는 나를 찾는다고 몸을 돌보지 않았다. 그가 폐암으로 죽었다는데…… 나는 왜 믿어지지 않는지 모르겠다. 삼촌이 다른 사람의 얘기를 전해

주는 것처럼 받아들일 수가 없었다. 차라리 그가 펄펄 끓는 용해로로 들어가 죽었다면 더 실감이 났을 거다. 내 앞에 실재한 용해로의 불은 태곳적부터 꺼져 먼지만 쌓여가는데 나는 그가 저 용해로 안에 숨어 있다 금방이라도 불쑥 튀어나올 것만 같은 기대가 생겨 그쪽의 응시를 놓치지 않았다. 삼촌은 아빠가 평소 담배를 즐겨 피운 탓도 컸다고 말했으나 나는 그의 죽음이 꼭 나 때문인 것 같아 유리 파편이 가슴에 박히듯 찢어지게 저며왔다. 어쩌면 그 통증은 오래전 분홍 유리 구두를 신었을 때 예고된 일이었는지도 몰랐다. 아빠가 만들어준 유리 구두는 장식용 구두인데도 나는 그 빛나는 앙증맞음에 매료돼 유리 구두를 신다가 살갗을 비집고 들어온 날 선 날카로움에 피를 흘리고 말았었다.

"네 아빠한테 재혼하라고 권하면 그럴 때마다 우리 유리하고 살면 된다고 말했었어. 여자라면 신물이 난다고, 필요 없다고 딱 잘라 말했지. 아무리 그래도 핏줄만큼 소중한 게 없다고, 아직 젊으니 얼마든 새롭게 시작할 수 있다고 말하면, '내 딸 유리가 유일한 핏줄이야, 그 아이를 내 핏줄이 아니라고 생각한 적이 한 번도 없어!' 하면서 네 아빠, 행복한지 입술이 벌어지더라. '네 형수 품에서 유리를 처음 봤을 때 나를 향해 살며시 웃던 그 아이의 맑은 눈빛이 가슴을 설레게 했지!' 그러면서 하늘이 내려준 인생 최대의 선물이라고 자주 말했었어."

106

엄마라는 여자에게 내 출생의 비밀을 듣고, 그에게 진실을 확인하고, 나는 가짜 인생을 사는 내 현실에 조금씩 불안감이 가중되었다. 어떻게 대처해야 할지, 공부고 뭐고 다 때려치우고 싶었다. 길을 가다가도 그 사실을 떠올리면 의욕이 무너지고 눈물만 흘러내릴 뿐이었다. 당연히 딸이라서 누리던 일에 조바심이 일고 갑자기 송두리째 뭔가가 변할 것 같은 두려움에 휩싸였다. 나름대로 티를 내지 않고 공부에 집중하려던 어느 날 일하는 아저씨들이 식사하면서 아빠의 재혼 얘기를 들먹였을 때 나는 미쳐버릴 것 같았다. 급기야 기정사실이 되어가는 분위기를 느꼈을 때 나는 무슨 수를 쓰든 재혼만은 막아야 했다. 그가 재혼하면 그와 결혼할 여자가 내가 주워온 자식이라고 심하게 구박할지도 모른다는 생각에 이르자 더더욱 공부가 되지 않았다.

사소한 일상을 같이 누려서 긴 설명이 필요 없는 사이는 간명하다. 비언어적이든 반언어적이든 내재된 속내를 저절로 알아챌 수 있는 관계는 같은 공간에서 먹고 자고의 식구가 누리는 특권이지만, 그것을 송두리째 부인하고 거부해야 할 때는 이 모든 특권이 엄청난 방해물로 넘어야 할 산맥이 되어 우리를 절망하게 한다. 어쩌면 그런 평범한 일상을 반복하지 않은 혈육은 가족이 아닌 생물학적 의미로만 남는다.

지금 생각해보면 그때 나는 코너에 몰린 생쥐처럼 바들바들 떨었던 것 같다. 아니면 신화에 나오는 아프로디테의

저주에 걸린 뭐라가 잠시 내가 되었는지도 모르겠다. 종일 일에 지치고 하루의 노고를 술로 푼 그의 얼굴은 처참했다. 항상 그랬지만 손은 성한 데가 없었다. 손만이 아니라 팔도 다리도…… 불에 데어 굳은살이 단단히 박인 그의 몸은 온통 상처투성이였다. 연민 때문이었는지 아니면 그를 뺏길까 봐 그랬는지 나는 처음으로 잠든 그를 찬찬히 바라보았다. 깊게 생각하고 바라볼수록 그를 잃지 않는 길이 있다면 선택해야 한다고 느꼈다.

아무도 가르쳐주지 않았는데도 나도 모르게 형성된 역행의 윤리가 가슴을 뜀박질하게 했다. 천천히 옷을 벗고 나는 그의 옆에 전라의 몸으로 누웠다. 잠결에라도 그가 내 몸을 만져주기를 바랐는지, 아니면 그렇지 않기를 바랐는지, 제정신이 아님에는 틀림이 없었다. 그게 가져올 파국을 전혀 모르면서…… 금기의 영역에 발을 내딛지 않은 사람은 모를 것이다. 스스로도 모르는 원시의 본능에 눈을 떴는지, 나 자신을 보호하기 위한 방어기제로 그랬는지, 그를 위해 그랬는지, 대처할 어떤 방법도 모른 채 나는 울다 까무룩 잠이 들었다.

"로베르토, 깨어져 산산조각이 난 유리들 말이야. 단순하게 생각하는 사람들은 유리의 생명이 끝장나버린 귀결로 치부하잖아. 하지만 그 부서진 유리들이 상상할 수 없을 정도로 변신할 줄은 꿈에도 모를 거야. 용해된 건 새롭게 태어나지. 전혀 다르게. 과거의 어느 흔적도 없이. 그래야 제대로 살 수 있거든." 새삼스럽게 그런 것을 진지하게 물어봐, 라는 표정으로 언젠가 공동작업을 하다가 로베르토는 어깨를 들썩였다. 예술 세계에서는 지당한 말이라는 거였다. 예술 세계에서 경계의 일탈은 눈부신 창조와 변혁을 안겨주지만 인간 사회에서 경계의 일탈은, 파격은……

잠에서 깬 건 뒤척임이 불편해서였다. 창가에 희미한 빛이 스며들어왔다. 내 온몸은 시트에 휘감겨 있었고 옆자리에 누워 있어야 할 그는 오간 데 없었다. 침대의 빈자리를 확인하자 밤에 내가 한 행동이 기억되어 시트가 감긴 채로 내 방으로 뛰어가 서둘러 옷을 입기 시작했다. 나도 나지만 황당했을 그를 생각하니 난감함이 밀려왔다. 그렇게 그와 데면데면한 시간이 몇 주 흘러갔던 것 같다. 삼촌들이 왔다가고 제주도에 사는 고모도 다녀가면서 이상한 기류가 감지되었다. 이런 결과를 보려고 그렇게 한 게 아닌데, 내가 기대한 것과는 다른 바꿀 수 없는 변수가 생겼다.

친구들과 노래방에서 노래 몇 곡 부르고 나온다는 게 뒤틀린 심사에 술을 마시게 되었다. 아니 그와 어색하게 얼굴을 맞대어야 할 불편함이 술을 마시게 했는지도 몰랐다. 누가 신고를 했는지 일곱 명의 친구는 미성년자 음주 단속법에 걸려 노래방 주인과 파출소로 가게 되었다. 학교에 연락이 닿자 바로 집으로 연락이 갔던 것 같다. 그는 소스라치게 놀란 눈으로 파출소로 달려왔다. 고3 스트레스 때문에 빚어진 일탈로 훈방 조처되었지만 그에게 있어 내 행동이 몰고 온 파장은 아주 크게 부각된 것 같았다.

뜨뜻미지근하던 그가 재혼을 서두르자 가족들은 아주 경사스럽게 여겼다. 가족들 입장에서, 아이도 못 낳고 남자랑 눈 맞아 집 나간 여자 때문에 13년간 혼자 지낸 그의 재혼은 마땅한 거였다. 그러나 나에게는 유일한 비빌 언덕이 없어진 것보다 더한 충격이었다. 그때 나에게 그가 보인 행동은 나를 내쫓는 것보다도 더 잔혹하게 여겨졌다. 완전히 버려진 느낌, 마지막 남은 그마저도 내 친아빠가 아니었고, 그가 다른 여자와 재혼하면 내가 그 집에 살아야 할 어떤 명분도 내세울 게 없었다.

왜 그런 혼돈이 시작되었는지 모르겠다. 지나친 애정이 빚어낸 소유욕의 결과였는지, 사람이 살아가는 질서를 몰랐는지, 나에게 그는 전부라고 여겨질 만큼, 빼앗겨서는 안 될 누구와도 양분할 수 없는 존재였다. 그런 그가 나를 버리고 다른 여자를 선택했다는 건 유리가 산산조각이 나듯 더 이상 붙여질 수 없는 부서짐이었다. 지푸라기를 잡듯 나는 그가 마지막까지 나를 지켜주고 재혼하지 않기를 바라는 일말의 기대가 있었다. 하지만 세상에서 나를 가장 사랑한다던 그의 말은 거짓이었고 나는 다시 버려질 위기에 처한 불쌍한 고아일 뿐이었다. 떠나야 했다. 내쫓김을 당하기 전에. 어쩌면 그때 나는 집을 떠나 먼 타국을 떠돌게 될 내 운명을 일찍 깨달았는지도 모르겠다.

16년이 지나서야 백발의 삼촌은 아빠의 재혼이 나 때문이었다고 말을 한다. 내가 마음을 다잡고 공부하기를 바라는 마음에 재혼했다니…… "아빠 말 잘 듣고 공부도 그렇게 잘하던 네가 경찰서에 있다는 말을 듣고 네 아빠가 결심을 굳힌 것 같더라. 어떻게든 마음을 잡게 해 대학을 보내야 한다고 말했어. 오랫동안 혼자서 너를 감당하기에 지쳤던 것도 같고, 집사람이 떠나자마자 바로 재혼했으면 애가 이러지 않았을 텐데, 하고 후회를 거듭했지. 네가 처음 생리했을 때 침대에 붉게 물든 생리혈을 보고 어떻게 말해줘야 할지 몰라 곤란했다고…… 엄마가 있었으면 세밀하게 챙겨주고 말해주었을 텐데 그러지 못했다고." 간간이 한숨 섞인 삼촌의 대화는 너울성 파도처럼 쓸려왔다 쓸려갔다. "너 떠나고 널 찾느라 꼴이 말이 아니었어. 재혼한 사람과도 2년도 채 못 버티다 헤어졌고……."

유리야, 너 어쩌려고 이러니? 아빠 말 좀 들어! 내가 뭐 어쨌는데? 아빠는 그 여자랑 잘 살면 되잖아! 떠나던 날 마지막으로 그와 싸우며 나눈 대화였다. 차라리 집을 나간 여자보다 재혼한 상대가 더 불편했다. 그와 살게 된 39살의 여자는 나한테 아주 살갑게 굴었지만 나는 그게 더 견디기 힘들었다.

관광객들이 찍어 올린 동영상을 친척 중 누군가 보고 유리를 닮은 것 같다며 그에게 말해주었고, 그는 동영상을 보자마자 항공권을 끊어 나한테로 왔다고 한다. 왜 그는 나를 보러 와서 직접 만나지 않았을까. 내가 일하는 곳까지 왔다 갔다는 말을 듣자마자 개켜놓은 그리움이 복받쳐 올라 주체할 길이 없었다. 그는 주위 사람들에게 내 자랑을 지겹게 했다고 한다. 자기 딸이 멋진 유리공예가가 되었다고, 유리 다루는 솜씨가 자신과는 비교가 되지 않는다고.

"널 찾지 않았던 건 그때 이미 폐암 진단을 받았으니까, 혹 짐이 될까 봐 그랬을 거야. 한참 꿈을 펼치고 있는 너였으니까. 자식은 몰라도…… 부모 마음은 다 그런 거다." 아빠의 대변인이 되어 얘기하는 삼촌을 바라보며 지금 내 앞에서 말하는 이가 아빠라면 나는 목숨이라도 내줄 수 있을 것 같다는 생각을 했다.

유골함 옆에 아빠랑 찍은 사진과 내가 만든 두 작품이 놓여 있다. 아빠가 나를 보러 왔을 때 공방 옆 전시관에서 구입한 작품이었다. 엷은 초록의 글라스 디캔터와 들꽃이 어우러진 문진이었다. 그리고 그 옆에는 분홍 유리 구두 한 켤레가 나란히 놓여 있다. 아홉 살 내 생일 때 아빠는 분홍과 파랑, 두 켤레의 유리 구두를 만들어 선물했다. 내 발 크기에 맞춘 유리구두였다. 분홍 구두는 급하게 신다가 깨트려 다시 만든 거였다. 그중 파란 유리 구두는 집을 떠나는 날 가지고 나왔다. 이 모든 상황을 되돌릴 수 없다는 현실에 나는 사지가 녹아내렸다.

미래의 촉망받는 유리공예가도 아빠보다 더한 의미는 없었다. 나에게 뭐가 남았다는 말인가. 아빠 없이 이 모든 걸 끌어안고 살아가야 할 시간에 자신이 없어졌다.

유리 공장은 7년 동안 문이 닫혀 있었다. 값싼 중국산 제품과의 경쟁에 밀린 탓도 있었지만 아빠는 내가 떠나고 난 후 유리 공장에 마음을 붙이지 못하고 삼촌에게 맡기다시피 했다고 한다. 신도시 조성으로 땅값도 많이 올라 팔라고 여러 부동산에서 주선이 들어왔지만 나를 보고 와서는 공장을 매각하지 않고 소유주를 나로 바꿔놓았다고 했다. 그러면서 자기 죽음을 나에게 알리지 말라고 당부하며 언젠가 그 애는 꼭 아빠에게 돌아올 거라고 장담했단다. 폐암으로 투병하면서 내 얼굴이 나오는 동영상을 매일 보거나 내가 만든 유리 작품을 닳도록 만졌다며 삼촌은 눈시울을 적셨다.

35살, 나는 경계에 서 있다. 이쪽과 저쪽을 선택해야 한다. 그를 선택하려다 아빠를 잃었다. 경계를 넘지 않으면 나를 온전히 찾을 수 있을까. 마음을 졸이며 긴장하고 살았던 타국 생활에서는 누구도 내 과거에 관심이 없었다. 시간이 지나면서 그 생활이 점점 편해졌다. 그들은 현재에 집중했고 현재를 즐겼다. 내 스승인 유리 장인 루카는 10년 넘게 나와 작업을 했어도 내 사생활에 관해 물어본 적이 없다. 나는 그래서 루카에게 마음의 문을 열 수 있었는지 모른다. 오직 내가 만든 작품이 내 눈앞에서 내 존재의 살아 있음을 증명해주었다. 이제 나를 에두른 사람들과 기억들은 공장의 낡은 기계들과 남았다. 어떻게든 이것을 처분하고 떠나야 하는데…….

그가 나에게 공장을 남길 거라고는 상상조차 하지 못했었다. 아빠의 마지막 가는 길도 지키지 못했는데 내가 이걸 물려받을 자격이 있는가. 서해의 굴곡진 바람이 차갑게 나를 때린다. 철근에 덧댄 조립식 지붕은 한쪽이 내려앉아 있는 모양이 조만간 전체가 푹 꺼져 내려앉을 것 같다. 공장 뒤편과 양옆에는 최신식 현대 건물들이 화려하게 조명을 받아 빛나고 멀리서는 예술 회관의 독특한 건물도 보이는 것 같다. 무슨 생각으로 그는 내가 돌아와 이 공장을 물려받을 거라 여겼을까. 내가 팔아버릴지도 모르는데 말이다. 공장을 철거하여 없애기보다 유리 공장의 새로운 변혁을 바랐을까. 용해로에 불이 살아나면 아빠의 영혼도 다시 살아날 수 있을까.

바람을 타고 물결이 일정한 포말을 그리며 거듭 너울진다. 한껏 날빛을 받은 바다가 눈이 시리도록 파닥거린다. 모든 설렘의 순간들을 집약해놓은 듯 자지러지게 그칠 줄 모른다. 지금 저 빛에 반응하듯 용해로에 유리가 황금빛을 발하며 타오른다. 긴 대롱에 숨을 불어넣어본다. 양 볼이 빵빵해진다. 아빠가 파이프를 돌리듯 나도 파이프를 돌려 유리의 모양을 다듬는다.

더 의미를 보탠다면 아빠가 50년 가까이 땀 흘리고 생애를 다 바친 곳에서 나도 얼마 전 보금자리를 틀었다. 40년 넘게 아빠와 일하던 기술자 두 분이 얼마 전 합류했다. 기계들은 거의 다 바꿨지만 중앙의 용해로는 남겨두었다. 유리 공장은 유리 공방과 전시관으로 탈바꿈했다.

 거친 모래바람이 수평선 너머로부터 불어오자 갯벌의 진한 비릿함이 훅 끼친다. 모래를 안고 온 바람은 불투명하다. 오래된 바람은 길고 긴 여정에 지쳤는지 이곳에서 잠시 쉬었다 또 다른 곳으로 방향을 튼다. 너울대는 바다를 다시 바라본다. 아드리아의 푸르른 바다가 아닌 서해의 태곳적 바다다. 거기서도 여기서도 시도 때도 없이 바람이 불기는 마찬가지다. 거기서도 유리와 함께였고 여기서도 유리와 함께였다. 유리로 만든 필기체의 글라스 *파파* 간판이 빛에 나부낀다. 쇠 파이프들을 불가마에 넣어 담금질한다. 용해로의 불길이 새빨갛게 유리를 휘감는 오후다.

어쩌면 이제

89년에 태어난 우리를 사로잡은 건 화음이 해마다 바뀌는 컬러 폰, MP3와 스타크래프트, 피파였다. 그때 우리는 PC방에서 친구들과 게임의 세계에 빠져 스타크래프트 공략으로 늘 시끄러웠고, 저그냐 프로토스냐의 논란은 끝이 없었다. 점심시간엔 피파에서 하는 개인기를 선보이느라 다리가 부러지기도 했다. 학교 수업이 끝나면 PC방으로 무조건 뛰어갔다. 제일 늦게 도착하는 놈이 돈을 내는 거였다. 한 시간에 800원, 눈을 떴다 하면 새로운 기계와 게임이 나를 유혹하였다. 밤마다 몰래 컴퓨터에서 숨죽이며 만나는 예쁜 여자들도 나를 사로잡았으나 교실에 발을 디디자마자 새로운 기기를 가진 친구에게 달려가는 짜릿함은 더더욱 신선했다.
　나는 지극히 평범한 대한민국의 중학생이었다. 비극이라

면 친구들이 참 쉽게 갖는 이 시대의 귀염둥이들을 오롯이 나만의 것으로 소유하지 못한다는 현실이었다. 어찌 된 셈인지 아버지는 아날로그를 지극히 숭상하며 인쇄 매체에서 진보하지 않았고, 눈 나빠진다, 귀 상한다, 그러다 성적 내려간다, 등등의 이유로 내가 눈독 들이는 시대의 아이콘들을 혀를 끌끌 차며 못마땅히 여겼다.

내가 유일하게 그것들을 몇십 초만이라도 만질 수 있는 곳은 학교였다. 몇 반의 누가 무엇을 샀더라는 말만 들어도 뛰어가곤 했다. 매체의 신이 나를 그나마 긍휼히 여겨주는 것 같았다. 나는 누구보다 최신 버전의 기기들을 쉽게 접할 수 있었는데 신제품이 나온다는 발표가 있자마자 휘를 통해 빠르게 만질 수 있었다. 그렇다 보니 휘의 주변에 관심이 갈 수밖에 없었다.

"올라가려고 한 것 맞죠? CCTV를 보니 외벽을 만지고 있네. 아니, 거기는 왜 올라가려고 한 겁니까? 울타리 입구에 경고 문구 못 보았어요?"

"밤이라 보지 못했습니다."

"밤이고 낮이고 간에 첨성대는 국보급 문화재라고요! 문화재 훼손죄가 얼마나 무서운지 모르는가 보군요."

경찰관의 거듭된 질문에 내 정신은 바야흐로 조금씩 돌아왔다. 누군가를 떠올리자마자 나도 모르게 발걸음이 첨성대까지 이르렀어요, 하고 말하기는 적절치 않았다. 소도

시의 파출소는 지방이 주는 한가로운 분위기만큼 여유가 있어 보였다. 새벽이라서 그럴까, 두 명의 순경이 번갈아 하품을 해대며 근무시간을 버티고 있었다. 전날 유치장에서 날밤을 새우고 지금 조사를 받는 내 꼴도 말이 아니었지만 정작 첨성대는 올라가보지도 못했다.

담당자는 몇 달 전 술 취한 20대 여대생들이 첨성대에 올라가 셀카를 찍는 바람에 비상이 걸렸다고 했다. 게다가 몇 년 전 지진으로 첨성대가 북쪽으로 2센티 기울어져 문화재청에서 안달복달이라고 침을 튀겨가며 목소리를 높였다. 내가 다리를 들어 첨성대에 발을 올렸다면 훈방 조치에 그치지 않고 교도소 신세를 1년 이상 졌을 거라며 경찰은 엄포를 놓았으나 CCTV에 비친 내 모습은 돌벽을 손으로 만지고 그저 하늘만 쳐다보고 있는 형국이었다. 솔직히 말하면 밟고 올라갈 지지대를 찾던 중이었다. 그렇게 재빠르게 경비원들이 들이닥칠 줄은 미처 몰랐다.

"아니, 국보급 문화재 첨성대를 왜 이렇게 사람들이 쉽게 생각하는지, 첨성대 출입구에 수표 다발을 던져 넣는 인간이 있질 않나, 또 어떤 인간은 성적표에, 연애편지에, 핸드폰에……."

담당 경찰의 늘어놓는 말에 나는 심장이 멎을 것같이 신경이 곤두섰다.

"저 경찰관님, 사람들이 첨성대 안에 물건을 많이 던져 넣습니까? 그게 가능한가요?"

"허허…… 이 청년 보게. 내가 지금 헛소리하는 거로 들려? 내 거짓말 안 보태서 일주일에 저기 사물함 상자 한 통은 나와. 지진 일어나고부터 좀 덜하지만, 중국 관광객들 늘고부터는 한 통으로도 모자랄 지경이었어."

"저…… 그럼, 수거한 물건들은 어떻게 하나요? 버리나요?"

"무슨 소리? 그냥 버렸다가는 큰일 나게. 덤터기 써! 수화물 보관실에 별의별 물건이 다 있지."

"만약에 말인데요, 분실물을 찾으려면 절차가 있긴 하죠?"

"왜? 그쪽도 무얼 찾을 게 있어?"

파출소 소장은 내 의중을 눈치챈 듯 보였으나 경주 문화재의 중요성을 20분 넘게 떠들어대다 제발 자신들 귀찮게 좀 하지 말라는 푸념을 하며 요즘 잦은 지진 때문에 집에도 못 들어간다고 너스레를 떨었다.

"내 궁금해서 다시 묻는데…… 첨성대에 진짜 올라가려고 한 거 맞죠?"

조금 전 처벌 어쩌고 나에게 열변을 토한 사람이 맞나 싶게 소장은 익살스러워 보였다. 말투는 거칠어도 그의 눈빛은 왠지 모르게 장난스럽게 와닿았다.

17년 전, 휘와 나는 첨성대에 올라갔었다.

사람들은 비교의식을 타고나고 비교의식에 치여 죽는다. 인간이란 구조가 태어날 때부터 상대를 의식하고 사는 운명을 타고나서인지도 모른다. 눈이 있는 동물 중 흘끗거리는 행위는 인간에게만 해당되는 것 같다. 상대를 스캔하는 순간, 움직임은 점점 더 빠르게 진화한다. 나이가 들어갈수록 그 나이에 따라오는 상대성의 범위는 늘 넓혀져간다.

창가에 서 있던 휘의 모습에서 단연코 내 눈에 가장 먼저 띈 것은 아이리버 IFP-300이었다. 무려 128MB인 이 녀석은 32곡 정도가 들어갔다. 코딩을 거쳐 파일 용량을 줄이면 40곡까지도 들어가는 대단한 녀석이었다. 휘의 목에 걸려 녀석이 흔들대며 반짝거렸을 때 내 눈도 번쩍였다. 나에게 MP3가 내 소유가 되는 건 목숨까지는 아니라 쳐도 험난한 산맥을 넘는 것과 같은 거였다. 그렇다고 집에 있는 라디오를 어깨에 메고 다닐 순 없었다. 부모님께 아이리버를 사달라고 말한다는 것 자체가 스트레스였고, 왜 필요하냐 묻는 말로 시작해 도저히 대꾸할 수 없는 대화가 이어지는 건 정말 피곤한 일이었다.

"얀마, 뭐 하냐? 나 좀 듣자."

말과 동시에 나는 휘의 손에 있는 아이리버를 낚아채려 했다. 휘가 피하는 바람에 손에 넣을 순 없었지만 나는 이미 사용 방법을 다 알고 있었다. 휘만 IFP-300 CRAFT 1을 가지고 있는 게 아니었고, 반에서 사 분의 일 정도는 아이리버를 가지고 있었다. 방향키를 자유자재로 움직일 수 있다는 것 자체가 나에겐 놀라웠다. 뒤로 감기 버튼을 누르는 것이 아니라 살짝만 옆으로 밀어주면 목록으로 넘어가거나 음악의 목록이 떴다. 친구들은 PC방에서 USB 케이블을 가져와 신곡들을 담았다. 어떤 아이는 버즈의 앨범 전체를 다운로드하기도 했다. 그런데 이 바보 같은 녀석은 오늘도 또 사물함 위에 앉아 창밖을 바라보고 있었다.

"야, 호구! 너 또 멍때리지? 도대체 뭐 보냐? 밖에 뭐가 있기에."

문화재 보관 센터 직원은 나이가 꽤 들어 보였다. 첨성대 속에 집어넣은 물건을 찾으러 오는 사람이 간혹 있지만 그것도 십수 년 전 일이고 지금은 문화재 위반 법이 강화돼 찾으러 오면 벌금을 물어야 한다고 했다. 그러더니 그걸 각오하고 찾아오는 사람은 엄청난 비밀의 뭔가가 있어야 하지 않겠냐며 넌지시 덧붙였다. 직원이 이곳에서만 일한 지 17년째라고 말했을 때는 은근히 희망까지 품었다. 그러다 보통 수거 후 쓸모없는 것은 소각하고 몇몇 문제될 것만 3년 정도 보관한다는 얘길 듣고는 또 한 번 헛된 나의 어리석음과 마주했다.

직원이 내 표정을 찬찬히 살피더니 거기에 무엇을 넣어두었느냐고 물었다. 나는 십여 년 전 친구랑 수학여행 와서 장난치다가 MP3를 잃어버렸다고 했다. 스마트폰으로 같은 모델의 사진을 보여주자 직원은 언젠가 이런 날이 올

줄 알았다는 눈빛으로 낡은 캐비닛을 향해 걸어갔다. 그러더니 한참 뒤적인 끝에 뭔가를 꺼내왔다. 혹시 이거 아니냐는 직원의 말에 나는 가슴을 쓸어내렸다. 바로 휘의 아이리버였다. 직원은 수화물 보관 기간이 지나 버리려고 하다가 혹시나 하고 보관했다는 말을 덧붙였다. 배터리가 다 되었는지 작동은 안 된다고 했다.

나는 직원에게 몇 번을 고개 숙여 감사 인사를 했다. 지금 눈앞의 상황이 펼쳐지기 전까지, 오랜 시간 내 가슴을 멍울지게 만들었던 그 MP3를 다시 보게 되리란 기대는 꿈에도 하지 못했었다. 기기일 뿐인데 아이리버는 휘의 현신처럼 내 눈에 아롱져 눈시울이 왈칵 뜨거워졌다. 시간에 순응해 자연스럽게 사라지는 예전의 기기들처럼 휘의 MP3 또한 그러기를 바랐는지도 모른다. 기나긴 시간을 침묵하다 한 컷의 바스락거림도 없이 바람에 쓸려가기를…….

차이는 본능적으로 느껴지는 거였다. 휘의 엄마는 내가 알고 있던 전형적인 친구 엄마의 모습을 송두리째 바꿔놓았다. 휘의 엄마는 밤새 나를 적셨던 어떤 여자들 같았다. 만져보고 싶은 가슴과 날씬한 허리, 긴 생머리, 그리고 여자들에게서만 나는 야릇한 냄새를 엄마라는 단어와 연관시키고 싶지 않았다. 휘의 엄마는 나와 눈이 마주치자 여자 어른이 짓는 그 미소를 지었지만, 나는 그 짧은 미소가 내포하는 그늘을 감지하기에는 너무 어렸었다.

휘가 잘사는 집 아들인 건 진즉부터 알고 있었다. 휘가 신고 있는 신발만 봐도 조던, 포스 같은 거였다. 짝퉁이 아닌 진짜였다. 매점에 갈 때마다 나는 휘의 지갑을 흘낏 보았는데, 지갑도 지갑이지만 그 안에는 정말 0.3밀리가 넘는 두께의 세종대왕이 항상 두둑했다.

그뿐이 아니었다. 단순히 잘사는 기준을 능가했다. 휘는 붉은 벽돌이 점철된 그저 그런 2층짜리 보통 주택 집이 아닌 고급 저택에 사는 애였다. 그날 나는 30평의 우리 아파트가 그렇게 작은 아파트라는 걸 처음 알았다. 아버지는 6급 공무원에 엄청나게 빨리 집을 마련했다고 누누이 말해 왔었다. 보통 사람들은 30평짜리 아파트만 하나 가지고 있는 것도 대단한 거라고, 자린고비의 업적을 매번 질리지도 않고 말할 때만 해도 어느 정도 아버지가 자랑스러웠으나 휘의 집에 갔다 온 뒤로 그 말을 하는 아버지가 조금은 초라해 보였다.

휘의 집에는 없는 게 없었다. 플레이 스테이션과 콘솔, 그리고 내가 그토록 바랐던 수많은 게임팩, 심지어 컴퓨터는 펜티엄 4였다. 냉장고든 식탁이든 먹을 게 계속 나왔다. 나는 그날 노란색의 달달한 과육을 처음 먹어봤다. 그것은 망고라는 열대과일이었다. 휘는 내가 자신의 집에 온 유일한 친구라고 말했다. 휘의 집을 서너 번 정도 간 것 같다. 그날도 꽤 늦은 시간이었는데 휘의 가족들은 보이지 않았다. 교복 안에 있는 말보로 레드를 만지작거리다 바람이나 쐴 겸 밖에 나가자고 했다. 휘는 내가 무엇을 원하는지 꼭 아는 눈빛처럼 따라오라며 옥상으로 올라갔다. 조금 높은 지대에 있는 집이어서 그런지 옥상에 올라가자마자 분위기가 달랐다. 나는 눈앞에 펼쳐진 야경을 바라보며 담배 하나를 꺼내 물었다.

"와, 전망 죽인다. 겁나 좋은데. 야. 미친 새끼야? 이런 데 놔두고 왜 이제까지 안 올라왔냐. 담배가 아주 그냥 절로 피워진다. 야, 호구! 저기 보이는 거 남산 타워 아냐?"

온갖 산해진미를 먹고 보는 도시의 불빛은 마냥 흥을 돋우었고 곧이어 담배 한 개비를 더 꺼내 올리게 했다. 나의 시선은 자동차의 불빛, 수많은 가로등과 빌딩 불빛에 꽂혀 거듭 그것들에 감탄했다. 정작 휘의 시선이 어디를 향하고 있는지는 보려 하지 않았고 볼 수도 없었다.

"밤인데 빛이 너무 밝아 별이 안 보이네……."

휘는 가끔 쓸데없는 소리로 내 흥을 가라앉게 하는 탁월한 재주를 가졌다.

"별? 야경이 이렇게 휘황찬란한데 무슨 별 타령이야!"

그 이후로도 휘는 몇 번 자기 집에 가자고 했지만 난 이런저런 핑계를 대며 가지 않았다. 휘와 있는 건 좋았다. 휘를 둘러싼 모든 것들이 내가 가졌다고 자부한 것들을 흔들어놓았다. 더구나 많이 소유하고도 휘의 놀라지 않는 여유로움은 내 꼴을 한없이 쪼그라들게 했다.

20대의 마지막 면접이었다. 엄마 말대로 이번에 안 되면 그렇게 하기 싫은 공무원 시험을 봐야 할지도 몰랐다. 엄마는 시대가 변하더라도 공무원만큼 안정된 직장이 없다고 하지만 나는 아버지의 인생을 답습하고 싶지는 않았다. 별 변화 없이, 아니 어떠한 흔들림도 없이, 퇴직 후에도 연금으로 생활할 수 있을 테지만 사람은 주어진 시간을 끝까지 살아봐야 한다. 안정된 미래는 아무에게나 허락된 게 아니란 걸 아버지만 봐도 알 수 있었다.

몇 장의 서류를 들춰보던 면접관은 토익점수가 높으니 영어로 질의하길 요청했다. 돈이 없는 사람은 총알이 한 발밖에 없다. 그렇기 때문에 전력을 다해서 신중히 쏴야 한다. 그 총알을 쏘고 나면 다시 쏘려고 해도 소진되어 일어날 힘이 없다. 알라딘의 지니처럼 소원을 들어주는 마법사가 없인 물이 계속 차오르는 물독은 불가능했다.

흙수저로 태어나 근근이 살아가는 처지에 왜 대기업 들어와 더 힘들게 살려고 하는 거야, 하며 한 면접관이 옆의 면접관에게 속삭이듯 말했다. 순전히 내 느낌에, 잘못 들은 거로 생각하고 싶었지만 같이 면접 보는 여자의 조소가 내 눈동자 범위에 들어왔다. 부모로부터 부와 풍족함을 대물림받은 사람들, 옆의 여자도 그래 보였다. 이 면접에서 떨어지면 이 여자는 분명 머리도 식힐 겸 여행이나 갔다 오자 하고 훌쩍 배낭여행을 떠날 것이다. 그러곤 '다시 시작'이라는 말과 함께 고급스러운 음식과 호텔, 풍경들을 인스타에 올릴 터였다. 내 몇 년 적금과 맞먹을 사진 몇 장들이 지금의 나를 아래로 내리 끌었다.

"대학 졸업하고 무엇을 했습니까?"

"어학 공부와 몇몇 아르바이트로 현장 경험을 쌓았습니다."

"음…… 토익 점수는 높네요. 근데 이 정도는 요즘 다 보통 수준 아닌가요? 아르바이트했다고 했는데 서류상으로는 확인할 길이 없군요."

면접관의 얼굴은 그걸 겨우 대답이라고 하니, 왜 그 흔한 열정이라는 단어라도 한번 말해보지 그래, 하는 표정이었다. 아르바이트는 증빙서류가 남지 않는다. 다달이 입금되는 한 달 분 급여만 남는다. 그렇다고 통장 잔액 계좌 명세서를 면접관에게 보여줄 수는 없지 않은가.

"자기 계발을 위해 무엇을 했습니까?"

면접관이 묻는 자기 계발이 대학원 진학이나 유학, 자격증을 말하는 걸 모르지 않았다. 아버지 돌아가시고 나에게 자기 계발은 현장에서의 삶의 체득이 바로 그것이었다.

"제 말이 들리세요? 이해했어요?"

토익은 말하기 시험이 아니었다. 그런데 나와 달리 내 옆의 면접자는 원어민 수준의 발음을 구사했다. 언어 실력뿐만 아니라 얼굴과 몸매, 어느 것 하나 세련되지 않은 게 없었다. 면접관의 눈빛이 달라졌다.

군대 갔다 와서 학부 졸업하면 그래도 인생은 보장되지 않을까 했지만 어째 마냥 어긋나기만 했다. 아버지의 갑작스러운 병고로 나는 논문 학기에 우울할 겨를도 없이 학업과 아르바이트를 치러냈다. 졸업과 동시에 결국 아버지는 아파트 한 채만 겨우 남긴 채 떠났다. 그나마도 아파트 한 채에는 아버지 암 치료비로 반 정도 담보대출이 잡혀 있었다. 연금이 나오지만 세 가족이 살기에 늘 빠듯했다. 평생 일을 해보지 않은 어머니가 일자리를 알아본다고 나섰을 때 나에겐 취직이 무엇보다 절실해졌다. 하지만 현실은 아르바이트였다. 지금의 아르바이트를 벗어나면 또 다른 아르바이트 면접이 기다렸다.

대기업 면접은 점점 줄어 이제 일 년에 한두 번밖에 안 되었다. 미술관 아르바이트도 면접을 치르기는 마찬가지였다. 주말 쉬고 다섯 시간 정도에 70만 원이면 괜찮았다. 미술관 아르바이트라고 하지만 미술과 전혀 연관이 없었다. 공사판 벽돌 나르기만 아니었지 소위 힘쓰는 일이었다. 미술관에 새로운 그림이나 입체작품들이 들어오면 전에 걸려 있던 그림은 철거작업에 들어가고, 새로운 그림이나 입체작품들은 설치작업을 해야 했다. 매일 힘쓰는 일이 아니라 시간적 여유가 있었고, 그림에 문외한이지만 때때로 작품도 눈치껏 감상할 수 있다는 게 이 아르바이트를 낙점한 이유였다.

밤의 편의점 아르바이트는 낮보다 일당이 셌다. 일당이

세다면 무조건 하는 거였다. 8시에 미술관 아르바이트가 끝난 뒤 한 시간 쯤을 두고 바로 시작할 수 있다는 조건도 마음에 들었다. 아르바이트를 끝내고 돌아가는 밤하늘은 청명했고 별도 지극히 높았다. 밤을 꼴딱 지새운 나처럼 별들도 조금은 새벽을 기다리다 지친 듯한 표정을 지었다. 별자리 앱을 켜서 밤하늘에 휴대전화 카메라로 연결하면 곧바로 별자리의 이름과 별자리에 담긴 인물들의 서사가 펼쳐졌다. 신비한 그들의 사연을 읽다 보면 나도 이제 누군가를 기억에 떠올리는 나이가 되었다는 것을 실감하게 된다.

수많은 사람이 오래전부터 별을 그리워하는 건 왠지 모를 가슴 아픈 인간사에 별의 위로를 발견하였기 때문인지도 몰랐다. 별을 보며 가끔 아버지를 생각했다. 평생 흐트러짐 없이 살다가 — 아버지는 담배를 피우지 않았다 — 폐암이라는 병을 얻은 아버지가 밤하늘의 별이 되어 우리 가족을 지켜보고 있을지도 모른다는 생각이 얼핏 들기도 했다. 가족을 위해 아버지가 기억한 시간을 내가 기억하지 않는다면, 아버지별은 점점 빛을 잃어갈지도 모른다는 서러움에 가슴이 먹먹해졌다.

에드워드 호퍼는 내가 미술관에서 처음 이름을 외운 작가였다. 그 이름을 외우기 위해 몇 번을 다시 가서 작품을 보고 이름을 보는 과정을 반복해야 했다. 처음에는 일상을 담은 사진 같았는데 가까이서 보니 그림이었다. 마치 사연이 있는 것처럼 보이는 우울한 시선, 「케이프 코드의 아침」이었다. 이 작품만 담당 작가가 이야기를 만들어내지 못했다고, 한국어 번역을 맡은 출판사 측에서 이 그림을 소재로 단편소설 공모까지 했다는 큐레이터의 설명도 간간이 들려왔다. 하지만 그림에 얽힌 그런 팩트가 나에게는 어떤 흥분도 일으키지 않았다. 나는 다만 창가에서 풍경을 바라보는 여자의 모습에서 불현듯 누군가를 떠올렸을 뿐이었다.

기억하고 싶지 않은 일들은 반복해서 기억하지만 않는다면 어떤 일이었든 간에 그 기억은 지워졌다. 노력하지 않아도 무덤덤하게 그 기억을 외면해버리면 기억은 희미해지고 없어지기 마련이었다. 그 일이 있고 나서부터 나는 이러한 방법으로 과거를 지워왔다. 하지만 침잠한 휘가 그 그림 속에서 말갛게 되살아날 줄은 미처 몰랐다.

사물함에 걸터앉아 다리를 늘어트리고 창밖을 바라보던 휘, 그림 속의 테라스처럼 휘도 학교에서 시간만 나면 하염없이 빈 창문을 주시했었다. 닮은 점이 있다면 그림 속의 여인도 휘처럼 행복해 보이지 않았다는 것이다. 눈꺼풀이 아예 없었다는 듯이 눈을 거의 깜빡거리지 않는 것 같았고, 그냥 멍때리듯 쳐다만 보고 있었다. 휘의 표정이 딱 저랬다. 나는 휘가 잠깐 잠깐씩 넋을 놓을 때마다 정신 차리라며 뒤통수를 쳤었다. 소울리스처럼 그의 시선은 친구 놈들과의 대화 맥을 끊어놓기 일쑤였다. 그런데 어이없게도 미술관에서 나와 비슷한 시기에 일을 시작한 Y가 내게 말했다. 넋 나간 표정으로 있는 나를 자주 본다고…….

휘는 중2 때부터 멍때리고 있길 잘했다. 아니, 그전부터 그랬을지도 몰랐다. 그림 그리기를 좋아했지만 법의학자가 꿈이었던 휘는 특목고로 진학했다. 멍때리는 현상은 삶의 누적으로 자연스럽게 생긴 게 아니었다. 어떤 사람은 나이가 들어도 별다른 그런 표시 없이 사는 사람이 더 많았다. 아침에 일어나 전경을 바라보는 케이프 코드의 여인은 밤새 들어오지 않는 누군가를 기다리다 지친 것인지, 아니면 현실과 이상의 경계에서 창밖만 바라볼 수밖에 없어 그러는 것인지, 아니면 지금 창밖을 보는 자기 자신을 누군가 간절히 바라봐주기를 원하는 것인지도 모를 일이었다.

가벼운 장난이었다. 심심하던 참이었다. 그때는 왜 그랬을까, 무료함이 제일 견뎌내기 힘들었다. 잠시라도 가만있으면 몸이 근질근질했다. 집과 학교를 벗어났다는 자유로움이 충동을 부추겼을까. 휘의 아이리버를 낚아챌 생각은 처음부터 없었다. 애들이 집에서 훔쳐 온 양주를 마신 탓이었는지도 모른다. 녀석들에게 술이 세다는 걸 보여주기 위해 양주를 들이켰고, 친구들은 미친놈 소리를 하면서도 환호성을 질렀다. 그러나 양주는 생각보다 강했다. 소위 어른들이 말하던 알딸딸한 기분과 몸이 내 몸이 아닌 것 같은 흐름이 이어졌다. 시골에서 풍겨오는 특유의 흙냄새 때문에 내 안의 본능이 꿈틀대며 기어 나왔는지도 몰랐다. 아니면 여기서만 청량해 보여 금방이라도 쏟아질 듯 빛나는 별들 때문이었는지도 몰랐다. 한껏 들떠 오르는 기분과 취기가 나를 덮었고, 높은 곳에서 주위를 살펴보는 멋에 빠진 나는 한층 고무되었다.

"너, 별들이 얼마나 살다가 죽는지 알아? 저 별들은 그냥 별이 아니야."

별들이 얼마큼 살고 죽는지는 내 관심사가 아니었다. 나에게 별은 그냥 별이었다. 태어날 때부터 있었고 지금까지도 죽지 않고 떠 있는 별이었다. 별이 살고 죽든지 간에 별은 존재했다. 손을 뻗어 나만 가질 수 있는 것도 아닌 별이라면 모를까, 죽은 별까지 신경 쓰고 싶지가 않았다. 한 번씩 휘의 도통 알 수 없는 질문과 고백에 나는 맥이 빠지고 싱거워졌다. 내 앞에 펼쳐진 세상은 술처럼 쓰면서도 미묘하고 달콤한 맛처럼 감미롭고 흥미로운 세상이었다. 게다가 사사건건 신중하고 건조한 아버지를 벗어나 즐기러 온 수학여행이었다.

"야 인마! 미친 새끼, 개폼 잡는 소리 말고 그거나 줘봐. 음악이나 듣자."

나는 휘의 목에 걸린 MP3에 음악이 담겨 있는 걸 오래전부터 알고 있었다. 그때였다. 휘의 얼굴이 일그러지며 나를 향해 화난 표정을 지었다.

"너, 내 MP3 들었어?"

"뭐 인마?"

"말해봐! 내 MP3 들었잖아? 음악이 들어 있는지 네가 어떻게 알아?"

별것도 아닌 일로 화를 내는 휘의 얼굴에 나는 괜히 성질이 솟구쳤다. 딱히 뭐라고 표현해야 할까, 비교의식에 시달린 내 초라한 자아상이 만들어낸 열등의식과 피해의식의 총체가 휘를 향해 되받아친 것이었는지도.

"그래, 들었다. 씨발. 어쩔래?"

휘는 갑자기 내 멱살을 쥐고 흔들었고 성질이 뻗친 나는 아이리버를 낚아챘다.

"줘! 안 주면 너 진짜 죽여버린다, 새끼야!"

"죽여라, 죽여, 이 새끼야! 그까짓 게 뭐라고! 씨발, 생색 내나?"

나는 오른쪽 팔을 한껏 뻗어 첨성대 너머 숲을 향해 냅다 던져버렸다. 은색의 물체가 어둠을 향해 날아가자 휘는 소스라치며 비명을 질러댔다. 마치 언젠가 미술책에서 본 뭉크의 「절규」가 색색의 파동으로 나타나는 것 같았다.

나도 내가 왜 그랬는지 모르겠다. 애당초 아이리버를 뺏을 생각은 없었다. 장난을 치려고 했을 뿐이었다. 엇나간 대화로 휘의 높은 톤에 나도 괜히 성질이 뻗쳤고 주머니에 넣어둔 석가탑 모형 기념품을 대신 던졌는데 휘는 내가 자신의 아이리버를 던진 줄 알았다. 그때 휘의 낯빛은 대단한 뭔가를 상실한 표정으로 일그러졌다. 휘는 하늘을 날아 떨어지는 아이리버를 찾으려 첨성대를 냅다 뛰어 내려갔고,

엉겁결에 발을 휘청한 나는 왼손에 어설프게 쥐고 있던 아이리버를 첨성대에 떨어트려버렸다. 아이리버는 그렇게 첨성대 어둠 속으로 까마득히 사라졌다. 서둘러 내려오자마자 분노한 휘는 주먹으로 내 면상을 가격했다. 나도 맞받아 한 대 치려는 순간에 호각 소리가 여기저기서 들렸고, 경비 아저씨들이 손전등을 비추며 우리를 떼어 말렸다.

다음 날 휘는 밤새도록 잠을 이루지 못한 창백한 얼굴로 허탈감에 빠져 있었다. 저 바보 자식, 아이리버는 첨성대 속에 있는데 못 찾는 게 당연하지, 어휴, 자식. 그 뒤로 휘는 나를 유령처럼 대했다. 휘의 상한 기분을 달래려 내가 노력하지 않은 건 아니었다. 수학여행을 갔다 오자마자 나는 부모님의 저금통을 털어서 다시 경주로 내려갔다. 감시하는 사람들의 눈을 피해 종일 밥도 먹지 못하고 첨성대 속을 몇 번이고 확인했지만 아이리버는 흔적도 없었다. 집에 돌아와서는 아버지께 엄청나게 두들겨 맞았다. 그 순간 엄마한테 솔직하게 털어놓고 아이리버를 사주려는 생각까지 했었다. 그 아이리버가 뭐가 그리 대단하다고 이렇게까지 하는지 나는 휘에게 점점 더 삐딱해졌다.

휘의 자살 소식을 들은 건 고2 때였다. 내 친구의 친구의 친구로부터. 휘의 죽음은 같은 중학교를 졸업한 애들에겐 꽤 충격적이었다. 그날은 특히 학교 담벼락 뒤의 담배 연기가 자욱했다. 휘의 죽음은 과장되거나 와전되었다. 해외에서 죽었다는 말도 들리고 집에서 죽었다는 말도 들렸지만, 어느 게 정확한 사실인지를 확인해볼 용기조차 나는 나지 않았다. 그날은 그냥 일찍 조퇴해서 집에 돌아와 아프다는 핑계를 대며 누워 있었다. 첨성대 사건 이후로 휘는 내 근처에 얼씬도 하지 않았고 몇 번 사과하려고 했지만 씨알도 먹혀들지 않았다. 한두 번 무시당하자 나도 자존심이 상해서로 모른 체하고 다녔다.

이후 나는 일반고에 진학했다. 하지만 학교생활은 수월하지가 않았다. 08년도 학생부터 내신 상대평가가 이루어져 소수만이 1등급에 들어갈 수 있었다. 내신뿐만 아니라 정시와 논술, 죽음의 트라이앵글 세대로 부각되었다. 대학 입시 준비로 학교와 학원을 전전하던 나는 휘의 소식을 듣고 흘려버리려 애썼다. 사실 공감하고 싶지 않았다. 뭐가 부족해서 죽나, 였다. 휘의 아버지는 중견 기업의 회장이었고 집에는 없는 게 없었다. 이 입시지옥을 뚫지 못하면 유학이라도 갈 수 있는 집안이었다. 흔히들 부러워하는, 드라마 속 돈 있는 사람들처럼 말이다.

어느 날 학교 운영위원회에 갔다 온 엄마가 휘를 아느냐고 물었다. "그냥 같은 중학교, 얼굴만 아는 애였어. 걔가 왜?" 친엄마가 중1 때 사고로 세상을 떠났는데, 그 애도 스스로 목숨을 끊었다는 말을 전해 들었다고 했다. 나는 묵묵히 하루를 살기 위해 밥을 꾹꾹 집어삼켰다.

발걸음이 왜 첨성대로 향했는지 나도 모를 일이었다. 술을 몇 잔 걸친 탓이었는지도 모른다. 그날 그것을 떨어트렸을 때 바로 첨성대를 찾지 못했다는 허접한 변명이 있었지만 MP3를 찾아서 휘에게 돌려주려던 마음만은 진심이었다. 하지만 내 의도와는 달리 휘의 오해는 깊어졌고 나도 친구와의 의리보다 물건 하나 때문에 몇 년간 쌓은 우정을 내팽개친 휘에게 굳이 그것을 찾아주고자 할 필요를 못 느꼈다.

하지만 우정을 저버릴 만큼 휘에게 그토록 큰 의미였던 아이리버를 첨성대 깊은 곳에 남겨둔 미안함이 내 뇌리에 깊게 자리 잡고 있었던 것인지도 몰랐다. 그것도 아니라면 어쩌면 이제, 휘의 죽음을 마주할 나이가 되었는지도 모르겠다. 호퍼의 그림을 본 탓도 있었다. 창밖을 바라보는 휘의 멍때리는 습관은 그 당시 나에게 그저 눈앞에 스치는 현상이었지만 한 차원 너머의 그의 시선에 관심을 두기에 나는 내 밖으로만 눈이 가던 시기였다. 현실에서 일어나는 이해 불가는 퇴적층처럼 쌓이고 쌓여 언젠가부터 심층적 거리를 만들었다. 나에게 멍때리는 습관이 생기게 되기까지.

중3 때 미술 시간이었다. 수행평가로 화가와 화가의 작품을 10분 정도 설명하는 시간이 주어졌다. 번호에 따라서 순차적으로 두 명씩 발표했는데, 선생님은 진지하게 준비하지 않는 학생들은 점수가 없을 거라고 했다. 그럼에도 불구하고 나와 친구들은 서슴없이 누드 작품을 찾아냈다. 다양한 신체의 누드 그림들이 지나갈 때마다 아이들은 책상을 두드리며 함성을 질러댔고 인기와 달리 선생님의 표정을 보자 점수는 포기해야 했다.

드디어 휘의 차례가 되었다. 휘는 불을 끄고 커튼을 쳐달라고 부탁했다. 휘의 표정은 멍때리던 때와는 달리 굉장히 차분해 보였고 초점이 있었다. 그의 시선에서 누드 그림이 나올 리가 없다는 걸 우리는 본능적으로 깨닫고 책상에 엎드려 잘 준비를 하거나 책상 밑으로 핸드폰을 넣어 붕어빵 타이쿤을 했다. 휘는 빔으로 고흐의 「별이 빛나는 밤」을 띄웠다.

"저는 빈센트 반 고흐란 화가를 선택했습니다. 고흐는……."

휘의 지겨운 설명은 곧 어두워진 교실과 함께 마냥 잠자기 편한 분위기를 만들었다. 나 역시 한쪽으로 턱을 괴고는 별로 집중하지 않았다. 시간이 몇 분을 채워갈 때쯤 휘는 마무리하듯 말했다.

"이 그림을 보고 있으면 별들이 마치 돌고 있는 것처럼 느껴집니다. 마을의 불빛들은 건물 안에 갇혀 있어요. 하지만 별들은 끊임없이 움직이며 밤하늘을 밝히고 있습니다. 이것을 보면서 저는 고흐가 밤마다 별들의 자리를 그린 거라고 생각했습니다. 오늘 밤과 내일 밤의 별들 자리는 달라지니까요. 아마도 고흐는 별들의 수고한 걸음을 잊지 않기 위해서 밤의 처음과 끝을, 하룻밤과 또 다른 하룻밤들을, 별들로 이은 건지도 모르겠습니다."

우연이라고 흘려보내기에는 시간의 바퀴들이 너무도 맞아떨어졌다. 마치 모스부호처럼 끊임없이 휘는 나를 향해 신호를 보내고 있었던 것일까. 고분으로 이어진 길을 따라 멈춰 선 곳은 첨성대 근처였다. 문화재 관리 직원은 작동이 안 될 거라 했지만 아마도 배터리인 건전지가 수명을 다한 탓일 수도 있을 것 같았다. 편의점에서 아이리버에 넣을 AA 건전지를 샀다. 그러고 보니 건전지를 사본 것도 참 오랜만이었다.

저 멀리에서 황금빛으로 범벅된 첨성대의 형상이 보였다. 현란한 조명 빛에 에둘린 첨성대는 17년 전과는 꽤 낯설게 다가왔다. 첨성대에 올라가면 지나간 시간의 자취를 조금은 찾으리라는 기대가 무턱대고 올라가게 했는지도 몰랐다. 하지만 하늘 아래 조명에 가린 별들은 이제 아득한 별처럼 우리에게 먼 사연만큼 희미해져간다. 별은 빛나야 별인데 언젠가 사람들은 지상의 별들에 파묻혀 하늘의 별들을 잊을 날이 올 것 같아 쓸쓸해졌다. 오랜 시간을 돌고 돌아 별이 뜨고 별이 떨어진다.

첨성대 너머로 어둑한 숲이 보였다. 마침 첨성대와 멀찌감치 떨어져 별을 볼 수 있을 것 같아 걸음을 멈추었다. 나무에 기대어 앉아 주머니에서 아이리버와 이어폰을 꺼내는 순간 심장박동이 조금씩 빨라졌다. 귀에 이어폰을 꽂고 버튼을 누르자 엄지손가락 정도의 작고 불투명한 화면이 켜졌다. 고장이 아니라는 안도감으로 두 눈에는 나도 모르게 눈물이 그렁거렸다. 목록을 보니 그때 휘가 들었던 노래가 여전히 들어 있었다. 재생 버튼을 누르기만 하면 되었지만 방향키를 옆으로 밀어 다른 파일 목록에 노래가 있나 살펴보았다. 지금 생각해봐도 참 신기한 녀석이었다. 몇 곡 정도는 더 넣었어도 되지 않은가, 어떻게 딱 한 곡만 들어 있을 수가 있나.

재생 버튼을 지그시 눌렀다. 17년 동안 잃어버렸다 찾은 돈 맥클린의 「빈센트」가 귀를 뚫고 밤하늘로 울려 퍼졌다. 체육 시간에 휘 몰래 훔쳐 듣던 바로 그 곡이었다. 곡이 끝난 그때였다. 녹음 파일 폴더가 눈에 들어왔다. 하나의 파일이 폴더에 담겨 있었고 휘의 분노한 표정이 다시금 떠올랐다. 십여 년 전엔 듣지 못했던 지지직거림이 나무 사이로 불어오는 바람을 잠재우고 있었다.

— 엄마가 세상에서 제일 사랑하는 휘야, 생일 축하해. 우리 아들이 어느새 중학생이 되었네. 어때, 엄마 선물 마음에 들어? 이 아이리버 진짜 대단해. 노래도 넣을 수 있고 이렇게 녹음도 되네. 엄마 애창곡을 넣어놓았으니까 이따가 꼭 들어봐. 사랑해, 휘야.

먹먹해진 가슴을 안고 이어폰을 뺀 나는 다시 재생 버튼을 가만히 눌렀다.

― 엄마, 나 친구 생겼어! 강태영, 재미있는 녀석이야. 녀석과 함께 있으면 왠지 마음이 즐겁고 편안해져. 나……태영이가 참 좋아.

휘의 거듭된 목소리가 흐느끼는 울먹임에 젖어 짙푸른 밤하늘로 처량하게 퍼져갔다. 어둠이 삼킨 나무 아래에 또 하나의 별이 그렇게 만들어지고 있었다.

프렌치프레스

롱 테이크*

이팝나무 가지 사이로 짙푸른 호수의 물빛이 드러났다. 롱샷의 화면처럼 물새 한 마리가 천천히 선을 그으며 지나갔고 게으른 바람이 잠시 시선을 흔들었다. 이 신을 볼 때마다 장은 한낮을 정신없이 태우다 지쳐 스러져가던 캘리포니아의 그늘진 바다가 떠올랐다. 각인된 기억에는 그 어느 누구도 없었지만 금방이라도 풀어놓을 듯 장의 기억은 또렷했다.

오늘도 그는 어김없이 각도 하나 틀리지 않고 평소 앉던 자리에서 창을 통해 이 경치를 직시했다. 옅은 태양은 벌써 산언저리를 물들였고 숲의 짙은 장막은 호수 아래로 드

---

* Long take. 영화의 숏 구성 방법 가운데 하나로, 1~2분 이상의 숏이 편집 없이 길게 진행되는 방식.

리웠다. 사람들이 빠져나간 휑한 카페는 직원들의 뒷정리로 바빴고 빈자리에는 기약 없는 시간의 타종이 울려 퍼졌다. 오후 5시 35분, 폐점 시간 25분을 남겨두고 여러 사람이 가려진 식물 잎사귀에서 보였다 가려졌다. 장은 일순간 어린 시절의 숨바꼭질이 떠올라 속으로 피식 웃었다.

카페가 문을 닫으면 에어컨이 멈춤과 동시에 히터가 가동돼 환풍기와 함께 실내공간을 누빌 거였다. 사람들은 그 변화를 사소하게 여길지 몰라도 잔뜩 움츠렸다가 다시 잎사귀를 늘어트릴 녀석들에게는 적잖은 충격임에 틀림없었다. 수목원을 찾는 사람들에게 편리를 제공하기 위한 배려라지만 장은 하루 종일 냉기에 혹사당한 식물들을 생각하니 정수리가 찌릿했다. 카페가 자리를 차지하기 전 이곳은 열대식물로 빽빽하던 식물원이었다. 위에서 결정 내린 사항이라 받아들여야 했지만 공간의 변화로 인한 대가는 언젠가는 치르게 될 터였다.

호숫가를 따라 빛의 잔영들이 서늘한 유리에 실루엣처럼 아른거렸다. 그러면서 30분 동안 이 자리에서 커피를 마시고 있는 자신도 못마땅하기는 마찬가지였다. 2년간의 수목원 폐쇄 조치는 생태계를 눈부시게 바꾸어놓았다. 인간의 발걸음이 뚝 끊어진 곳에는 언제든 식물과 동물의 무한한 안식이 누려졌다. 어떻게 보면 자연은 내버려 두는 게 보존과 회복을 더 빨리 돕는 거였다. 그 바람에 장도 꽤 큰 실적을 건질 수 있었다.

페이드인*

　먼 산을 타고 내려온 바람 한줄기가 장의 볼을 가볍게 스쳤다. 동풍이었다. 지난주부터 바람의 세기가 잔잔해지면서 급격히 포근해졌다. 주변이 온통 기지개를 켜듯 바람에 한껏 들며 순식간에 숨죽이던 모든 게 아우성칠 것 같았다. 백신이 공급되면서 사람들은 맑은 공기에 목말라했다. 생존 전투를 겪어본 사람들은 본능적으로 안다. 그들에게 필요한 게 무엇인지…… 갈구하는 이들은 생명 공급을 절실히 느꼈기에 떼거리 지어 밀려올 거였다. 사람들로 가득 찰 수목원을 생각하자 그의 머릿속에 종내 바빠질 일정이 그려졌다.

　유리천장까지 솟은 종려나무 가지 아래로 은엽 아카시아가 유리 전체를 에둘러 가지를 뻗어 나간다. 초록과 노랑의 조화는 마침맞게 싱그러움을 선사했다. 개점 시간에 맞춰 들어온 관람객들은 일제히 고개를 쳐들고 봄의 제전을 알리는 노랑의 속삭임에 탄성을 자아냈다. 조경을 맡은 담당자들의 섬세한 배치는 이곳을 찾는 사람들에게 인생 사진을 안겨주었다. 장의 발걸음은 바삐 복주머니란 전시관으로 향한다. 은엽 아카시아가 지고 나면 바깥 자생지 코너

＊　Fade in. 영화나 텔레비전에서, 화면이 처음에 어둡다가 점차 밝아지는 일.

에 자리 잡은 특별관에서 다양한 복주머니란들이 각양 꽃들을 피워낼 터였다.

그녀는 은엽 아카시아를 노랑 아기라고 불렀다. 학명에 익숙한 장과 달리 아카시아 데알바타로 부르기를 사양했다. 그건 익숙함이 주는 이름이었다. 5월의 하얀 꽃잎이 주절이 달린 국내의 흔한 아카시아와도 상치되었기에 그녀는 노랑 아카시아라고도 부르지 않고 노랑 아기라고 불렀다. 식물원의 흐드러지게 핀 아카시아 데알바타를 그녀를 위해 이식해 심은 결과는 나쁘지 않았다. 몇 년 전부터 집 울타리 전체가 짧게나마 개나리 담장처럼 넝쿨졌다. 지나가는 사람들은 개나리가 피었다고 하다가 가까이에 와서는 어머, 개나리가 아니네, 뭐지? 그러거나 또 어떤 이는 산수유야, 하고 지나갔다. 그녀는 담 울타리에 덩굴져 핀 노랑 아기가 맞는 봄을 두 번 맞이하고 향기에 젖어 눈을 감았다. 장은 지금도 그녀가 불쑥 어디에서 고개를 내밀 것 같아 화들짝 고개를 창밖 정원으로 돌릴 때가 있다. 살아서나 잠들어서나 집 안 가득 온통 그녀의 체취였다.

그녀의 정원에는 씨들이 날아와 자연스럽게 터를 잡지 않는 이상 야생화나 야생초가 없었다. 자생지에서 캐온 식물들을 집 정원에 옮겨 심었을 경우 거의 사멸이었다. 식물 애호가들은 야생식물이 자란 그 자체로 보기에 만족했으나 애정이 빗나간 사람들은 치명적인 해악을 끼치곤 했다. 어느 날 그녀의 지인이 귀한 야생화라며 등반 중 캐온 식물을 가져왔다가 절교를 당할 뻔했다. 오랜 시간 서로 알고 지냈지만 지인은 그녀가 그렇게 화내는 얼굴을 처음 봤다며, 식물을 아끼는 마음도 컸지만 아무래도 이국땅에서 원하지 않는 삶을 살아야 했던 당신의 아들을 그 야생화에 이입하지 않았나 싶었다고 장례식장에서 씁쓸한 표정으로 입을 떼었다.

포코 아 포코*

우중충한 날씨를 예견했건만 지하철을 타고 내릴 때까지는 괜찮을 거라고 유민은 생각했다. M역 5번 출구를 나서자마자 빗방울이 후드득 떨어졌다. 백팩을 열어 우산 펼치기가 어중간했다. 버스정류장까지 무작정 뛰었다. '한 달에 한두 번 장조 같은 맑은 날을 비집고 단조 같은 비의 음계도 괜찮아, 그건 소소한 변화야.' 스스로 셀뇌를 하자 32번 버스가 스포르찬도**로 그녀를 환영하며 기다려주는 것 같았다. 근무지에 도착하기까지 50분 정도 여분의 시간은 오늘의 선곡 듣기였다.

---

* poco a poco. 악보에서, 다른 말과 함께 쓰여 '조금씩', '점점'을 나타내는 말.
** sforzando. 악보에서, 특히 그 음을 세게 연주하라는 말.

메트로놈마냥 랜덤 재생을 몇 번이나 눌러보아도 딱히 귀에 꽂히는 노래는 없었다. 창밖의 차와 사람들처럼 몇 초의 다른 인트로 듣기로만 바쁘게 지나갔다. 무엇보다 노래의 분위기에 기대어 돼먹지 않은 기분 코스프레는 사양하고 싶었다. 공연은 끝났고 유민은 고개를 창가에 처박고 소리와 상관없이 스모르찬도*로 잠들어 있었다.

리저브 바의 바리스타들이 오늘의 커피를 만드느라 분주했다. 일곱 종류의 커피 원두가 매장을 찾는 손님들에게 선보일 거였다. 에스프레소 머신 쪽에는 대여섯 명의 직원들이 디저트와 식기류를 점검하고 있었다. 이번 달부터 폐점 시간이 한 시간 늘어난다는 공지를 매니저로부터 들었지만 자신의 한 시간을 9천 원으로 보상한다는 그 소식을 반겨하는 사람은 없었다. 몇 군데 산 능선에 걸쳐 있는 수목원의 어둠이 까무룩 찾아왔다. 문 닫는 시간에 가깝게 그늘진 산은 슬그머니 산 아래 호수까지 짙은 그늘을 만들었고, 그러다 온통 깜깜함으로 덮어버렸다. 경계를 확인해주고 실팍하게나마 마음을 밝혀주는 건 여지없이 센서 가로등뿐이었다.

유민이 한 시간 늦게 마친다고 하자 현진은 자기 퇴근 시간과 얼추 맞아떨어진다고 환영했지만 — 유민은 수목원

입구 벤치에서 스마트폰을 하염없이 들여다보며 자주 현진을 기다려야 했다 ― 그녀는 한 시간 더 서 있어야 하는 다리의 통증이 묵직하게 당겨왔다. 군청에 근무하는 현진은 유민의 퇴근 카풀 친구였다. 그들은 대개 서울로 진입할 때까지 하루의 가십거리들을 몽땅 꺼내 재잘거리다 도로 위에 탈탈 털어버렸다. 스트레스는 그렇게 가볍게 날려 보내는 거였다. 내일의 가십거리는 또 생길 테니까.

에스프레소 머신을 맡은 맥스가 필터의 찌꺼기를 손으로 탁탁 털어내는데도 한 번에 떨어지지 않는다. 그는 최근 손목터널증후군에 시달린다며 손목이 싸하다 못해 이제 시리다고 말했다. 유민도 S 매장에 있을 때 겪어보았기에 그 말이 엄살이 아니란 걸 모르지 않았다. "손의 각도를 수평으로 잡아봐. 잠글 때는 반대쪽으로 해야 무리가 덜 가. 손목만 움직이지 말고 몸 전체를 움직여." 마스터가 넌지시 일러주어도 50잔부터는 요령 또한 별 도움이 되지 않았다. 목과 어깨, 등 쪽이 뻐근해지다 미세한 통증이 반복되기 일쑤였다.

오늘 그가 뽑아낼 커피의 양은 쌓인 잔여물을 보면 대충 알 수 있었다. 머신 코너보다는 덜 바빠도 리저브 바라고 커피 찌꺼기가 덜 나오는 건 아니었다. 싱크대에 추출기 필터를 씻자 찌꺼기들이 싱크대 표면에 들러붙어 지저분하다. 일상에서 걸러지는 것과 남는 것은 무엇일까? 가라앉은 찌꺼기들을 말끔히 제거하고 싶은데도 이렇게 덕지덕지

붙어 잘 떨어지지 않는다며 유민은 부담스러운 눈길로 샤워기의 물을 틀었다. 샤워기로 개수대 둘레를 몇 번 헹궈내자 점처럼 박혀 있던 찌꺼기들이 겨우 씻겨 나간다. 그래도 손가락 사이로 가슬가슬한 찌꺼기가 남아 있는 것 같아 유민은 찝찝했다.

옆의 바리스타가 드립 포트를 높이 들어 시계방향으로 그리자 이내 커피 방울들이 주르륵 떨어졌다. 연갈색의 방울들이 조명을 받아 더욱 투명하다. 지켜보던 고객의 눈빛이 신기하다는 듯 쳐다본다. 모든 것을 걸러낸 결정체는 그렇게 깔끔하게 빛난다. 보이는 것과 마찬가지로 바디감이 깔끔하고 과일의 어우러진 신맛일 것이다. 필터가 없는 전제하에서는 기대할 수 없는 맛이다. 나와 다른 사람과의 관계도 이렇게 깔끔하려면? 스마트한 관계의 전제는 필터가 있어야 한다고 유민은 단정 짓는다. 그래야 오래 지속되고 끝까지 산뜻할 수 있다. 전지전능한 신은 인간이 원래부터 연약한 존재임을 전제하고 인간을 바라본다지만 유민은 분명하려고, 투명하려고, 직시하려고 할수록 여과 없이 들어오는 걸 수습하지 못해 멍들고, 부서지고, 망가져 찌꺼기가 되곤 했다.

리저브 바에 오는 손님들은 대부분 커피 마니아나 커플들이었다. 커피 마니아들은 추출 방식에 따른 맛의 차이를 음미하려고 왔지만, 커플들은 대체로 연인과 있는 시간을 더 로맨틱하고 분위기 있게 만들 요량이 컸다. 지금 이 커폴도 눈빛으로 서로 애정 공세를 퍼붓고 있다. 케멕스에서 추출한 명료함에 매료돼, 부드럽게 목을 타고 넘어가는 바디감에 눈웃음을 잊지 않았다. 커피 마스터가 킬리만자로 커피라며 탄자니아 AA를 추천했다. 순하고 깔끔한 풍미가 어우러진 커피였다. 이 커피의 영롱함같이 평탄한 날들이 저들의 앞날일 거라고 믿을 터였다. 추출된 한두 잔의 황홀함보다 찌꺼기의 삶이 더 많으리란 걸 감히 상상조차 하지 못할 거라고 유민은 마음속으로 주절거렸다.

마스터는 그들이 쏟아내는 애정을 뒤로하고 묵묵히 한 손으로 호흡을 조절하며 천천히 커피를 내렸다. 리저브 매장에는 프렌치프레스를 마시는 사람보다 케멕스나 푸어 오버, 사이폰 추출 방식을 선호하는 사람들이 많았다. 어쩌면 프렌치프레스는 카페의 매뉴얼을 갖추기 위한 방편이었지만 커피 맛을 아는 애호가 중에는 프렌치프레스를 특별히 찾는 사람들이 있었다.

어김없이 오늘도 그는 호수를 바라보며 프렌치프레스를 마셨다. 유민은 그를 처음 만났을 때를 또렷이 기억했다. 30대 후반에서 40대 초반으로 보이는 그는 케멕스와 사이폰을 뛰어넘어 처음부터 프렌치프레스를 손가락으로 가리켰다. 말을 하지 않고 손가락으로 지시하는 그의 모습에서 오래전 W 회사의 박 부장이 생각났다. 그는 말보다 턱으로, 혹은 눈짓으로, 손가락으로 지시를 내렸다. 비언어적 표현은 박 부장의 손가락 방향과 달리 유민을 퇴사로 향하게 만들었다. 차이가 있다면 박 부장은 눈짓과 손짓이 일치했는데 이 남자의 눈빛은 눈앞의 현실을 떠나 다른 차원에 머문 것 같았다.

근무한 지 6개월이 되도록 그가 말하는 것을 한 번도 들은 적이 없다. 매번 동절기에는 4시 30분, 요즘은 5시 30분에 허겁지겁 와서는 프렌치프레스를 들고 호수가 보이는 테이블로 가서 마시다가 폐점 정각에 일어나 급히 나가는 게 그의 루틴이었다. 하루도 빠지지 않고 — 그러니까 휴무일만 빼고 — 모든 날이 자동기계처럼 이 남자에게 똑같은 나날이었다. 달라진 점이 있다면 처음 한두 번 손가락으로 지시하던 것을 멈추고 이제 그조차도 하지 않고 세팅된 프렌치프레스를 들고 가는 거였다. 눈치가 아주 둔하지 않다면 매일 오는 고객의 필요를 모르는 바리스타는 없을 것이다. 언제부터인가 유민은 그가 오는 시간에 맞추어 그가 기다리지 않고 프렌치프레스를 들고 가도록 준비를 마쳤다.

디졸브*

유리잔에 떠도는 커피들의 유영을 장은 뚫어지게 바라

---

* Dissolve. 한 화면에서 다음 화면으로 이동할 때 장면을 전환하는 기술의 하나.

보았다. 어떤 녀석은 아프리카 산악의 토지에서 공기와 비와 양분을 먹고 자랐고 또 다른 알갱이는 남아메리카, 너무도 다른 토양에서 자랐다. 토양이 다르니 맛도 다르고 녀석들이 자란 자질도 다를 거였다. 파헤쳐야만 볼 수 있는 토양의 세계를 유리잔을 통해 바라보며 장은 오늘 하루 배양 과정에서 힘들었던 일들과 실험 과정의 시행착오를 정리한다. 가라앉은 알갱이들이 자신의 뇌 속에 정리된 지식의 축적 같아 마음이 안정되었다. 여러 나무의 수액을 마시듯 그는 천천히 맛을 음미한다. 흙을 뚫고 자란 커피나무의 붉은 열매들이 알알이 박혀 장의 시야로 겹쳤다. 남아메리카에서부터 아프리카의 대지까지, 향기를 머금은 나무들이 바람을 따라 난분분했다.

간절한 갈망 끝에 낳은 아들을 — 그녀의 나이 마흔 살 때 — 그렇게 빨리 낯선 나라로 떠나보낼 줄 몰랐다고, 25년 만에 만난 장의 얼굴을 더듬으며 그녀는 한 서린 숨을 내쉬었다. 지금 와서 부모의 결별을 얘기하고 싶지도 않고 이해도 못 하지만 아버지는 돌아가실 때 "미안하다"라는 한마디의 말로 갈무리했다. 그게 그렇게 한 문장으로 납득이 되는 게 아닌데도 그는 끝까지 말도 안 되는 작별 인사를 택했다. 그렇다고 그 말에 혹을 날리기에 그는 너무도 늙었고 몇 숨조차 남지 않아 보였다. 이국의 바다를 바라보면서 저 해원의 끝을 향해 가면 언젠가는 그녀를 만날 수 있으리라는 다짐이 어린 마음에 차곡차곡 새겨졌었다.

수목장은 생각할 필요도 없었다. 그건 그녀와 장의 암묵적인 약속이었다. 그녀가 기다린 시간만큼, 장은 한 그루의 나무로만 그녀를 기억하고 싶지는 않았다. 나무들마다 그녀의 체취를 담아주고 싶었다. 사람을 떠나보낸다고 보내지는 게 아니었다. 땅속 깊숙이 켜켜이 쌓인 이 지층처럼 그리움의 또 다른 변주로 쌓여만 가다가 돌연, 생각지도 못한 생명이 그 자리에서 싹트고 피어났을 때 재회의 신비가 이루어졌다. 기다림에 대응해 그녀를 오랜 시간 버티게 할 수 있었던 힘은 무엇이었을까, 그녀는 환하게 웃으며 꽃잎들의 향내를 장에게 내밀었다. 그가 수목원의 스카우트 제의를 받고 수락한 이유는 단 한 가지였다. 근처에 그녀가 살던, 그가 태어난 오랜 집이 있었기에…….

적요한 숲을 뚫고 핸드폰 소리가 클로즈업되었다. 자연에 반하는 기계음은 늘 거부감을 불러일으켰다. "팀장님, CJT7 쪽으로 빨리 내려와보셔야겠습니다." 김 연구원의 목소리는 다급했고 연유를 물을 새도 없이 전화가 뚝 끊겼다. CJT7? 무슨 문제지? 어제 낮까지만 해도 순조로웠는데 왜……?

5명의 연구실 직원이 CJT7 주변에 서 있었다. 표정들이 심각한 걸 보니 사고가 생긴 게 분명했다. 장을 쳐다보는 시선들이 난감하다는 듯 장과 CJT를 번갈아 봤다. CJT의 서식지는 국내에서 몇 군데뿐이었다. 자생지에서 자란 희귀 야생식물을 옮겨 심는다는 건 실패를 각오해야 했다. 꾼들의 무분별한 채취로 희귀종이나 약재가 되는 식물들은 자생지에서 멸종하는 사례가 컸기에 희귀식물의 증식은 학계에 큰 관심을 불러일으켰다. 그렇다 하더라도 증식 성공 확률은 기약이 없었고 몇 년의 노고가 따르는 일이 허다했다. 주변 흙을 건드리지 않고 떠서 조심스레 심더라도 식물들은 환경의 차이에 민감하게 반응했다.

무엇보다 CJT는 곰팡이와 공생 관계라 몇 년째 실패를 안겨주었다. 산의 제일 위쪽과 중간, 아래 여러 서식지에 실험적으로 재배를 시작했다. 문제가 터진 건 산 아래쪽, 즉 일반인 출입이 잦은 곳이었다. 이런 일을 예상하지 못한 건 아니었다. 하지만 연구 목적상 서식지 환경을 넓혀서 키울 필요가 있었다. CJT7 증식지는 산 위쪽과 중간의 철조망 대신 미관을 고려해 나무 울타리로 경계를 정했으나 꽃 자체가 특이해 조금만 식물에 관심을 가진 사람이라면 시선이 갈 수밖에 없었다.

연자주색의 꽃잎은 푸르죽죽하게 오그라들어 원래의 색깔을 잃어갔다. 어제만 해도 날빛에 고운 자태를 내보이던 모습은 어디를 봐도 없었다. 장의 눈길은 CJT에 잠깐 머물다 울타리를 열고 들어갔다. 나무 주변으로 30도의 경사를 따라 CJT는 퍼져 있었는데 꽃잎이 시들어 죽은 듯 보이는 부분은 공교롭게도 울타리 경계선도 아니고 무성하게 우거진 나무 주변이었다. 그것은 여러 추측을 자아냈다.

얼마 전까지만 하더라도 곰팡이의 균사가 가장 왕성한 나무 주위에서 쑥쑥 자랐는데 별안간 죽어간다는 게 납득이 가지 않았다. 외부인이 작심하고 무언가를 뿌렸거나 장난을 쳤다면 이렇게 나무 주변만 빼고 멀쩡할 리가 없었다. 동물의 침입이 있었다면 울타리로 넘어온 흔적이 있어야 하는데 아무것도 없었다. 새나 곤충의 습격이라면 잎사귀나 꽃잎에 상처가 생겼어야 했다. 지금 가장 의심해야 할 부분은 나무 주위의 토양이었다. 그러나 장은 그 어느 가설도 선뜻 다가오지 않았다. 무언가 외부의 원인이 작용한 게 틀림없다는 생각밖에는……

1차 분석 결과, 시든 CJT7 쪽의 토양은 잘 자라고 있는 CJT7과 성분 함량이 똑같았다. 수치 성분상 달라진 건 안 보였다. 곰팡이균의 변화 양상도 딱히 눈에 띄지 않았다. 종자 보존연구팀에게 비상이었다. 학계 보고가 한 달 남짓 남았는데 그동안의 성과가 물거품이 될지 몰랐다. 뿌리와 줄기, 잎에서 어떤 문제점도 발견되지 않자 장의 미간이 찌푸려졌다. 마지막 남은 꽃잎들과 곰팡이마저도 밝혀지지 않는다면…… 빛이 보이지 않았다. 연구실 밖은 까마득한 우주가 되었다.

현미경에서 꽃잎 세포는 잔뜩 움츠려 움직임이 둔했다. 오랜 연구의 업적을 이렇게 깡그리 날려 보냈다며 끓어오르는 분을 터트리는 보통 사람들의 반응과 달리 장은 이 모든 현상에 대한 궁금증이 발동해 실험 과정을 면밀히 역

추적했다. 결코 일어나서는 안 되는, 무수히 반복된 실험의 정설을 뒤집는 일이었기에 그는 반드시 원인을 찾아야만 했다. 나무를 둘러싼 한 라인에만 변수가 나타났다는 것에 재차 답답함과 긴장이 일었다. 실험실 창밖은 산줄기를 타고 내려온 희끄무레한 새벽안개로 자욱했다.

원인불명이 될지도 모른다고 생각하자 앞머리가 지끈거렸다. 날숨을 크게 쉬고 다시 스캔한 부분의 함량 분석에 들어갔다. 수백 번의 검토 끝에 추출된 건 예상조차 못 한 성분이었다. 장의 입에서 작은 탄식이 새어 나왔다. 타르! 아니, 타르가 검출되다니? 날아왔는지 뿌렸는지 몰라도 수목원에서 일어날 수 없는 일이었다. 세 꽃잎과 곰팡이에 공통적으로 타르 성분이 발견되었다. 그렇다면 담배 연기? 그의 입가에 서늘한 웃음이 그어졌다. 하룻밤 만에 타르에 점령당한 결과물이 발생했다니! 외부 침입자의 소행이 분명했으나 그에겐 침입자를 찾아내는 일보다 더 급한 것이 있었다. 밝혀진 타르 성분의 결과물이 CJT에 미친 영향 연구에 곧바로 들어갔다.

카페는 수목원을 찾는 사람들에게 흡족한 반응을 불러일으켰다. 별관에 딸린 식당 부근에 카페를 개점할 것을 찬성한 직원들의 속내는 식물의 훼손을 막는 거였으나 뜻밖의 결정은 식물원 한 동을 카페로 쓴다는 거였다. 어느 정도 각오한 우려는 당장은 찾아오지 않았다. 2년간 수목원의 폐쇄는 수목원의 생태계를 건강하게 되돌려놓았다.

연구실의 성과도 적지 않았다. 자귀나무를 연구한 부서에서는 화장품 개발의 성과까지 끌어올렸다. 유명한 프랜차이즈 매장과 수목원의 제휴였다. 카페 아래의 호수가 보이도록 전면을 유리창으로 만들어 카페에 앉아만 있어도 숲과 호수의 전망이 여실히 드러났다. 아침에는 호수에서 피어오른 물안개와 산에서 내려오는 구름이 뒤섞여 장관을 연출했다.

문제는 사람들의 번다한 출입으로 자생지에서 옮겨온 식물들이 스트레스를 받기 시작했다는 것이다. 상부에서는 몇 년간 숲이 튼실해졌으니 별문제가 없을 거라고 했지만 자생지에서 그렇게 힘들게 이식해 정착시킨 CJT에 사달이 났다. 담배 연기라니, 생각만 해도 머리가 무거워졌다. 담당 직원들이 CCTV를 검토했지만 그 많은 출입자 중에 담배를 피운 사람을 찾아내기가 쉬워 보이지 않았다. 찾아본들 이미 손상된 식물을 어떻게 회복한단 말인가. 사람이면 주사를 놓든지 약 처방으로 회복시키겠지만 문제는 까다로운 식물이었다. 몇 년 전부터 잠을 설쳐가며 쏟아부은 수고들이 장의 뇌리를 스쳐 지나갔다. 곰팡이와의 공생 관계를 밝혀내 학계에서 주목하고 있는데 손상이라니, 그나마 한 라인만 손상돼 천만다행이었으나 혹여 그 옆 난들까지 파장이 미친다면……

수목원 입구부터 숲속 구석구석까지 사람들 방문이 가장 많았던 한 달간을 면밀히 조사해봐도 CCTV에 이상 증후는 없었다. 출입 시 금연 여부도 철저하게 조사했고, 관계자들은 100미터마다 금연 경고문을 눈에 띄게 붙여놓았다고 했다. 수목원 연구동에 흡연자는 한 사람도 없었다. 마지막 남은 곳은 카페, 담당 매니저에게 조심스레 조사를 해보라고 권유하자 거기서도 흡연자는 없다는 보고를 받았다. 담배 연기가 아니라면 타르는? 비? 있을 수 없는 일이었다. 그럼 복주머니란 전체가 손상되어야 했고 다른 식물에게도 마찬가지였다.

경비 담당자로부터 카페에서 일하는 직원 하나가 퇴근할 때 차 안에서 담배 피우는 걸 본 것 같다는 보고가 올라왔다. 어두워서 얼굴은 자세히 보지 못했으나 담배 연기는 확실했다고 한다. 카페 매니저가 전 직원을 조사하겠다고 하자 장은 서둘지 말고 잠시 추이를 지켜보기를 당부했다.

세 송이의 복주머니란이 장 앞에 놓여 있다. 시든 CJT를 모두 수거해야 했지만 며칠만 경과를 지켜보고 싶었다. CJT 주변에 좋지 않은 영향을 미칠 가능성도 컸으나 그 또한 참고할 상황이었다. 이런 일이 생길까 봐 우려했는데 이렇게 빨리 들이닥칠 줄은 몰랐다. 실험실 테이블에 세 꽃잎이 그의 손길로 모아진다. 현미경 분석 때 둥글고 큰 꽃잎을 한 잎씩 떼어낼 때마다 보드라운 속살의 감촉이 그대로 손에 느껴졌었다. 한 장씩 뗄 때마다 자신의 피부가 떨어져 나가듯 애절함이 전신을 타고 흘러내렸었다.

호흡을 가다듬은 장의 눈빛은 애처롭기까지 했다. 인덕

션의 버튼을 조심스럽게 눌렀다. 가장 약한 불로 조절한 장은 꽃잎들을 팬에 올려놓았다. 커피콩을 볶듯 그는 꽃잎들을 천천히 볶기 시작했다. 땅의 기운을 뚫고 줄기를 향해 한껏 피어오른 꽃잎들은 목숨을 다하지 못해 얄궂은 운명에 의해 꺾여야 했다. 꽃잎은 본연의 색깔을 잃고 열기에 습기를 모조리 잃어버렸다. 그리고 지금, 여태껏 머금은 마지막 향기를 피워 올렸다.

리베라멘테*

카페 안은 풍미 짙게 우러난 커피 향으로 가득했다. 옆 칸에는 사이폰과 케멕스 추출 기구들이 줄지어 전시돼 있다. 스테인리스 드립 포트를 잡은 바리스타의 오른손이 조심스럽게 원을 그린다. 커피가 리듬 있게 떨어진다며 젊은 연인들이 속닥거렸다. 바리스타는 그들의 얘기에 무심한 척 마지막 크레마의 기운이 스러질 때까지 집중한다. 연인들의 표정을 살핀 바리스타가 어질러진 기구들을 정리하곤 곧장 블랙이글로 추출한 에스프레소 샷에 리저브 베리에이션 음료를 만든다. 저 음료에 라벤더 향이 짙게 넘어갈 바디감을 떠올리자 유민의 시선이 자연스럽게 창 쪽으로 향

---

* liberamente. 자유롭게.

했다. 카페 창 너머로 바이올렛과 팬지가 지천으로 깔려 있다. 조만간 저 보라색의 향연에 이어 라벤더의 물결이 호수 나무 아래 드넓게 수놓을 거라던 조경사의 말이 떠올랐다. 5분 뒤에 남자는 틀림없이 나타날 거라 유민은 원두를 분쇄하고 드립 포트로 글라스를 따뜻하게 데웠다.

어제 느닷없는 현진의 퇴사 질문에 유민은 몇 년 전 아침 정경이 떠올랐다. 이마에 와 닿는 아침 햇살이 맑게 느껴져 눈을 떴다. 마냥 미적거리며 그 환한 빛 속에서 한없이 늘어지고 싶었다. 100통이 넘는 부재중 전화와 함께 11시가 훨씬 넘어 회사에 도착했고, 지각의 사유를 굳이 스스로에게 닦달하지 않아도 될 ─ 꿈을 길게 꿨다거나, 할머니의 리어카를 밀어줬다거나, 하면서 너절하게 설명하지 않아도 될 ─ 일상을 누리고 싶었다. 가벼운 마음으로 사표를 쓰고 나왔다.

"3년간 열심히 일했잖아."

난 익숙함이 주는 정겨움과의 별리를 원했나 봐. 피가 뚝뚝 떨어지는 날것의 비릿함을 맛본다고 해도 결코 익숙하고 지겨운 곳으로 돌아가고 싶지 않았어.

"쉬는 것도 나쁘지 않을 것 같아서……."

진짜 속내를 밝히지 않은 건 긴 변명이 지루해서이기도 했지만 공무원인 그녀의 한계를 알았기 때문인지도 몰랐다.

"그래, 다양한 경험도 좋지."

유민은 현진이 그다음에 덧붙일 말들을 익히 가늠했다.

남자의 하얀 가운 왼쪽 위 주머니에 '자원보존부 장 데이비드 Ph. D' 명찰이 눈에 들어왔다. 그가 오는 시간은 거의 정확했다. 5시 30분, 폐점 30분 전이었다. 피곤이 한꺼번에 몰려오는 시간이었다. 수목원 내방객들은 5시쯤 되면 거의 나가고 없었다. 뒷정리를 슬슬 끝낼 즈음에 그는 혼자 해 질 녘의 호수를 노려보며 커피를 마셨다. 그는 유민의 말에 어떤 반응도 하지 않았다. 처음 방문했을 때 오늘의 커피를 설명하며 커피를 시음하는 그에게 맛을 묻자 그는 청각장애를 앓는 사람처럼 무반응으로 일관하고 커피를 홀짝였다. 차라리 성가시게 말 많은 고객이 그리울 지경이었다. 30분을 300분같이 느껴지도록 만드는 묘한 능력의 소유자였다. 그가 이 시간에 오지 않았다면 유민의 피곤은 훨씬 가벼워질 터였다.

에스프레소 머신 쪽 사람들은 퇴근 준비로 바빴고 리저브 마스터는 어디로 가버리고 없었다. 다행이라고 해야 할지 6시 정각에 그는 발딱 일어났다. 그리고 정신없이 어딘가를 향해 뛰어갔다. 왜 뛰어가는지는 몰랐지만 뭔가 다급한 일이 생긴 건 분명했다. 누구는 30분의 여유를 즐기는데 반해 유민은 손님이 마신 프렌치프레스의 유리잔과 압력 필터에 묻은 찌꺼기를 씻어내고 있었다. 굳이 누군가 설명해주지 않아도 삶의 모순은 늘 이렇게 가까이에서 자연스럽게 익혀가는 거였다.

스트린젠도*

카페 식물원에 배치한 커피나무의 인기가 높았다. 하얀 꽃잎들이 알알이 박힌 잎사귀를 보며 손님들이 감탄을 금치 못한다. 카페에서 무심코 마신 커피인데 그 커피가 만들어지기까지의 근원을 알게 되자 손님들은 수목원 담당자나 카페 직원에게 집에서 가꾸는 방법들을 물어댔다. 물론 수목원 관계자들은 이런 효과를 기대한 거였다.

아무리 사람에게 무관심하다고 해도 몇 달 동안 정해진 시간에 늘 같은 커피를 마시러 오는 손님을 기억하지 못하는 직원은 없을 터였다. 봄의 생동을 알아챈 도시의 갈급자들이 오늘따라 유달리 많았다. 정확히 말하면 2년 동안의 폐쇄에 따른 여망에서 비롯되었는지 몰랐다. 오전부터 정신없이 바빠서 화장실을 언제 갔다 왔는지 잊을 정도였다. 옆 코너의 에스프레소 머신 팀들도 바쁘기는 마찬가지였다. 한 무리의 손님들이 빠져나가면 연이어 손님들이 밀려들었다. 게다가 쿠폰 사용 손님들이 잦았다.

사람들이 줄을 지어 주문대 앞에 서 있었다. 그만큼 일의 진척이 느려졌다. 마음이 바빠졌다. 영업점은 최고의 매출일, 우리에게는 최악의 날이라는 눈짓들이 오갔다. 리저브 바의 두 바리스타가 카운터 쪽에 투입되었다. 유민과 마

---

* Stringendo. 악보에서, 음을 점점 빠르게 연주하라는 말.

스터만 리저브 바 손님들을 쳐냈다. 그렇게 맡겨진 테이블의 손님을 치르고 쳐다본 시간이 5시 20분이었다.

습관처럼 유민은 프렌치프레스를 내릴 준비를 하였다. 유리컵을 데우고 그가 늘 마시는 커피를 갈아 리프팅을 끝내자 정확히 5시 29분이었다. 30분이 되면 그는 커피를 가져가기 위해 바 테이블로 올 것이고 ― 그는 한 달분의 커피 값을 늘 미리 결제하였고, 매니저는 VIP라며 잘 모시라고 거듭 당부했다 ― 그가 테이블에 앉으면 삼사 분 뒤 프렌치프레스를 눌러 내릴 것이다.

근데 5분이 지나도 10분이 지나도 그는 오지 않았다. 홀의 직원들이 어깨를 들썩이며 웬일이래? 하는 눈짓을 보냈다. 매니저의 지시도 있고 또 고객과의 약속이기에 우리는 5시 55분까지 기다렸다. 그는 나타나지 않았다. 6시, 유민은 프렌치프레스에 담긴 커피를 싱크대에 버리고 추출기의 찌꺼기를 씻어내렸다.

수목원을 나서는 길이 오늘따라 서늘하게 느껴지는 건 컨디션 탓이라고 유민은 생각했다. 그가 오지 않은 이유는 무엇 때문일까, 하는 호기심이 살짝 스쳐 지나가기도 했지만 쓸데없는 오지랖이었다. 사람이 자동기계가 아닌데…… 코웃음이 났다. 그도 사람이라는 것에 웃음이 났는지, 네가 언제까지 그러고 사나 보자, 하고 넌지시 장담을 했던 게 맞아떨어져 그랬는지 왠지 맥이 탁 풀렸다. 무슨 일인지는 몰라도 밤 사위는 색다르게 정적이 감돌았다. 흔하게 울던 새소리도 들리지 않아 휑하기까지 했다.

담배가 유달리 당겼다. 집에 가서 피울까도 싶었지만 이성보다 몸이 민감하게 서둘렀다. 30분 가까이 무반응 상태를 유지하면서 몇 달을 고문하더니 이제는 오지도 않는 장박사인가 뭔가 하는 사람을 커피까지 내려놓고 기다리다니, 유민의 혈류 기압은 차오를 대로 올랐다. 멀찌감치 주차장이 보였다.

"빨리 밟아!"

유민은 담배갑을 꺼내 현진을 향해 흔들었다. 한 개비 피우고 나자 정신이 말짱해지며 소소한 일상의 얘기들을 나눌 수 있었다.

"웬 관심? 너 그 팀장 약간 이상하다고 했잖아?"

"응, 근데 몇 달 동안 어김없이 오던 사람이 갑자기 안 오니까."

"사고 났나? 출장 갔겠지."

"그럴지도 몰라."

"그 사람 식물에 미쳤다며?"

"연구실 사람들 대부분 그래."

"얘, 뭐든 지나치면 안 돼."

현진은 유민을 흘낏 쳐다보며 고개를 갸웃거렸다.

"식물이든 동물이든 너무 빠지면 안 돼. 그중에 사람한테 빠지는 게 제일 위험하고."

"맞아, 그건 나도 인정."

막막한 어둠을 질주하며 유민은 오늘도 소소한 얘기들을 도로 위에 털어버렸다.

유민은 그곳에 그런 희귀식물이 있으리라곤 상상조차 못 했다. 수목원에 식물들은 널리고 널렸다. 연구원들에게는 식물이 특별했지만 일반인들에게 식물은 자신이 아는 풀과 꽃 외에 모두 같은 범주였다. 그리고 늘 보는 거라면 더 무관심하고 지루하게 여겨질 뿐이었다. 왼손가락에 담배를 쥐고 있던 유민은 친구의 승진 소식에 배알이 꼴려 딴생각을 하느라 담배를 쥐고 있다는 생각을 미처 못 하고 있었다. 그러곤 팔을 들었다가 아차 싶어 휴대용 재떨이에 급히 담은 거였다. 재수 없게 그날 재떨이에 담지 않고 획 던져버렸다면 담배에 묻은 DNA를 조사했을 테고 그럼 지금쯤 쇠고랑 신세가 되었을지도 모르는데, 그런 장면을 연상하자 등골이 오싹해졌다. 그나마 쇠고랑이 낫지 배상금을 생각하니 모든 게 끝났다고 여겨졌다. 솔직히 바람의 방향이 어땠는지 살필 정신도 없었고, 몇 모금 피운 담배 연기가 하필 그곳으로 날아갔는지는 예측 불가였다.

수목원을 거의 다 벗어났을 거라 여기며 — 수목원은 걷고 또 걸어도 끝이 보이지 않을 만큼 넓었다 — 피운 거였다. 사실 어둑한 밤이라서 그곳이 멸종 희귀식물 서식지인지도 맹세코 몰랐다. 아니, 진짜 그렇게 소중한 식물이라면 야간 조명등을 부착해 근접하지 못하도록 식별할 수 있게 했어야 하지 않나? 다른 곳은 철조망을 몇 겹을 치고 '접근 금지'라는 위험 경고문도 써 붙여놓더니만. 그게 일반인들의 탓은 아니지 않나? 연구원들이 하는 일이 뭔가? 곰곰이 생각하면 자신들의 관리 소홀이지 않나? 그날 나만 담배를 피운 것일까? 방문객이 족히 몇백 명인데 누군가 지나가다 피웠을 가능성도 있지 않은가? 유민은 자신이 너무 예민하게 반응하는 거라며 고개를 흔들었다.

그날 일은 삭제 버튼처럼 기억에서 지워졌고 그 일이 수목원 전체를 뒤집는 사건이 되리라고는 꿈에도 생각하지 못했다. 그런데 김 매니저의 표정은 꼭 유민을 겨냥하고 얘기하는 듯했다. 연기가 심통을 부린 걸까? 넓고 넓은 곳을 놔두고 하필 정체 모를 그곳을 훑고 지나갔을까? 어쩌면 담배 연기의 범인은 다른 사람일지도 몰랐다. 딱 서너 모금 빤 게 다였다. 김 매니저 말인즉슨, 주차장을 나올 때 차 안에서 담배를 피우는 유민을 누군가 봤다는 거였다. 봤다는 그 누군가에 화가 치밀었지만 실상은 어떻게 대처해야 할지 몰랐다. 아직 1년도 채우지 못한 직장이었다.

OST

카페 직원에게 뭔가 고마움을 표시하고 싶은 마음에 장은 프렌치프레스 더블을 시켰고 실로 오랜만에 유리잔을 맴도는 커피가 커피로 보였다. 삼사 분의 정지된 시간이 장은 길고 긴 시간으로 여겨졌다. 지금까지 그가 본 건 토양이었다. 그는 토양에서 빚어진 유기물이 만든 결정체를 마셨다. 식물연구를 하는 사람치고 흙 맛을 보지 않은 사람은 드물었다. 대지의 다양한 물질을 코로 냄새 맡고 혀에 갖다 대고 손으로 느꼈다. 눈으로 보는 것과 그들의 실체를 온몸으로 느끼는 건 다른 거였다. 그건 다른 때와 달리 마주한 직원에게 집중한 탓인지도 몰랐다. 그녀의 커피 다루는 솜씨는 오랜 시간이 빚어낸 성과물처럼 보였다.

일주일 만에 나타난 남자의 모습을 보며 유민은 애써 태연한 척했지만 마음 깊이에서 '유민, 너 쫄 것 없어'를 거듭 외쳤다. 유민이 모를 거라고 여겼는지 담배 사건과 관련된 부서의 담당 팀장이라고 마스터가 슬쩍 일러주었다. 마인드 컨트롤에도 가슴이 방망이질 치는 걸 그녀는 애써 누르고 눌렀다. 그와 유민 사이의 거리는 1미터 정도였다. 그는 종전과 달리 입을 열어 프렌치프레스를 주문했고 더블 잔을 시켰다. 유민은 조금 당황했으나 '같이 마실 사람이 있는가' 여겼다.

"오늘 추천할 커피가 있나요?"

남자의 입에서 낭랑하고 부드러운 소리가 들려왔다. 유민은 더욱 긴장되고 거북해졌다. 무엇 때문에 그렇게 느껴지는지는 몰라도 몸이 떨림으로 반응했다. 갑작스럽게 교양 있는 주문을 받아서인지 기시감에 의한 건지 어색해졌다. 무언가 조금씩 어긋나고 있었다. 최대한 친절한 자세로 유민은 상냥하게 말했다. 늘 그랬던 것처럼 원두를 분쇄해 뜨거운 물을 서서히 부었다. 시간이 한없이 더디게 갔다. 남자의 표정은 밝았고 프렌치프레스를 뚫어지게 쳐다봤다. 그 눈동자는 아이들이 신기한 뭔가를 발견했을 때의 눈빛 같았다. 두 잔에 커피를 담아 내밀자 남자는 한 잔을 유민에게 쑥 들이밀었다.

유민은 순간, 오래전 상사들이 그녀에게 뭔가 힘든 일을 부탁할 때의 장면이 겹쳐 떠올랐다. 그녀를 고급 음식점이나 럭셔리한 카페에 데려가서 그들은 거절할 수 없는 애매한 부탁들을 했다. 그리고 껄끄러운 대화가 필요할 때 그들은 대화의 다른 고급 기술들을 동반했다. 마치 혼동 술책처럼 화려한 배경을 펼쳐놓고 그것에 잠시 마음을 빼앗긴 자가 마음을 놓는 틈을 이용한다고 봐야 했다. 눈치가 더딘 사람이라도 서너 번 겪어보면 조금은 감지가 될 터였다.

수목원은 이렇게 고고하게 직원을 자르는가? 하필, 사람들 있는 매장에서? 그것도 근무시간에 와서 공개처형을 한다는 말인가? 근무 시작 전 매니저의 안색을 살폈지만 딱히 달라진 건 없었다. 마스터가 사이폰 추출 방식으로 커피를 시현했다. 남자의 시선에 전기램프의 불빛이 달아올랐다. 유민은 일순 복잡한 생각들이 교차했다. 조직사회에 적응하려면 그 조직의 룰을 빨리 익힐수록 편했다. 깔끔하게 걸러지든 불투명하게 걸러지든 늘 침전물은 생겼고 그

냥 스치기만 해도 부유물이 남았다. 적당히, 눈치껏, 세상
에 완벽하게 걸러지는 건 없는데…… 여기서 이렇게 잘리
는 건가? 그러나 남자의 말은 유민을 어지럽게 변주했다.

"몇 달 동안 커피를 제시간에 준비해주어서 많이…… 고
마웠어요."

하루에 수도 없이, 매장을 찾는 손님들은 지겹도록 감사
하다는 말을 남발했다. 어찌 보면 그게 서로 부담을 주지
않는 룰이었다. 그런데 남자의 고맙다는 말은 유민의 가슴
에 턱 걸려 내려앉았다. 앞에서 겪었던 모든 일을 부인하게
만들었다. 모를 일이었다.

장은 그 나름대로 커피를 들이밀면서 감사의 표현으로
너무 빈약한 게 아닐까 생각했다. 누가 흡연을 했는지 정확
하게 밝혀진 바도 없고 증명할 길도 없었다. 김 연구원의
보고대로라면 이 카페에서 아니, 이 수목원에서 담배를 피
운 사람은 그녀였다. 그러나 하루에 수백 명이 오가는 곳이
었다. 이 카페의 직원들은 일어난 일들의 심각성과 결미를
모르리라고 장은 생각했다. 어쩌면 단순한 사건으로 여길
지도 몰랐다. 곰팡이와 공생 관계에 있던 CJT에 타르가 스
치자마자 그것이 오그라들게 했지만 며칠 뒤 오히려 자생
력을 키워 CJT는 더욱 강해졌다. 이산화탄소만 생각했지
타르와 곰팡이의 관계는 한 번도 염두에 둔 적이 없었다.
어떻게 보면 학계에 새롭게 조명되거나 어쩌면 이것으로
또 다른 연구 수확을 얻을지도 몰랐다.

그녀가 담배를 피운 당사자라면 오히려 그녀에게 감사를 표하는 게 마땅하다고 장은 생각했다. 그러면서 장은 처음으로 그녀의 명찰을 찬찬히 살펴봤다. 레아? 들어본 이름 같았다. 레아…… 프린세스 레아? 스타워즈? 장의 입가에 살짝 미소가 번졌다. 그런 그를 유민은 의아하게 바라봤다. 6개월 만에, 아무 말 없이 프렌치프레스만 마시던 남자가 미소를 지었다.

리스테소 템포*

알람 없이 자연스럽게 눈이 떠졌다. 늘어지게 자고 일어나 가슴에 적당하게 내려앉는 햇살의 얼룩을 발견한다. 테라스에서 부는 바람의 향내에 신록의 모든 것이 담겨 있었다. 근무가 없는 휴일은 시간의 선물 같았다. 여느 때 같으면 정신없이 손님들에게 커피를 내려주고 있을 시간이었다. 이런 값비싼 사치가 있을까, 하고 유민은 생각했다. 그랬기에 고스란히 주어진 시간의 공백에 엄청난 자유와 나긋함이 몸과 머리까지 차올랐다.

포트에 물을 데우고 커피 원두를 수동 분쇄기로 갈고 아주 느긋하게 이 여분의 시간을 즐긴다. 유리 글라스에 간

---

* Listesso tempo. 악보에서, 먼저와 같은 빠르기로 연주하라는 말.

원두를 넣고 뜨거운 물을 붓고 뜸을 들이다가 다시 물을 붓고 크레마가 생길 때까지 스틱으로 마구 휘젓는다. 한바탕 회오리가 모든 것을 뒤집어놓듯이…… 어제 현진이 보장된 공무원 생활로 작은 오피스텔을 마련했다는…… 그러면서 너도 더 늦기 전에 공기업에 이력서를 내보라던 적잖은 권면의 말들이 뒤섞여 휘돌았다.

몇 분의 시간이 흐르는 동안 유민은 커피의 유기물들이 떠도는 글라스를 뚫어지게 쳐다봤다. 프렌치프레스의 말끔히 가라앉지 않는 부유물처럼…… 일상의 공기는 지루하게 떠나지 않고 마지막 숨을 멈출 때까지 가벼운 무게로 언저리를 맴돌지도 몰랐다. 어느 정도의 눌림이 저항을 만들어낸다는 걸 유민은 이미 체득해 알았다. 지금껏 그 저항이 자신을 지탱해주었다는 사실에 고개를 주억거렸다.

몰랐을 때는 압력이 주어지면 그것을 떼어내버리거나 도망가려고만 했다. 유민도 얼마 전까지 그랬다. 근데 그게 떼어내려고 애쓸수록 찰거머리처럼 붙어 떨어지지 않는 거였다. 밀어 내치거나 저항할수록 더 들러붙어 숙주가 되어버렸다. "고맙다는…… 말을 전하고 싶었어요." 그의 머뭇거리는 표정과 입술 사이로 새어 나오던 말들을 되새기며 유민은 플런저를 지그시 눌렀다.

천천히 찌꺼기들이 아래로 가라앉고 있었다. 고맙다는 그의 고백이 따라 눌러지는 것 같았으나 어째 가뿐하게 날아왔다. 우아한 신맛에 어우러진 달콤함이 입안을 상큼하

게 적셨다. 싱크대에 커피 찌꺼기를 버렸다. 여지없이 싱크
대에 붙어 잘 떨어지지 않는다. 찌꺼기들이 샤워기 물에 씻
겨 내려가다가 거름망에 다시 모아졌다.

※ 국립수목원 복주머니란속(Cypripedium Japonicum Thunb) 자료
　를 참고하였다.
※ 복주머니란속과 타르는 상관관계가 없음을 밝힌다.

III

냉동 캡슐에 잠든 남자

L이 서점에 가서 책을 직접 산 건 참으로 오랜만이었다. 더군다나 자기가 읽을 책을 산 건 학창 시절을 제외하곤 기억조차 가물거렸다. 책 읽기를 싫어해서가 아니라 어찌 된 게 드라마를 볼 때 총총했던 정신이 책만 잡으면 일이 분 내 잠이 들었고, 그런 묘한 체질로 바뀐 건 결혼생활에 회의가 짙어갈 때의 발견이었다. 그날, 그 책을, 그 시간에 잡은 것은 묘한 끌림이었다고밖에 딱히 설명할 길이 없었다. 인터넷으로 배송시키면 3일 정도가 걸린다고 하는 바람에 딸이 급하게 주문한 책을 찾으러 서점에 들렀고, 주문한 책을 찾기까지 30분의 시간이 남았다. 막연히 기다리고 서 있기가 뭐해 그녀는 서점 한 바퀴를 휙 둘러보았다.

알파벳 순서로 책의 종류들을 안내한 작은 안내판들이 칸칸마다 고개를 내밀었다. 방대한 책들이 켜켜이 주인들을 기다리고 있었다. 아무도 찾아주지 않는다면 시간과 함께 미라가 될 것 같은 책들이 책장의 먼지와 함께 쌓여갔다. L은 빽빽이 박힌 책들을 보자 누군가 말한 '책무덤'이라는 단어가 불현듯 떠올랐다. 자기를 바라봐달라고 오랜 시간 공들여 준비했건만 사람들은 별 관심 없이 그들을 지나쳤다. 자신을 보아줄 그 누군가의 시선을 잡으려 애쓰는 모습이 L이 결혼 후 남편에게 구걸하듯 산 시간과 오버랩돼 우울하기까지 했다. 남편은 꼭 봐야 할 책은 보지 않고 끊임없이 다른 책을 힐금거리며 기웃거렸다. 마치 호기심 많은 아이가 새로운 것을 찾으면 금방 가진 물건에 싫증을 내고 집어던지듯 남편은 지금껏 그래왔다.

아무 생각 없이 몇 걸음을 걷다 그녀가 멈춘 곳은 G 코너 맞은편에 있는 J 소설 코너였다. '국내 소설 화제의 책'이라는 파티션 꽂이 아래 화려한 칼라의 책들이 독자를 기다리고 있었다. 무심코 둘러보다 '냉동 캡슐 속에 잠든 남자'라는 제목에 시선이 꽂혔다. 책 표지 아래 둘린 띠지의 낯익은 얼굴에 반신반의하던 L은 2년 전 만난 모 선생의 얼굴을 끌어다 띠지 사진 속 소설가에 여러 번 대입시켰다. 변한 게 있다면 아주 진지하게 이야기를 듣던 표정에서 지금은 설핏 미소를 짓고 있는 표정의 차이라고 할까. 쌍둥이라고 말해도 될 만큼 그때 만났던 모 선생의 얼굴과 흡사했다. L이 띠지의 사진을 보고 놀란 것도 사실이지만 심장이 쿵 내려앉도록 그녀를 소스라치게 한 건 책 제목이었다. '냉동 캡슐 속에 잠든 남자'는 그녀가 오랫동안 품고 있던 문구였다. '소설가 모언수의 네 번째 장편소설.' 오 마이 갓! 괴성이 터져 나올 뻔했다.

그녀는 책에 얼른 다가서지도 못하고 그 낯익은 얼굴을 무섭도록 째려보다 뇌리에서 모 선생의 이름을 더듬어 찾아내려 애썼다. 몇 번이나 만났는데도 L은 그의 이름이 도무지 생각나지 않았다. 그는 자신을 '미스터 모'라고만 말했고 L이 부른 호칭도 모 선생이었다. 떠올려낸 이 두 사실도 놀라웠지만 그녀는 그 일들이 실제로 확증되자마자 원인 모를 불안감에 휩싸였다. 그건 너무도 끔찍한 상상이었지만 어쩐지 그 상상이 아니, 그 예측이 맞을 것 같은 불길함이 증폭되어 서점을 벗어나 집에 오기까지 마음을 달래고 달랬다. 이 책의 내용이 불러올 두려움에 가슴 조이며. 그러나 책의 내용은 L에게 공개되어야만 했고 그녀는 속히 그것을 눈으로 확인해야만 했다.

꽃망울이 터져 여기저기 꽃향기를 발하는 공원은 생기발랄했다. 꽃들과 새들과 조깅하는 사람들은 하나같이 즐거워 보였지만 L에게는 상대적 박탈감만 더 안겨주었다. 남편이 추천한 정신과 담당 의사는 규칙적으로 맑은 공기를 마시고 햇볕을 쬐며 사람들이 많이 다니는 곳을 억지로라도 함께해야 한다고 처방을 내렸다. 그러나 L에게 꽃들은 시들했고 사람들은 무심했으며 햇볕은 마냥 겉돌았다.

이런다고 해결되지 않을 것임을 L은 누구보다 잘 알았다. 정신과 의사의 처방을 받아야 할 사람은 자신이 아니라 남편이었다. 우울해 보이는 아내를 걱정하기보다 우울한 표정을 짓는 아내의 면상이 보기 싫은 게 확연한 이유였다. 밖에 나가면 온갖 꽃이 자신을 반갑게 맞이하는데 집에 오면 우거지상을 한 아내를 마주해야 하니 힘들 테지. L은 그걸 모르지 않았다. 남편의 제안을 순순히 받아들인 건 L도 폭발하기 직전이었기 때문이다. 이대로 가다가는 자신이 무슨 일을 저지를지도 몰랐기에, 스스로에게 제동을 걸 참이었다.

마지막 코스를 돌고 가려던 참이었다. 공원 안에 조성된 작은 저수지 방죽 위 벤치에 남자가 앉아 있었다. 그는 뭔가를 열심히 쓰고 있었다. 뭔가에 열중하고 있는 자세가 삶에 열정이 있어 보였다. L은 삶의 열정이 다 사라져 지푸라기라도 잡고 싶은 나날을 보내고 있었다. 멀찍이 벤치가 보이는데도 L은 그의 옆 벤치로 자석처럼 당겨가 앉았다. 그러고는 저도 모르게 한숨을 내쉬었다. 주홍빛 물결이 산등성이를 향해 점점 물들어가는 해 질 녘이었다. 시야에 들어오는 모든 사물이 살아 있다고 말을 건네는 것 같은데 자신만 죽어가는 것 같아 L은 다시 긴 날숨을 내쉬었다.

남자는 대뜸 "노을 너머에는 뭐가 있을까요?"라며 혼잣말인지 그녀에게 건네는 얘기인지 L 쪽을 바라보며 나지막하게 말했다. L은 자신에게 하는 질문인지 얼른 눈치채지 못하고 남자를 멀뚱히 쳐다보고만 있었다. 겉모습만 보아도 선량하며 예의범절이 몸에 밴 듯한 남자였다. 지금 생각해보면 이 모든 게 우연이었다고 하기에는 너무도 기묘하게 맞아떨어졌다.

"제가 아는 친구가 있는데 요즘 고민이 참으로 큰 것 같아요." 이렇게 자신의 얘기를 시작하려던 L의 계획은 여지없이 빗나갔다. 초면이기에 직접적으로 말하기보다 다른 사람 얘기로 둘러대 혹여 생길 문제점들을 미리 방지하려는 안전대책이었다. 하나, 그의 순진한 눈동자를 보니 그렇게 하면 안 될 것 같았다. 아무것도 요구하지 않는 맑고 투명한 눈빛이었다. 그는 해거름에 조깅하고 벤치에 앉아 쉬거나 상념들을 정리한다고 했다. 출판사 일을 몇 년 전에 그만두었고, 지금은 하는 일 없이 그냥 사람들 사는 세계를 관찰하고 그들 얘기를 들어준다고 했다. 40대 후반 정도 되는 나이에 보통의 남자 키였다. 아주 잘생긴 외모는 아니지만 선한 인상을 주는 얼굴이었다. 깨끗한 피부에 검은 눈동자가 유독 맑았던 게 L이 기억하는 남자에 대한 전부였다.

성씨로 비롯된 떠올림도 있었지만 만나면 만날수록 '모모'라는 확신이 든 건 왠지 모를 일이었다. 중학교 때 재미있게 읽었던 미하엘 엔데가 쓴 소설이었다. 그 모모의 현신이 따로 없었다. 퇴락한 원형극장의 무대가 아닌 공원 벤치에서 큰 눈망울을 굴리며 천진한 눈빛으로 '세상의 수고와 무거운 짐은 나에게 다 내려놔'라고 말하는 게 아닌가.

185

L은 여태껏 자신을 이토록 진지하게 자상한 눈으로 쳐다보는 이를 만나보지 못했었다. 다들 시간에 쫓겨 늘 바쁘다고 말했다. 뭔가 마음에 맺힌 것을 털어놓으려 하면 그들은 지루해하거나 따분한 표정을 지었다. 그래서 그녀가 선택한 곳은 정신과와 부부 상담소였다. 시무룩한 표정에 젖어 있거나 말이 없는 L을 보고 남편은 병원을 가보라고만 거듭 권했다. 그러면서 자신이 추천한 정신과 병원을 재촉했다. 그녀는 남편의 정성 어린 태도를 무시하지 못하고 그 병원을 가야 했다. 정신과 의사는 과도한 육아로 심신이 지쳤다며 안정을 강조했다. 정신과 의사도 바쁘기는 마찬가지였다. 그는 여러 장의 차트를 급하게 넘기며 그녀에게 정신없이 질문을 해댔다. 그녀는 의사가 바빠 보여 간추려 서둘러 말해야 하는 압박감을 시종일관 느꼈다. 어찌어찌 바쁘게 돌아가면 자신의 문제도 빨리빨리 해결될 것 같았으나 의사가 내린 최상의 처방은 공원을 산책하라는 것이었고 그나마 그게 제일 잘한 처방이었다.

"잔인하게 복수하고 싶어요. 제가 겪은 모멸감과 분노, 고통을 고스란히 느끼게요. 바로 죽지 않고 서서히 죽게 할 방법이 없을까요?" 남편을 죽일 수 있는 여러 방법을 모색하자 그녀는 잃었던 밥맛도 살아나고 모든 게 의미 있게 다가왔다. 죽이는 생각만 했을 뿐인데도 그녀는 생기를 찾았다. 이상하게도 모 선생과의 만남은 L에게 삶의 활력을 찾아주었다. 정신과 상담 의사를 몇 달째 만났어도 얻지 못한 성과였다. 그동안 말하지 못했던 얘기들을 그에게 풀어놓고 나면 살길이 찾아지고 앞날이 보이는 것 같았다. 남자는 L이 말할 때 오롯이 듣기만 했다. 검은 눈동자를 껌벅이며 그녀의 마음을 충분히 이해한다는 추임새를 간간이 넣을 뿐이었다. 마치 퇴락한 원형극장에 쏟아지는 달빛을 맞으며 친구들의 얘기를 들어주는 모모처럼.

회사 일 때문에 한 달의 반은 출장을 갈 정도로 바쁜 남편이었다. 처음에는 가정을 위해 저렇게 애쓰는 남편을 위해 아내로서 무엇을 더 해야 할까, L이 고심할 정도였다. 출장을 갔다 오면 남편은 L의 선물을 꼭꼭 챙기고 가정에도 충실해 시간만 나면 아이들과도 잘 놀아주는 아빠였다. 아버지의 사업을 이어받아 궤도에 올려놓았다는 평가를 받았고, 사업가 2세들은 안일하게 일할 수도 있는데 이전보다 배로 회사를 성장시켜놓아 시부모님도 대만족이었다.

L은 회사를 위해 여념 없는 남편의 빈자리를 이해하고 안쓰럽게 여기기까지 했다. 첫 출산 때 아들 쌍둥이라 아이들한테 전념하느라 남편이 집에 들어오는지 나가는지 신경 쓸 여력이 없었다. 3년 뒤 딸 출산 때까지도 눈치를 못 채기는 마찬가지였다. 한 번씩 서늘한 바람이 일듯 가슴속이 휑한 빈자리가 느껴졌지만 사업하는 남자를 남편으로 둔 여자가 다 그렇지 하며 마음을 추슬렀다.

남들이 보기에도 단란하고 부러워할 만한 가정이었다. 세 아이에 사업이 승승장구로 잘되는 남편과 인자한 시부모님, L은 이런 가정을 둔 것에 감사하고 스스로도 남편을 잘 만났다고 생각했었다. 그런데 어처구니없게도 선물 공세가 바람피운 후의 증상이라니! 세 아이를 양육하느라 남편에게 신경 쓰지 못했을 때 겪는 생리적 이탈 현상으로 이해하려고 한두 번 눈감아주었다. 그는 L이 모를 거라고 여기는 듯했다. 시간이 갈수록 L의 얼굴은 자연스럽게 그늘졌다. 사정을 모르는 사람들은 잘생긴 데다 능력도 뛰어나 사업체를 번창시키는 남편과 사는 L을 부러워하곤 했다. 친정 식구들도 마찬가지였다. 부족함 없이 사는데 얼굴빛이 왜 그 모양이냐며 그녀에게 면박을 줄 정도였다.

어느 날 걸려온 친구 송의 전화는 그동안 쌓아둔 불신의 정황들에 불을 붙였다. 홍콩에서 남편을 봤다는, 자신이 투숙하는 호텔에 어떤 여자랑 함께 있더라는, 그런 말과 함께 몇 장의 사진을 카톡으로 보내왔다. L과 비교도 되지 않는 미모의 여자였다. 모델처럼 여자는 당당해 보였다. 여자는 남편과 입을 맞추고 포옹하고 있었다. 남편은 L을 처음 안았을 때의 표정이었다.

L은 밤마다 치정극을 수백 편 써대는 자신의 모습에 이러다 미쳐버리는 건 아닌지, 두려움에 바르르 떨었다. 드레스 룸 서랍장을 연 L의 시선이 차갑게 고정되었다. 그동안 남편이 출장을 가거나 외박했을 때 L에게 선물한 화려한

보석들과 백, 모자, 스카프…… 이 선물을 안겨주고 남편은 다른 여자와 살을 섞고 희희낙락했다. 치밀어 오르는 분노에 받은 선물들을 가위로 싹둑싹둑 자르거나 불에 태워버리고 싶은 심정을 억누르며 L은 스스로에게 몇 번의 다짐을 했다. 지금은 때가 아니야!

남편은 편안한 얼굴로 잠들어 있었다. 이렇게 기분이 흡족한 낯빛을 짓는다는 건 그가 오늘도 어떤 여자랑 즐기다 왔다는 뜻이었다. 어떤 여자일까, 이제 어림치기도 싫었다. 그에게 여자는 소모품이고 잠시 스트레스를 푸는 소비재였다. 오늘도 자신이 원하는 물건을 마음껏 가지고 놀다가 흐뭇하게 집에 들어왔다. L은 남편을 목 졸라 죽이는 장면을 여러 번 그려보았다. 그러다가 그래본들 남는 게 뭘까, 하는 회의감만 짙어졌다.

치정 드라마에서나 봄 직한 일을 자신이 겪고 있다는 데에 L은 괜스레 쓸쓸해졌다. 흥신소에서 알려준 남편의 외도 내력 신상은 화려했다. 두서너 달마다 상대가 바뀌었다. 20대 여자들만 남편의 표적 대상이었다. 습관성 외도, 죄책감은 전혀 없었다. 흥신소에서는 원하지도 않은 대답을 해주었다. 남편은 사업 스트레스를 외도로 푸는 것 같다고, 이런 유형들은 평생 못 고치니 참고 살라는 조언까지…… L이 다행으로 여겨야 할지 모르겠지만, 여태껏 여자 문제로 뒷수습할 일은 만들지 않았다.

하루는 집에 온 시어머니가 L의 생기 없는 얼굴을 보고 눈치를 챘는지 미안한 안색을 지으며 말했다.

"부전자전이라더니, 지 아버지 행실을 닮지 않기를 바랐는데…… 너까지 겪게 하는구나."

시어머니도 L과 같은 삶을 사신 거였다. 두 분 사이에 보이지 않는 거리감이 있다고 느꼈는데 그게 이것 때문이었다니…….

"그게 여자한테 얼마나 큰 상처인 줄을 모르니 말이다. 어쩌면 좋으냐. 그냥 돈 벌어다 주면 남편 구실 다한 것으로 아니까 말이다. 네 아버님도 그렇지만 그 애도 어느 여자한테 너처럼 마음을 주지는 않을 거야. 내가 살아온 시간 말이다, 알아도 모른 척하고 살아온 시간이었다. 나라고 어째 가만히 있기만 했겠니? 이혼해달라고 수차례 말했지만 네 시아버지가 절대로 이혼은 안 된다고 하더라."

시어머니는 남편의 죗값을 치른다고 지금껏 사회봉사 활동을 하고 있다고 말하면서 긴 한숨을 들이쉬었다.

누구는 분노와 배신감에 치를 떨면서 고통의 밤을 보내는데 남편은 말끔한 표정으로 일어나 그녀에게 입 맞추며 "여보, 사랑해."라고 말한다. 집에 오면 더없이 편하고 행복하단다. 아이들과 깔깔거리고 노는 남편을 보며, 언제까지 이 연극을 반복해야 할지 그리고 언제 어떻게 종지부를 찍어야 할지 L은 입술을 질근 깨물었다.

송이 알려준 부부행복연구소는 남편의 외도로 상처 입은 아내들이 치유받는 곳이었다. 상담사는 모든 문제를 해결해줄 것처럼 친절하게 말했지만 보다 근원적인 문제는 상담사 자신은 이런 고통을 한 번도 직접적으로 겪지 않았다는 거였다. 상담심리사는 L의 고통을 충분히 알지만 사모님의 남편은 관계 중독이니 아내만이 이 문제를 해결할 수 있다고 말했다. 그러면서 무엇보다 사모님이 분노하는 것으로부터의 치유가 급선무고, 사모님의 상처가 해결되지 않고는 남편의 문제도 해결할 수 없다는 난제를 안겨주었다.

자신 있게 말하는 상담사의 얘기는 L을 더욱 곤혹스럽게 했다. 사모님의 분노가 완전히 해결되지 않으면 남편은 외도를 반복하게 될 것이고, 아내가 건강한 심리 상태여야만 남편을 관계 중독에서 벗어나게 할 수 있다는 얘기는 설득력을 넘어 L에게 또 다른 분노를 안겨주었다. 시종일관 다른 여자를 향해 달려가는 남자를 포용할 만큼 L은 너그러운 신이 아니었다.

도대체, 이 상담사는 내 앞에서 무슨 얘기를 지껄이고 있는 것인가? 말끝마다 사모님이라고 부르는 호칭도 거슬렸지만 결국 이 모든 가정 파탄의 잘못이 다 L이 남편 관리를 못한 탓이라는 얘기나 다름없었다. 가정을 지키기 위해, 남편의 치유를 위해, L이 먼저 치료를 받아야 한다는 귀결은 황당함을 넘어 귀싸대기라도 쳐올리고 싶게 만들었다.

상담사의 거듭된 얘기를 들으면 들을수록 상담사에게 새로운 사례만 될 뿐 정작 자신에게 필요한 건 얻을 수 없다는 생각에 L은 부부행복연구소를 박차고 나왔다.

L은 남편에게 외도를 직접적으로 말하거나 그 문제로 싸우지는 않았다. 다만 한 번씩, 내가 당신의 외도를 모르는 건 아니야, 정신 차려, 같은 언질은 주었다.

"당신, 내 친구 송 알지? 자기 홍콩 갔을 때 같은 호텔에서 투숙했다나 봐. 송, 만난 적 있어?"

"아니?"

"응? ……송은 얼핏 당신 봤다고 하던데?"

"그래? 홍콩에서 워낙 바빴어. 다른 사람들한테 신경 쓸 틈이 없었지. 보고 알은체했으면 나도 인사했을 텐데……."

그는 순간 당혹스러움을 가장한 채 L의 얼굴을 찬찬히 살피며 태연자약했다. '네가 다른 여자랑 입 맞추고 있는데 송이 다가가 인사할 수는 없잖아? 송이 봤을 정도면 내 지인이나 네 지인 중에도 본 사람이 여럿 있었을 건데…… 널 제대로 아는 사람은 네가 노상 바람피우는 걸 알기에 홍콩에서 또 저 짓거리하는구나 하며 뒷담화 깠겠지.' L은 마음속으로 수없이 주절거렸다.

이런 문제로 싸우고 싶지 않은 건 L의 마지막 남은 자존심이었다. 남편에게 직접적으로 말했다가는 끝장을 각오해야 하는 거였다. 아이가 셋이었다. 심지어 아빠를 존경하는 아이들이었다. 이 아이들에게 내가 겪는 아픔을 느끼게 할 수가 없다는 게 L의 선택이었다. 아이들도 상처받지 않고 끝낼 수 있는 방법이 뭘까, 이 남자는 평생 이러고 살 수밖에 없는 남자다. 어쩌면 그의 아버지에게 이런 유전자를 물려받았는지도 모르겠다.

딸과 소파에서 장난치는 남편을 바라보니 L은 더욱 화증이 치밀어 올랐다. "나는 커서 아빠랑 결혼할 거다, 나는 우리 아빠가 세상에서 제일 좋아." L의 정신이 번쩍 들게 하는 말이었다. 나만 모르는 체한다면 이 가정에 아무 문제도 없다. 하지만 내가 안다, 이 남자가 살아가는 방식을. 언제까지 이 남자를 견딜 수 있을까, L은 아이들과 자신을 위해 돌파구를 꼭 찾아야만 했다.

노을이 물들 즈음 공원 벤치에 앉아 있던 모 선생은 그후 만나지 못했다. 서로 연락처도 모르고 몇 번 만난 게 전부였다. L은 마무리를 이렇게 갈무리해준 모 선생이 오히려 고마웠다. 낯선 사람이었지만 그녀의 고민과 문제들을 허심탄회하게 나누고 들어준 사람이기에 L은 그를 '나의 모모'라고 명명했다. 그리고 2년여 만에 서점에서 그가 쓴 책으로 다시 조우했다. L은 집으로 곧장 가지 않았다. 2년 전에 만난 그 공원 벤치에 앉아 두근거리는 마음을 가다듬고 책장을 바삐 넘겼다.

사면이 정육면체의 유리로 둘러싸인 전시관은 유리벽처럼 투명하다. 중앙에는 타원형의 캡슐이 놓여 있다. 누군가가 이 장면을 보면 SF 영화에 나오는 냉동 기계를 떠올릴 것이다. 캡슐도 유리로 주문 제작했다. 남편은 중앙에 반듯하게 누워 있다. 캡슐 바깥 사면의 유리를 따라 노랑 장미가 촘촘히 장식돼 있다. 타원형의 냉동 캡슐 안에도 여분의 공간을 노랑 장미로 에둘렀다. 아무리 봐도 우주선의 모형 같다. 나는 그의 시신을 싸고 있는 유리의 사면을 따라 장식 촛불을 하나둘 밝혀나간다. 직육면체의 밑면만 빼면 모두 유리로 된 냉동 쇼케이스로 마치 성당에서 어떤 교황의 장례식 때 관이 열려 있는 광경마저 떠오르게 한다. 하얀 슈트를 입은 그의 얼굴은 금방이라도 눈을 뜰 듯 편안하게 잠들어 있다. 그는 어제저녁 무렵 영원한 영면의 세계에 진입했다. 지금은 새벽 1시, 6시간이 경과했다. 슈트를 입은 주변으로 노랑 장미가 빈 곳 하나 없이 그를 에워싸 어렴풋이 보면 꽃밭에 누워 있는 것 같다. 그는 마지막 이브닝 인사를 했지만 그게 그의 마지막 인사일 줄은 몰랐다. 그 미소는 살아온 즐거움의 명랑들이 함축돼 잠든 얼굴에 여지없이 나타났다. 그 미소의 뜻을 이해한 나는 살포시 웃으며 그를 영구히 잠들게 만들자고 거듭 다짐했다.

사회적 분위기가 한몫했다. 어떤 정치인과 ○○○ 배우의 불륜 스캔들로 온 나라가 시끄러울 때, 시기적절한 타이

밍에 나온 책이었다. L은 그 여파로 이 책이 베스트셀러가 되지 않았나 싶었다. 책에는 습관적으로 바람을 피우는 남자의 적나라한 외도 행위와 그걸 견디지 못하고 냉동 캡슐에 남편을 서서히 죽이는 아내의 이야기가 담겨 있었다. L의 얘기였고 그녀가 감히 감행하지 못한 결말이었다.

인스타그램과 트위터, 페이스북, 유튜브까지 냉동 캡슐 얘기로 화제를 모았다.

— 『냉동 캡슐에 잠든 남자』 읽었어요?

— 와우, 전 강력 펀치 훅, 오랜만에 통쾌하고 시원한 경험 만끽했어요.

— 한남들이 이 책을 읽으면 오금이 저릴까?

— 아랫도리 간수 못 하는 놈들의 필독서!

— 조강지처 버리고 딴짓하면 요 꼴 나지^^

— 냉동관에라도 집어넣어주었으니 최상 예우해줬네. 저런 놈은 갈가리 찢어 죽여야 해.

— 바람피웠다고 얼려 죽이나! 평생 처자식 벌어먹여 살렸는데 너무하지 않나.

— 세상 말세다 말세!! 남편 죽였는데 신난 여자들이 이렇게 많다니!

서평에 댓글이 줄을 이루자 그 댓글에 따른 답글들이 또 줄을 이었다. 소설은 L이 얘기한 내용들이 중심을 이루었다. 하지만 작가의 역량이 발휘돼서 L의 심정과 그동안 고통의 과정이 직접 겪은 것보다 더 생생하게 표현되었다. 처음 이 책을 펼치기 전까지는 자신이 명명한 모모에 대한 배신감으로 가슴 떨었으나 어느샌가 L의 눈에서는 눈물이 흘러내리고 있었다. 그녀의 얘기를 제대로 공감하지 않고서는 이렇게 쓸 수가 없는 거였다. L이 하고 싶었던 말들이 적나라하게 책에 담겨 있었다. L이 진정 부르짖고 싶었던 말들이었다. 문장 곳곳에 그녀의 내밀한 아픔들을 샅샅이 드러내 펼쳐 보여주었다.

작가는 그녀의 얘기를 진지하게 들어줄 때처럼 주인공의 심리를 제대로 포착해 소설 속에 고스란히 담아내었다. 많은 사람에게 가정의 사생활이 알려진다는 두려움과 창피함은 어느샌가 사라지고 평생 어느 누구에게도 받지 못한 극진한 대접을 받는 듯한 고마움마저 들었다. 그가 L의 얘기를 아무 대가 없이 모모처럼 들어준 건 아니었다. 그는 소설가로서 L의 얘기가 필요했고, 필요한 자료를 모르기 위해 시간을 들여 진지하게 들어준 거였다. 순수하지 못한 의도에는 마음이 상했지만 단순히 몇 번 만나 듣고 넘겼으면 사라질 얘기들을 그는 영구한 책으로 만들어놓았다.

L은 모언수의 책들을 주문해 모조리 읽었다. 그는 언어를 감지하는 능력을 타고난 듯했다. 정확히 상대가 무얼 원하고 무얼 말하고자 하는지 금방 찾아냈다. 그의 얘기는 작가가 만들어낸 창작물 이전에 어떤 사람들의 얘기였다. L과 같은 사람들, 그녀보다 더 억울한 처지에 놓인 사람들,

그녀와 또 다른 상황에 놓인 사람들의 얘기가 책에서 눈물을 흘리고, 호소하고, 항의하고, 저항하며 살아났다. L은 그 책들을 읽어가면서 자신과 다르게 살아가는 사람들의 형편에 조금씩 눈을 뜨기 시작했다. L이 겪은 고통도 컸지만 자신보다 더한 처지의 사람들 또한 세상에 너무나도 많았다.

남편을 죽일 수밖에 없었던 아내의 입장에 대부분 동정론을 펼쳤다. 오죽하면 그랬겠냐는, 이런 남자는 마땅히 죽어야 한다는, 대한민국의 모든 남자는 정신을 차려야 한다는 사회 인식론까지 다양한 서평들이 달렸다. 남성들이 올린 댓글은 단순했다. 여자들이 무섭다, 바람 좀 피웠다고 사람까지 죽이나…… 바람피우는 데는 여자에게도 잘못이 있다…… 등등 남성들의 입에 바른 변명이 주류를 이루었다.

여론의 방향은 점점 거세어졌다. 줄곧 이슈가 되었던 미투 운동과 맞물려 약자인 여성들을 보호하고 남성들의 무분별한 외도 행위를 벌하는 사회법의 강화가 요구됐다. 간통법을 다시 제정하고 습관적으로 외도하는 남성들을 치유하는 병원 연구소를 설립해야 한다는 주장도 나왔다. 상습적으로 당하고 이혼으로 내몰리는 여성들을 보호하기 위한 사회적 안전장치의 필요성도 언급되었다. L은 그런 내용을 읽을 때마다 마음의 웅어리진 구석들이 실타래 풀리듯 풀어졌다. 사람들의 댓글과 공감에 마음의 위로와 자신감이 차올랐다. 그동안 가정을 지키기 위해 인내한 시간들이 보상받는 느낌마저 들었다.

전문가가 알려줬어. 냉동 캡슐에서 숨을 거두기까지 남은 시간은 12시간이라고 말이야. 앞으로 6시간이 남았네. 나는 당신에게 그동안 못다 한 얘기를 할 거야. 결혼하고부터 지금까지 당신과 내가 진지하게 마음을 터놓고 얘기한 적이 있었는지 생각이 잘 나지 않아. 당신의 몸은 점점 얼어갈 거야. 멀쩡히 남은 게 정신뿐이니 끝까지 정신을 놓지 마. 당신은 마지막까지 내 이야기를 들어줘야 할 의무가 있어. 어디서부터 얘기를 시작할까? 당신은 내가 당신이 바람피우는 걸 모를 줄 알았겠지만 난 당신의 습관적 바람기를 진즉부터 알고 있었어. 여러 증후들이 많았지만 나는 인정하고 싶지가 않았어. 내 남편이, 내가 사랑한 남편이, 내가 아닌 다른 여자들과 침대에서 뒹굴고 살을 섞다니…… 당신이 침대에서 젊은 여자들과 즐길 때 나는 모멸감과 치욕을 다스리는 법을 익히고 있었어. 당신의 사인은 심장근육 마비증으로 밝혀질 거야.

12시간 동안 남편 옆에서 촛불을 피우며 얘기하는 주인공의 모습에 L은 비감이 차올랐다. 살아 있을 때의 깨달음과 돌이킴은 이 남자에게 불가능한 것일까, 한 남자를 사랑한 결과가 그를 죽일 수밖에 없는 이별이어야 하는 것에 그녀는 목 놓아 울었다.

L은 작가에게 연락하지 않았다. 다만 작가 블로그에 모모라는 닉네임으로 댓글을 달자 그의 답글이 달렸다.

— 허공으로 사라질 뻔한 얘기를 이렇게 책으로 영구히 남게 해줘 감사했습니다.

— 저는 우리 주변 곳곳의 진솔한 삶의 얘기들을 세상 사람들과 공유하고자 글을 썼을 뿐입니다. 조금이나마 치유가 되었기를 바랍니다.

2년 전이나 지금이나 L의 남편이 달라진 건 없었다. L은 흥신소에 의뢰하거나 하는 등의 남편을 향한 온갖 집착들을 내려놓았다. 그날, 모모라고 이름 지은 그에게 자신의 사연을 털어놓은 후부터의 변화였다. 달라진 점이 있다면 L이 하고 싶은 일을 찾아낸 것이었다. 모모에게 마음속 깊은 내면의 얘기들을 털어놓은 후 이상하게도 그녀는 매였던 것들로부터 풀려난 자신을 발견했다.

남편은 처음부터 가정을 깰 생각은 없었다. 사회적 부부, 쇼윈도 부부로 살아가야 하는 시간이 길어질 뿐이었다. 부부간의 관계는 이미 깨졌지만 아이들의 아빠였다. 아이들이 엄마의 상처를 이해해줄 나이가 되면 그때 남편과의 관계를 정리하려고 접어두었다.

L은 사진 찍는 일을 시작했다. 대학 동아리 때 조금 하다가 그만둔 일이었다. 제대로 배우려고 사진 강좌에 등록하면서 그녀는 자신만의 지하 작업실도 만들었다. 남편이 바깥에서 보내는 시간 동안 그녀는 자신의 세계에 한 발걸음씩 들여놓았다.

『냉동 캡슐에 잠든 남자』는 백만 부 가까이 팔렸는데도 냉동 캡슐에 들어갈 남자들은 줄어들지 않았다. 책으로만 끝날 줄 알았는데 소설이 영화화된다는 소식은 L을 전율케 했다. 사진을 찍고부터 시각이 주는 효과의 강렬함을 몸소 체험하고 있기에 더 기대가 되었다. 주인공들도 소설 속 인물들과 잘 들어맞았다. 마치 L이 작품 전체를 연출하고 있는 기분마저 들게 했다.

영화가 시작되었다. 썩 내키지 않아하는 남편을 영화관에 데려올 수 있었던 건 얼마 전 그의 외도가 의도하지 않게 들킨 게 작용했다. 완벽하게 바람피우던 남편은 이제 나이가 들어가는지 한 번씩 실수를 했다. 남편은 무엇보다 L에게 선물 공세가 필요했고 그녀는 이번에 선물보다 자신과 같이 시간을 보내주기를 원했다. 때마침 결혼기념일이기도 했다. 한강 뷰가 내려다보이는 근사한 레스토랑에서 식사를 할 때만 해도 그는 아내와 시간 보내는 걸 꽤 즐거워하는 눈치였다.

그는 조만간 휴식기를 거쳐 새로운 연애 대상을 찾아 나설 것이다. 이 휴식기는 그가 L에게 심혈을 기울여 헌신하는 시간이기도 했다. 어김없이 돌아오는 계절의 변화처럼 반복되는 이 주기를 어리석게도 그만 모르고 있었다. 그는 병자였다. 어쩌면 그녀가 자신만의 모모를 찾아 해결책을 구했듯이 남편도 자신의 육체로 모모와 소통하고 사는지도 모를 일이었다. 본인만 그게 병이라 여기지 않고 만족하고 있는 거였다. 그와 헤어지지 않는 이상, 그가 죽기 전까지 이 주기는 돌고 돌 것이었다. L은 몇 년 전에 진저리가 나서 끝장을 내려고 했었다. 반복되는 이 주기의 한 축을 잘라 부서뜨리고 싶었으나 그러지를 못했다.

최근 인기 많은 배우가 남자 주인공이라서 그런지 남편도 영화에 조금의 관심을 나타내었다. 모 선생의 소설이 영화로 이렇게 빨리 나오게 될 줄 L은 생각도 못 했다. 주인공의 남편이 화면에서 발정 난 수캐처럼 여자들을 찾아다녔다. 시간이 지날수록 남편이 어떤 표정을 짓는지가 오늘 L의 관전 포인트였다. 책도 강렬했지만 영화는 더욱 강렬했다. L은 마치 악몽이 재현되는 듯한 고통에 심장이 멎을 것 같았다. 자기가 주인공이 되어 지금 일어나는 일을 재현하고 있는 기분이 들었다.

남편이 이 영화를 통해 내심 반성하고 자신을 돌아보게 되기를 소원하며 애써 함께 왔건만 옆자리에 앉은 남편은 5분도 채 지나지 않아 고개를 숙이기 시작했다. 이 남자에게 이게 마지막 기회인데…… 벌써 졸고 있다. 자기를 똑 닮은 인물이 자신이 하던 역겨운 짓들을 하는 것을 더 이상 보기가 괴로워 조는 척을 하는지, 아니면 지겨워서 잠들었는지 알 길이 없었다. L은 조급해졌다. 어떻게 하든 남편을 깨워야 했다. L의 감정이 이입될수록 남편은 코까지 골며 다시 졸았다.

이 영화는 코를 골면서까지 잘 정도로 재미가 없는 것도 아니고 지겨운 스토리도 아니었다. 영화가 끝나가고 있었다. 냉동 캡슐에 남자가 누워 있고 여자가 촛불을 켜며 말하는 장면이었다. L은 다시 남편을 흔들어 깨웠다. 남편은 화면을 잠깐 보다가 L의 얼굴을 무심코 쳐다보고는 화장실이 급하다며 허둥지둥 나가버렸다. 화면이 마지막 장면으로 바뀌었다.

12시간을 알리는 전자시계가 멎는 찰나 책에서는 없었던 장면 영상이 화면 전체를 드리우고 클로즈업되었다. 잠든 남자의 얼굴 부분이었다. 하얗게 서리가 낀 남자의 두 눈에서 물줄기 같은 것이 주르륵 흘러내리다 이내 얼어버렸다. L은 엔딩 컷이 올라가는 장면을 끝까지 응시했다. 시간의 점들이 다시 이어져가고 있었다.

셰어하우스

공유지의 비극은 1833년에 알려졌지만 아주 오래전에도 있었고 지금도 진행 중이다. 그러기에 내가 숨 쉬는 이 공간만이라도 비극을 막아야 했다. 더군다나 아무리 둔한 놈들이 산다고 해도 내가 누군지조차 눈치채지 못했는데 카드가 없어지는 사태는 절대 일어나지 말아야 했다. 범인의 키는 대략 175센티, 방 A와 비슷했다. 호리호리한 몸체는 거의 들어맞았으나 범인은 왼손잡이였다. 방 A를 5개월 동안 지켜본 결과 그는 오른손잡이였다. 방 C의 이층 침대 아래층 놈이 마침 왼손잡이였다. 하나 그는 몸집이 비대했다. 방 C의 이층 침대 위층은 키가 유독 작았다. 그의 키는 고작 160센티를 겨우 넘겼다.

방 B, 그도 오른손잡이였다. 나와 같은 방을 쓰는 그는 키가 우리 중에 제일 컸다. 그의 말대로 185센티였다. 방

B 때문에 이층 침대를 사용하지 못해 우리 방은 싱글 침대 두 개가 놓이게 되었고, 그것이 내가 그 방을 선택한 이유이기도 했다. 그가 범인이 아닌 건 내가 장담할 수 있었다. 그는 경찰서에서 범인을 식별해주는 아르바이트를 했다. 용의자와 인상착의가 비슷할 때 가끔 투입했기에 그의 기록은 경찰 데이터베이스가 증명했다. 미련스럽게도 그는 그 일자리를 내가 주선한 줄 아직 모르고 있으니 우리 중에서 가장 멍청한 놈이었다.

그다음은 방 D, 범인이 은행 자동화기기에 섰을 때 모든 인상착의가 그와 흡사했어도 돌아서는 뒷모습이 아니었다. 그는 자동차 사고로 엉덩이가 심하게 뒤틀려 왼쪽 다리를 절었다. 도통 풀리지 않는 미제 사건도 여러 번 해결하던 나였다. 문제는 내가 멀쩡히 두 눈 뜨고 있었음에도 카드를 도난당했다는 사실이었다. 범인은 경찰관의 카드를 훔쳐 버젓이 사용하고 획 던져버렸다. 체크카드 비밀번호에다 심지어 월급이 들어오는 날도 아는 놈이었다.

셰어하우스로 불리는 이곳에서 나는 일 년째 살고 있었다. 그들은 나를 야근과 출장이 잦아 피곤함에 전 회사원쯤으로 여겼다. 돈을 잃고도 그들에게 말 한마디 못 하는 처지를 생각하자 발끈 성질이 뻗쳤지만 요것 봐라, 하는 오기가 발동했다. 내가 누군가, 경찰 돈을 훔쳐 간 놈 잡지 못하면 변명할 필요도 없이 경찰 배지 자진 반납해야 한다. 나는 속으로 이 말을 몇 번 되뇌었다.

내가 머무는 셰어하우스는 한 채는 남성 전용, 한 채는 여성 전용이었다. 범인은 20대 후반으로 보이는 사내였다. 여자가 변장해 남자가 되었을 리도 없고 모자에다 마스크를 써서 적확한 얼굴을 볼 수는 없었으나 CCTV에 비친 등 어깨 골격이 정녕 남자였다.

여성 전용도 아니라면, 외부에서 침입했다고 봐야 했다. 셰어하우스에는 그날따라 일곱 명 모두 집에 있었다. 아무리 물증이 확실하고 정황이 맞아떨어진다고 해도 마지막까지 의심해야 하는 게 이 직업이었다. 내가 혹여 바깥에서 떨어트려 모르는 사람이 주워 돈을 인출해 갔을 경우도 가능했으나 그날 나는 몸살이 나서 종일 하우스에 있었고, 카드를 사용해 인터넷 뱅킹으로 몇몇 처리해야 할 일들을 해결했었다. 그러기에 미치고 팔짝 뛸 노릇이었다.

"나 경사님 들어오고 생활범죄 수사팀 실적이 최고래요. 우리 부서가 표창장 받을지도 모른다고 팀장님이 목에 힘주어 말하던데요."

"아니, 뭐, 나 혼자 뛰었나?"

겸연쩍어하는 나를 보자마자 사건 파일 더미에서 고개를 든 최 경장이 엄지척을 해 보인다.

"아 참, 이왕 줄 거면 포상금이 더 좋은데?"

"그러게요, 오랜만에 폼 잡고 회식 거하게 해야 하는데 말이죠."

겉으로는 천연스레 웃고 있어도 내 속은 말이 아니었다. 잡범들을 싹쓸이 잡았다고 표창까지 받는 이 마당에 실상 내 지갑 턴 놈을 아직 못 잡고 있으니…… 이 상황을 어찌 받아들여야 하나.

나는 밤새 의심하다가 눈 뜨자마자 다부진 의심으로 하루를 다시 시작한다. 일주일 내로 이놈 못 잡으면 나는 경찰도 뭐도 아니었다. 팀장이 강력계로 가라고 종용했건만 좀 더 생활팀에 있겠다고 미적대다가 된통 당한 꼴이었다.

오전 첫 건은 노트북 도난 사건이었다. 최근 들어 자주 일어나고 있는 절도 유형이었다. 강남에서는 외제 노트북 도난 신고가 많았다. CCTV 설치는 강남 쪽에 배분된 게 더 많아 피할 수가 없는데도 절도범들은 잘도 피했다. 오히려 사건 해결에 직접적 도움을 주는 건 일반인들의 핸드폰이었다. 우연히 핸드폰에 찍혀 검거되곤 했으니까. 도난 시간 즈음 카페에 앉은 손님들을 일일이 만나 인상착의나 핸드폰을 확인하고 카페 외부의 CCTV나 주차한 차들 블랙박스도 점검이 필수였다.

"매장 1층과 2층은 그날따라 손님들로 꽤 붐볐습니다."

담당 지배인의 담담한 말은 절도 건 때문에 성질나 죽겠다는 걸 꾹꾹 참고 있는 건지 바쁜데 귀찮게 하지 말라는 건지 재수 없게 딱딱했다. 현금영수증을 받지 않은 손님을 제외하고 신용카드로 접수된 고객들의 전표 또한 확인 사항이었다. 점심 먹으러 경찰서까지 들어갔다가는 오후에 맡은 건은 약속한 시각에 도착하지 못할 판이었다.

두 시간도 채 안 남았는데 저장되지 않은 전화번호로 두 번이나 부재중 전화가 찍혀 있었다. 수첩을 확인해보니 자전거 도난 신고자 번호랑 일치했다. 스타벅스 근처 햄버거 가게에 들러 포장을 해와 차 안에서 요기를 때우자마자 강북으로 차를 돌렸다. 질주하는 차량 유리로 가로수의 봄 꽃잎들이 하늘하늘 떨어지다 빛 속으로 사라지기를 반복했다. 꽃잎들을 싸안은 바람이 다시 불어오자 운전석의 창문을 내려 바람을 들이켰다. 나는 살아 있다, 나는 살아낼 것이야, 하고 되뇌며 두 눈을 감았다 부릅떴다.

신고자는 문화 예술센터 스쿼시 회원이었다. 몇 주 전에도 그 주변에서 자전거 도난 신고가 들어왔지만 고가의 자전거는 아니었다. 다른 경찰서에서 고가 자전거 절도범을 검거한 일이 있어 자료를 살펴보았다. 범인은 자전거 동호인들이 많은 북한강에서 상습적으로 값나가는 자전거만 훔친 사례였다. 자전거를 분해하여 부품으로 팔았으니 잡기가 쉽지 않았을 것 같았다. 자전거 도난 사고는 매일 몇 건씩 있었고 도난 신고 순위로 매번 1순위를 차지했다.

몇 년 전부터 신고가 더 빈번해진 건 명품 자전거가 문제였다. 말이 자전거지 자동차 한 대 값과 맞먹는 자전거를 타는 세상이 도래하다 보니 잡범들에게 자전거는 용이한 표적이 되었다. 아직 내 눈에는 자전거가 거기서 거긴데 이름도 특이한 고가의 자전거는 왜 그렇게 많은지, 조립해서 중고시장에 내다 팔아도 부속품이 없어서 못 팔 정도라며 중개상이 나발을 불었다. 비싼 거라면 사족을 못 쓰는 사람들에게 어쩌면 인과응보인지도 몰랐다. 페라리 승용차만 있는 줄 알았더니 세상이 미쳐가는 건지…… 자전거도 페라리란다.

문화 예술센터는 스포츠 시설을 비롯해 공연장과 전시실, 예식장 등이 자리 잡고 있었다. 남자는 CCTV 잘 찍히는 곳에 페라리를 세워두었고 자전거에 위치 추적과 도난 방지 기능까지 부착되어 있다고 침을 튀겨가며 말했다. 남자가 내민 핸드폰 영상에 페라리의 실체가 보였다. 나에게는 그저 세련돼 보이는 빨간색의 자전거였지만 남자는 외제 차 한 대 값이라고 누차 말했다. 자전거에 돈을 처바른 게 나로선 이해가 가지 않았지만 내 경우를 봐도 그렇고 도난당한 사람 입장에서는 백 퍼센트 억울한 거였다. 공교롭게도 그날따라 CCTV는 꺼져 있었고 자전거에 부착된 모든 기능이 아무 쓸모 없이 사라졌다. 두 달 동안 남자는 같은 시간에 페라리를 타고 와서 이곳에 세워두었다. 스쿼시를 치고 샤워를 마치기까지 총 1시간 30분이 소요되었다. 딱 그 시간에 CCTV가 꺼져 있었다는 게 영 꺼림칙했다.

문화 예술센터 CCTV를 총괄하는 영상실은 3층이었다. 1층 엘리베이터를 타고 올라가려다 엘리베이터를 사이에 두고 즐비한 전시 포스터에 눈길이 갔다. 얼핏 배우 얼굴 같기도 하고 일반인 같기도 하다고 생각한 순간 엘리베이터 문이 스르륵 열렸다. 3층 CCTV 영상실의 직원들은 3교대 근무였다. 그 시간 담당자는 아니지만 그날 영상들을 모조리 확인할 수는 있었다. 페라리가 없어졌다는 걸 직원들도 이미 알고 있는 눈치였다. 자전거 주인이 영상실을 한바탕 휘젓고 간 모양이었다. 마침 자신이 운동한 오전 6시 30분에서 8시 30분까지만 CCTV가 꺼져 있었으니 분통이 터질 만도 했다. 페라리 주인이 벌써 아침 담당자를 만났다고 들었지만 내일 아침에 다시 올 필요가 있을 것 같았다.

CCTV 오작동으로 찍히지 않았다고 했지만 그 오작동도 범인의 철저한 계산에서 비롯된 거라고 염두에 두어야 했다. 내가 직시해야 할 현실은 고가의 자전거가 도난당했고, 나는 그 자전거 절도범을 잡아야 한다는 것이었다. 지나칠 정도로 친절한 것은 아무 증거가 없다는 것! 요컨대 죽을 둥 살 둥 뛰어다녀 봐야 내 신발과 내 체력과 정신만 바닥나 너덜너덜해질 거였다. 거기다 한 사건은 수사계로 정식 신고가 들어온 건이라 잡든 못 잡든 시늉이나마 해야 했지만 다른 건은 쪽팔려 신고조차 할 수 없는, 내가 당해 내가 알고 있는 내 카드 도난 사건이었다.

범인을 대범하다고 봐야 했다. 내가 사는 셰어하우스와 현금지급기는 불과 200미터 거리에 있었다. 내 돈을 빼내간 현금지급기가 하우스랑 가까웠다는 게 나를 더 열받게 했다. 놈은 내 모든 사생활뿐 아니라 동선까지 꿰뚫고 있었고 전혀 겁내지 않았다. 겁을 내야 하는 건 범인이 아니라 오히려 나였다. 운동화, 바지, 장갑, 잠바, 마스크, 모자까지 모두 검정이었다. 돈이 빠져나간 시간대에 지문 조사를 의뢰했지만 관련 없는 사람들만 수두룩했다.

"페라리는 잡았어? 어떻게 돼가?"

팀장이 이른 아침부터 신경을 박박 긁어댔다. 이번 건까지 잘해야 표창을 받는다며 전부 분발하란다. 강력계 경감이 경찰서 홈피에 얼굴이 뜬 이후 부쩍 저 모양이다. 저 경감만 저런지는 몰라도 이 체제가 비교의식을 못 견뎌한다. 자전거 절도도 그렇다. 파출소나 지구대에 넘겨도 될 일이었다. 112에 신고가 접수되면 고르게 배분하면 되는데 팀장은 왜 일이란 일은 싹쓸이 맡아오는지 모르겠다. 명분은 명품 자전거라 작은 사건이 아니라고 하지만 지구대 인원 정도면 충분히 맡을 수 있는 사건이었다.

"안 그래도 아침에 참고인 만나러 갑니다."

승진이든 명예든 팀장 덕에 표창까지 받게 됐으니 총력으로 잡아야 했다.

엊그저께까지 꽃잎 떨어졌는데 5월이 무색하게 한여름처럼 푹푹 찌고 더웠다. 운동을 마치고 집이나 회사로 가는 사람들이 간간이 보였다. 몇몇 사람들은 자전거를 타고 문화센터를 유유히 빠져나갔다. 아침 담당자는 그날 CCTV 오작동을 인정했다. 그날뿐 아니라 이달 들어 몇 번이나 한 번씩 꺼져 전문 업체에 수리를 의뢰해 고쳤는데 그날 그 시간의 고장은 수리한 그다음 날이었다고 한다. 서브 과부하가 원인이었고 CCTV 기계 결함이란다. 수리 점검 담당자의 진술과 기록은 이상이 없었다. 내부 소행이 아니면 외부나 스포츠센터를 이용하는 사람들로 봐야 했다. 김 경장한테 맡길걸 괜히 나섰다가 시간만 낭비하고 있다는 자괴감이 밀려들었다.

발걸음은 방향을 잘못 틀어 어느새 엘리베이터와 반대 방향인 중앙계단을 내려가는 중이었다. 맞은편 벽의 대형 현수막에 백발노인이 함빡 웃고 있었다. 아니, 얼굴만 웃고 있는 게 아니라 몸 전체가 웃고 있는 듯 보였다. 그다음 내 시야에 들어온 건 '염장이'라는 단어였다. 염장이. 죽음 앞에 웃는 면상은 매치가 되지 않는 옷을 입은 것 같았으나 그게 그렇게, 웃을 수도 있을 것 같았다. 죽음을 앞둔 사람은 그저 웃지 않는다.

죽음, 하면 나에게 각인된 얼굴이 하나 있다. 초등학교 겨울 운동장 한 모퉁이로 기다란 볕이 스포트라이트를 비춘다. 아이들에게 둘러싸인 그는 광대뼈가 움푹 튀어나와 눈만 말갛다. 그는 창백한 얼굴빛으로 시종일관 싱글대며 웃었다. 그때는 그의 웃음을 해석하지 못했다. 그의 마지막 웃음을 읽어내기에 나의 나날은 눈부시게 밝았으니까.

해묵은 검정 코트를 입은 그가 우리들을 하나씩 번쩍 들어 하늘 끝까지 올려주었다. 우리는 그 행위가 까무러칠 듯 신나 까르륵대며 웃었으나 부서지는 웃음 사이로 선생이 병들어 죽어가는 줄은 상상도 못 했다.

예술 문화센터 홍보 게시판에서 염장이 역을 맡은 배우는 극을 갈무리하듯 그렇게 활짝 웃고 있었다. 배우는 웃고 있는데 왜 어김없이 심장이 쿵 하고 내려앉는지…… 물컹한 게 가슴 밑에서 차올라 눈까지 따가웠다. 바삐 굴러가다 보면 잊고 살아지겠지, 생각날 틈도 만들지 않는 게 상책인데 골목 언저리에서, 지하철 한구석에서, 인도 먼발치에서 등이 구부러진 백발의 노인들이 불쑥 얼굴을 들이밀었다.

"집 놔두고 웬 셰어하우스? 실적 쌓으려고 그래? 감시수사 들어갔어?" 동료들이 한마디씩 거들었지만 셰어하우스로 이사 온 건 생각의 여지를 만들지 않기 위해서였다. 부모님 돌아가시고 나에게 남은 혈육은 아무도 없었다. 어차피 잠만 자는 집이었다. 동료들은 구질구질하게 살지 말고 결혼하라고 성화지만 이 업이 연애나 할 정도로 한가하지는 않았다. 그렇다고 여자 생각이 없는 건 아니어서 소개팅도 했건만 진득하게 끌어가지 못해 마흔의 고지가 가까워졌다.

각광받지 못하는 고된 업이었다. 하고많은 밥벌이 중에 노인이 선택한 일은 염사였다. 초등학교 들어갈 때까지만 해도 나는 아버지의 직업을 정확하게 인지하지 못했다. 사람들이 아버지를 장의사라고 호명할 때 그건 특별한 무엇이었지 거리낌은 아니었다. 말의 뜻을 알게 되었을 때 내가 맨 먼저 느낀 건 포르말린 냄새였다. 아버지에게서만 풍기는 독특한 냄새, 일을 끝내고 목욕했다고 하지만 아버지의 모든 것에서 그 냄새가 내뿜어져 나왔다. 나는 그 냄새만 유독 맡기 싫었는지, 그 업이 싫었는지, 아니면 둘 다 꺼려졌는지 모르겠다. 아무도 죽음에 대해 가르쳐주지 않았지만 본능적으로 몸이 먼저 알고 반응했기에 그건 내 심층 깊이 똬리를 틀고 앉아 좀체 드러나지 않았다.

조선시대 꼭지도(상여도)의 수장까지 지낸 증조부는 제법 무리를 이끌고 독립군의 지원도 아끼지 않았다고 하지만 가문의 내력을 더듬어 추종하거나 거슬러 가고 싶지 않았다. 아버지는 대단하게 뻐기지 않았으나 그렇다고 우습게 여기지도 않았다. 가문 대대로 물려받은 업을 묵묵히 감당할 뿐이었다. 나에게 단 한 번도 이 업을 물려받으라고 강요한 적이 없는 걸 나는 다행으로 여겼다. 나에게서 조상 대대로 내려오던 업을 감당할 싹수가 보이지 않았음을 일찍이 간파했다고 봐야 했다.

자전거를 세워두는 거치대 옆에는 장애인 전용 주차 공간이 자리 잡고 있었다. 며칠 사이 비가 내린 흔적이 없었기에 바퀴자국을 어렵지 않게 찾을 수 있을 것 같았다. 범인이 승합차나 택배차를 세우고 훔쳐 갔다면 충분히 가능한 일이었다. 자전거 20대를 세울 수 있는 공간 끝은 막다른 벽이었고 승합차가 장애인 전용도로에 서 있었다면 주변으로 자전거를 싣고 가는 걸 볼 수가 없었다. 감정 조회 결과 바퀴자국은 스타렉스 차량으로 밝혀졌다. 그 시간대에 자전거를 세워둔 사람들을 찾아 스타렉스를 본 적이 있는가를 추적해야 했다. 페라리 주인은 자기 자전거 말고 거치대에 열 대 정도의 자전거가 세워져 있었다고 증언했다.

노트북 도난 건은 가볍게 해결되었다. 주차된 승용차 블랙박스 영상에 창가 쪽 자리 피해자 노트북을 슬쩍 가방에 넣는 범인이 찍혀 있었다. 노트북 절도범은 초범이 아니었고 강남 일대 노트북 도난 사건의 대부분도 이 절도범의 소행이었다. 부서에서는 포상금 나왔다고 조금은 들뜬 분위기였지만 나는 여전히 씁쓰레했다. 페라리 자전거도, 내 카드 훔친 놈도, 아직 답보상태였다.

4차까지 갈 생각은 없었는데 어쩌다 보니 김 경장과 나만 남았다. 평소 말이 없던 김 경장은 주절주절 푸념 섞인 얘기들을 쏟아놓았다.

"전 요즘, 경찰도 아니다 싶어요. 경사님은 이렇게 실적이 좋은데 저 이러다가…… 경찰은 범인을 잡아야 하잖아요. 처음 경찰관이 될 때만 해도 대한민국의 모든 범죄를 소탕한다는 각오였는데 뛰는 놈 위에 나는 놈 있다고……

우라질, 잡아도 사건은 한정없이 늘어만 가고 저는 지쳐만 가네요. 경찰이 범인 잡았다고 표창장과 포상금 받는다는 게 어찌 보면 우스운 일이죠? 범인 잡는 게 업이니 당연히 잡아야 하지 않는가, 못 잡으면 병신이죠. 그러려고 국민 세금으로 월급 받는 게 아니라고요."

초임 시절, 내가 술자리에서 푸념을 쏟아낸 대사 그대로 김 경장이 읊어댔다. 경찰이라면 누구나 겪는 일이었기에 나는 그에게 소주잔을 들이대며 묵묵히 받아주었다.

기분 잡치는 일이 연거푸 나를 우울하게 했다. 강력계 형사가 성폭행범과 추격 중 칼에 찔려 사망한 일은 우리를 경악하게 했다. 작년에 경장이 된 새내기였다. 우리 부서는 아니었지만 몇 번 술자리도 함께한 같은 관할 경찰 동료였다. 이제 갓 돌 지난 아이의 아빠라서 더 마음이 짠하고 애석했다. 이런 일의 당사자가 내가 아니란 보장이 없기에 빈소에는 많은 동료가 찾아와 위로를 아끼지 않았다. 초췌한 피해자 가족의 얼굴을 바라보는 건 형벌이었다. 경장의 아내는 손가락만 대도 바로 쓰러질 것 같았다. 마를 대로 말라 뼈밖에 없는 몰골이 위암으로 돌아가신 어머니 얼굴마저 떠오르게 했다. 강력계 경감은 눈이 퉁퉁 붓도록 꺽꺽 울어댔다. 직속 부하니 통감하고 비통한 심정이었을 거다.

소복한 여자의 얼굴과 어머니 얼굴이 자꾸 겹쳐서 속까지 쓰라렸다. 나는 어머니 임종을 지키지 못했었다. 병환

이 깊어 예상은 하고 있었지만 막상 닥치니 하늘이 깜깜하다는 말이 실감 났다. 경장의 아내도 남편의 마지막을 함께 하지 못했다. 나는 예상이라도 했건만 아침 인사가 하직 인사가 된 경장 아내의 슬픔을 어느 누가 알겠는가. 아버지는 네 엄마, 편하게 갔다, 하고 말하며 나를 안심시켰지만 아버지도 제정신이 아니긴 마찬가지였다. 소화가 자주 안 돼 위염인가 하고 병원을 찾았다가 암 말기라는 판정을 받았고 6개월 만에 어머니는 돌아가셨다.

뚜껑이 열린 관 속은 색색의 종이꽃으로 가득했다. 빨간 장미 꽃잎으로 아버지는 십자가 모양을 장식했다. 아버지의 손이 더디고 가늘게 떨고 있었다. 임종을 지키지 못한 미안함에 꺼이꺼이 우는 나를 세워두고 아버지는 어머니 가시는 길을 준비했다. 지방 근무였고 그날따라 핸드폰이 고장 나서 불통이었다. 주체할 수 없는 눈물 사이로 그나마 안심이 된 것은 아버지가 어머니 곁을 지키고 있어서였다.

어머니는 하얀 도포에 싸여 있었다. 하얀 천 자락이 미처 덮지 못한 부분에 버선을 신은 두 발이 꽁꽁 묶여 하늘을 향했다. 왠지 모르게 어머니가 떠나지 못하고 나를 기다리고 있는 건 아닐까, 하는 생각이 불현듯 들어서 나는 고개를 들어 어머니가 계실 곳을 더듬어 찾았다. 몸을 떠난 혼백은 바로 가지 않는다고 아버지께 들었던 것 같다. "문상 가면 곡비처럼 울지는 못해도 슬피 울어주어야 한다, 혼백이 자신을 애도하러 온 사람들을 다 보고 가니까 말이다." 아버지는 경건한 의식을 행하듯 어머니의 얼굴을 향해 말했다. "여보, 경민이 얼굴 봤으니 편히 가…… 아무 걱정 하지 말고…… 나도 곧 따라가리다." 어머니의 얼굴을 천으로 덮는 아버지의 표정은 굳어 있어도 더듬는 손이 아버지의 심정을 말해주고 있었다. 마음이 한결 차분해졌다. 마침 옆에서 어머니가 나를 지그시 내려다보며 내 손을 만지는 것 같았다.

추격 중 몸싸움이 벌어졌고 경장은 흉기에 몇 번이나 찔렸다고 했다. 억울하고 분통 터지는 죽음이었다. 경장의 아버지는 이 부분을 말할 때 목이 메어 숨을 쉬기조차 어려워하며 울었다. 어쩌면 내가 강력계에 들어가지 않는 진짜이유를 오늘 사건이 말해주고 있는지도 몰랐다. 시간의 누적처럼 죽음은 공기를 마시듯 가까이 있었고, 아버지를 통해 항시 확인해야 했기에 나는 그걸 받아들이기보다 피하며 산 건 아닐까.

페라리가 돌아왔단다. 멀쩡하게. 원래 있었던 자리로. 자전거에 도난방지 기능도 부착하고 자물쇠도 단 채 그 자리에 얌전히…… 주인 남자는 호들갑을 떨며 흥분조로 말했지만 일주일 내내 뛰어다닌 나는 뭐란 말인가! 바쁜 경찰 갖고 노는 것도 아니고, 경찰에 대한 예의가 없는 아주 싹수없는 놈이었다. 훔쳐 갔으면 그걸로 끝이지, 왜 도로 갖다 놓았단 말인가.

신고자가 물건을 찾았으니 응당 좋아해야 하는데 왜 이리 성질이 뻗쳐오르는지, 다 잡은 물고기 놓친 꼴이었다. 스타렉스 최종 추적 단계였다. 스타렉스 운전자를 심문해 족치면 뭐라도 나올 게 틀림없었다. 이런 맥 빠지는 일이 생길 줄이야. 자전거 건은 이런 개고생할 줄 알고 처음부터 맡지 않으려고 했던 거다. 정말로 오늘 같은 날은 아무 일도 하기 싫어 샌드백을 치든지 누군가 붙들고 마구 떠들어야 다소 살 것만 같았다.

셰어하우스 범인도 진짜 간 큰 놈이었다. 어떻게 경찰서 은행 CD기에 몰카를 달 수 있나, 심지어 카드를 집어넣는 곳에 복제까지…… 그날 4차 간 자리에서 김 경장이 얼마 전 자기 계좌가 털렸다고 말한 게 결정적 증거였다. 김 경장도 혼자 범인을 찾던 중이었다. 다만 쪽팔려 나처럼 말하지 못했을 뿐이었다. 당연히 경찰서 사람들은 가까운 CD기에서 현금을 출납할 때가 많았다. 내 카드 비번은 그때 이미 노출되었다.

더욱 나를 경악하게 한 것은 놈의 동선이었다. 셰어하우스 가까운 현금지급기에서 돈을 인출한 것에 나는 주목했다. 다른 곳에서도 얼마든지 돈을 빼낼 수 있는데 김 경장의 돈도 내 돈도 같은 현금지급기에서 빠져나갔다. 우연이라고 말하기에는 너무 구린내가 났다. 이따금 김 경장과 현장에 같이 파견될 때가 있었지만 아무 근거 없이 무턱대고 같은 현금지급기를 사용하지는 않았을 터였다. 카드를 버린 곳도 현금지급기와 셰어하우스와 가까운 곳이었다. 자전거도 돌아왔고, 노트북 일당도 잡아 조금은 숨을 돌릴 수 있어 김 경장과 나는 잠복근무에 들어갔다. 내 감이 맞는다면 범인은 이번에도 같은 현금지급기를 사용할지 몰랐다.

여름비를 알리는 비가 세차게 내렸다. 바람만 부는 게 아니라 천둥번개까지, 차 안에 있는데도 거센 빗줄기에 차량 지붕이 뚫릴 것 같았다. 6월 초입이었지만 내리는 비는 장대비 같았다. 문을 열지 못하니 차 안은 온갖 냄새와 습기가 어우러져 마음마저 심란하게 만들었다. 잠복 3일째였다.

"우리 돈은 날아갔다고 봐야겠죠?"

나는 대답 대신에 고개를 끄덕였다. 김 경장은 나보다 몇 배나 더 손해를 본 모양이었다. 사귀는 아가씨가 있으니 결혼자금일지도 몰랐다.

사이드미러 사이로 사람의 형체가 보였다. 비바람에 꺾어진 우산을 쓰고 한 여자가 여성 셰어하우스 쪽으로 들어갔다. 옷차림으로 봤을 때 업소 아가씨가 아닐까 하는 짐작이 들었지만 여자치고는 꽤 키가 컸다. 새벽 4시가 넘어가고 있었다. 30분쯤 지나자 여성 전용 하우스에서 검은 옷차림의 모자를 쓴 남자가 현금지급기 쪽으로 가고 있었다. 어깨 골격, 운동화에서 모자까지, CCTV에 찍힌 남자와 흡사했다.

"김 경장, 저번에 CCTV 찍은 영상 돌려봐."

"경사님, 거의 일치합니다."

"튈지 모르니 내가 신호하면 바로 덮쳐."

범인을 검거하고 놀란 건 범인이 여자였다는 것, 적나라하게 까발리면 전에는 남자였는데 지금은 트랜스젠더로 여자라는 점이었다. 나를 보자마자 여자 목소리로 "어머머, 오빠, 왜 이래요!"라며 간드러진 목소리로 샐쭉한 표정을 짓는데, 한 대 쥐어박을 수도 없고 정말 어이가 없었다. 세 명의 일당이 모두 트랜스젠더였고 그 세 명이 여성 전용 셰어하우스에 함께 살고 있었다니!

팀장은 그동안 우리가 겪은 심적 괴로움은 아랑곳없이 김 경장과 나를 앞장세우고 사진을 찍으며 호들갑을 떨었다. 이렇게 일을 찾아서 하는 부하들 덕에 자신은 경찰로서 자부심을 느낀다며 더할 나위 없이 이 직업이 자랑스럽다고 떠들어대었다. 범인들은 이미 돈을 다 써버렸건만 팀장은 그 부분에 대해서는 묵비권을 행사했다. 김 경장과 나는 쓴 소주를 밤새 들이켰다.

어머니 염습을 마지막으로 아버지는 장례 일에서 손을 뗐다. 장례업계에서는 꽤 알려진 실력이라 몇 번 의뢰가 들어왔어도 아버지는 단호히 거절했다. 나도 바라던 바라 더 이상 아무 말도 하지 않았다. 젊은 경장이 범인 검거 중 억울하게 죽은 얘기를 듣고는 장례 얘기를 몇 년 만에 처음 꺼냈다. 수의는 무엇으로 했으며 염습은 어떻게 했는지, 장례를 통해서나마 조금이라도 위로가 되고 예의를 다해줘야 한다는 취지였다. 그러면서 언젠가 살인자의 장례를 치러준 일과 자살한 여자의 장례 얘기를 꺼냈다. 살인자의 장례는 아버지가 모르고 맡았고, 자살한 여자의 장례는 아무도 맡지 않으려는 걸 아버지가 손수 맡았다고 했다.

"오랜 경험에서 비롯된 거였지. 시신은 몸 관리에 신경 써서 60세인데도 체격은 40대로 여겨질 만큼 다부졌어. 사인은 뇌진탕이었고 두개골이 움푹 팰 정도로 깨져 있었어. 양 갈비뼈도 거의 다 부서졌고. 멀쩡히 운동 갔다 와서는 집 자물쇠가 고장 나 배관 타고 5층까지 올라가다가 떨어져 즉사했다고, 그 아파트 경비가 조문 와서 사람 사는 게 허무하다며 몇 번이나 무상함을 쏟아놓더군. 한평생 조심하면서 몸 관리했다는데 그렇게 어이없이 간 거지…… 죽는 건 순서가 없는 거니까…… 하지만 범인의 얼굴을 보자마자 대번에 알았지. 이 사람이 어떻게 살아왔는지, 살기 가득한 얼굴이었어. 몸은 다부질 정도로 관리했는지 모르지만 그 얼굴은 사람 여럿 죽인 얼굴이었어. 장례식 중간에 알게 되었지만 교도소에도 여러 번 들락거렸대. 죽음 앞에서 차별할 수 없었기에 죄를 닦듯 몸을 닦고 닦았어."

아버지가 자진해서 맡은 장례는 아버지와 아무 연고도 없는 사람이었다. 여자의 죽음은 자살이었다. 동네에서는 얄궂은 죽음을 두고 말이 많았다. 버림받은 여자는 죽어서도 버림받을 형편이었다. 시체가 썩어들어가 당장 장례를 준비해야 하는데 마을의 목사도 장례를 집전하지 않는다고 통보를 해왔다. 사유는 자살이었기 때문이다. 신이 준 목숨을 자신의 임의대로 처리했기에 목사는 예식을 하지 않는다는 거였다.

아버지는 그 얘기를 듣자마자 달려갔다고 한다. 오죽 살기 힘들었으면 자살을 했을까마는 죽은 뒤에도 버려진 취급을 받아 그녀는 그냥 거적때기에 둘둘 말려 묻혀야 할 판이었다. 저수지에 빠져 죽은 시신은 퉁퉁 불어 차마 볼 수가 없었다고 했다. 한 서린 눈물을 견디지 못해 몸이 눈물을 온통 머금은 것 같아 가장 좋은 꽃으로 그녀의 가는 길을 축복해주었다는 얘기와 함께 여자의 부모가 아버지의 손을 잡고 그렇게 울더라는 얘기를 들었을 때 나는 왠지 모르게 아버지의 업이 부끄럽지 않게 느껴졌다.

카드 도난 사건 이후로 나는 셰어하우스를 조용히 나왔다. 아직도 그들은 내 정체를 모른다. 마지막에 소주 한잔 하면서 털어놓을까도 싶었지만 말해봐야 무슨 소용이 있을까, 떠나면서 불편함을 남기는 것 같아 '떠날 때는 말없이'를 따랐다. 경찰서 근처에 집을 구할까 생각이 들지 않은 건 아니었지만 집으로 돌아가야만 할 것 같은 그 무엇이 나를 옛집으로 이끌었다.

문패는 시간의 자취를 안고 집과 함께 닳아 있었다. 이 집을 사고 아버지는 행복해서 울었다고 했다. 문패를 달았을 때 아버지의 기뻐하는 모습을 그려보았다. 오랫동안 사람이 살지 않던 집은 서늘한 그림자로 꽉 차 있었다. 문을 열자마자 시간의 침묵들은 달아나고 익숙한 사물들이 하나둘 눈에 들어온다. 아버지 장례 치르고 바로 짐을 싸서 나온 집이었다. 공과금은 은행 이체로 돌려놓고 한 번도 찾아오지 않았던 것 같다. 부동산에서 매매와 세입자를 주선하는 전화를 몇 번 받았지만 팔지 않는다는 말을 몇 번 하자 그마저도 소문이 퍼졌는지 연락이 오지 않았다.

안방 문을 열자 공기 전체가 아버지 냄새다. 내 기억 속 냄새인지도 모른다. 곳곳에 기억들이 배어 있다. 어머니 임종 때처럼 아버지의 임종도 나는 지키지 못했다. 역시나 범인들 잡느라 전국을 돌아다닐 때였다. 어머니의 마지막은 아버지가 지켰고 어머니의 염습도 아버지가 직접 했지만 아버지의 마지막 염습은 타인의 손에 맡겨져야 했다. 나는 그게 안타깝고 서러웠다.

"잠자듯이 가는 거다." 아버지가 자주 말했듯이 깊은 잠을 자는 표정이었다. 두 장의사가 빠른 손놀림으로 아버지를 천으로 꽁꽁 묶었다. 숙달된 그들의 손동작에 아버지는 아무 저항도 하지 않는다. 평생 죽은 사람을 염습하며 살았던 저 두 손은 수줍은 소녀처럼 가슴에 포개어 있다. 아버지는 언젠가 자신에게도 이런 날이 올 것을 늘 알고 있었으리라. 아무 유언도 없었던 아버지. 당신 말대로 자듯이 간 거였다.

겹겹의 천들에 둘러싸여 아무 말이 없다. 마치 이날이 오기만을 기다리고 기다리며 작정한 듯하다. 어머니를 만날 날만 손꼽아 기다리며 기대했기에 그랬을까. 평상시 유언처럼 "장례에 많은 비용 들이지 말고 수의는 삼베로 가장 소박하게 해라. 장례에 쓸 돈 있으면 어려운 사람 도와주고."라고 했지만 나는 마지막에도 아버지의 말을 따르지 않았다. 한평생 시체를 만지며 남 좋은 일에 자신을 바친 아버지였다. 이번만은 아버지도 최대한 대접을 받게 하고 싶었다. 나는 장례 플래너에게 최고 좋은 것으로, 아버지가 편히 주무실 수 있게 해달라고만 거듭 부탁했다.

푸른 하늘을 향해 꽃상여가 너울거린다. 바람을 타고 꽃상여도 춤을 춘다. 아버지가 양팔을 들어 춤을 춘다. 평생 타인의 마지막 길 꽃단장하다가 오늘은 아버지가 꽃단장한 날이다. 아버지가 하회탈처럼 웃는다. 저 좋은 곳에서…… 방울 소리를 울리며 상두꾼이 선창한다. 가을바람에 상엿소리가 말간 하늘을 향해 구슬프게 퍼져간다. 들판을 지나 산길을 따라 어머니가 계신 장지를 향해 꽃상여가 간다. 누군가 장례식장에서 말했다. 혼魂은 꽃상여에 담아 하늘로 올리고, 백魄은 곱게 땅에 묻는 것이 인생이라고.

딸랑딸랑.

오래전 아버지의 아버지, 또 아버지의 아버지가…… 그들이 간 길로 아버지가 가고 있다.

세상이 좋아지면 나는 직업을 잃게 될 것이다. 세상이 좋아진 때는 더 이상 범죄와의 전쟁을 치를 필요가 없는 날이다. 그러나 아버지의 업은 영원히 존속될 것 같다. 태어난 인간은 누구나 반드시 죽기에, 아버지의 업은 세상이 좋아져도 계속이다.

고래를 찾아서

박의 시선이 수평선 끝에 멈춰 있다. 반나절 내내 눈을 부릅뜨고 푸른 너울을 좇아가 보아도 아물대는 빛의 파장만 돌아올 뿐 놈은 좀체 모습을 드러내지 않았다. 선상 지지대를 잡았다 놓은 박의 손가락이 가늘게 떨렸다. 귓가에는 조금 전 출발한 뱃고동 소리가 여음으로 떠돌지만 눈앞에는 3층 야외 테라스까지 빼곡히 사람들로 벅적거렸다. 그들은 뱃고동 소리도 놈의 출현도 별 상관없이 그저 이 순간을 즐기는 게 중요한 듯 보였다. 단체 견학을 왔는지 박의 연배로 보이는 노인들 몇십 명과 족히 백 명이 넘어 보이는 30대의 주부들과 유치원생들, 청년들로 크루즈는 만원이었다.

놈을 보기 위해 선박은 꽤 여유를 갖고 해안가를 빙빙 돌았다. 등대와 주변 해안 8.5마일을 크루즈선은 두 시간째

돌고 있었다. 놈을 만나기 위한 세 시간 코스였다. 승객의 지루함을 달래주러 선실 모퉁이 스피커에서 아이돌 그룹의 춤곡이 시끌벅적한 사람들 사이를 비집고 흘러나왔다. 모두가 놈을 보러 왔다고 하지만 그들의 진짜 속내는 봐도 그만이고 보지 않아도 그만이었다. 새파란 보자기를 이어놓은 하늘과 바다에는 바다 갈매기 한 마리 얼씬도 않고 오직 무심한 햇살만 바다를 향해 낙하를 반복했다.

손등으로 햇빛을 가리던 박이 눈살을 잔뜩 찌푸렸다. 오늘도 허탕이라는 실망감에 박의 속은 조금씩 타들어 갔다. 담배 한 개비를 피우려 바지 주머니를 뒤지다가 식탁 위에 두고 나온 것이 떠올랐다. 연안을 코스 하나 벗어나지 않고 다람쥐 쳇바퀴 돌듯 크루즈선이 물결과 함께 넘실거렸다. 크루즈선의 한없는 늦장에 박은 조급증이 가슴 한 언저리에서 치밀어 올랐다. 아무리 운항 실력이 뛰어나다고 하는 선장이라도 박한테는 애송이에 불과했다. 이대로 맥없이 돌아갈 수는 없었다. 박은 성큼성큼 조타실을 향해 걸어갔다. '일반인 출입 금지'라는 빨간 글자들을 아랑곳하지 않고 조타실 문을 밀치고 들어갔다. 선장은 바다를 향해 망원경을 들이밀고 있었다. 덩치 큰 사무장이 볼썽사나운 표정을 지으며 박을 쳐다보았다.

"할아버지, 여기 아무나 들어오는 데가 아니라고 몇 번 말했습니까? 빨리 나가주세요? 예!" 사무장이 볼멘소리를 해댔다. 박은 뱃머리를 해수욕장 쪽으로 당장 돌려야 한다고, 수온이 올라갔다고 큰 소리로 호소했지만 그들은 박의 말을 귓등으로도 듣지 않았다. 제복을 입은 또 하나의 직원이 박의 양 옆구리를 잡더니 문 쪽으로 떠밀다시피 데리고 나갔다. "계속 이렇게 업무 방해하시면 곤란합니다. 저희도 신고할 수밖에 없어요." 제복이 묵중한 목소리로 위협하듯 말했다. 박이 쫓겨 나갈 때까지 선장은 미동도 않고 망원경으로 바다만 주시했다.

조타실을 나온 박은 조타실 문 입구에서 발을 뗄 수가 없었다. 아니 발이 떨어지지 않았다. 크루즈선을 모는 선장의 실력을 무시해서가 아니었다. 자동항법장치니 레이저 음향탐지기니 백날 해봐야 소용없는 노릇이었다. 요즘은 컴퓨터 기계로 어지간한 고기 떼의 움직임을 포착한다는 것쯤은 박도 익히 알고 있었으나 그에게는 그저 기계일 뿐이었다. 기계가 뛰어난들 사람의 감각을 따라갈 수는 없는 거였다. 바다에서 몇십 년을 통해 얻은 경험과 노하우였다. 산 경험으로 터득한 경력을 누가 따라갈 수 있단 말인가.

오늘도 놈을 만나기는 다 틀렸다는 낭패감으로 박은 허벅지에 힘이 쭉 빠졌다. 크루즈선에서 내리자 오후 4시가 넘었다. 바다에서 불어오는 바람과 섞여 달착지근한 냄새가 코끝에 풍겨오자 박은 대번 냄새의 정체를 알아챘다. 부둣가 창고 앞에서 비를 가릴 정도의 천막을 치고 뚱보 할멈이 늘 고래 고기를 삶았다. 손님이 많을 땐 아침과 오후 해거름 무렵, 두 번 삶았다. 크루즈선이 운항하는 날이니 늦은 시간에도 고기 냄새를 맡을 수 있었다. 이 할멈 집과 서너 군데를 빼고는, 고래 고기라고 하지만 거의 냉동 고기였다.

수완이 좋은 할멈이었다. 통발 그물에 걸린 고래라고 손님들에게 나발을 불었지만 박은 짐작 가는 바가 없지 않았다. 그나마 수십 군데 생긴 고래 고기 식당 중 이 집이 제일 나은 편이었다. 다른 식당에서는 상괭이*가 고래로 둔갑해 나왔다며 할멈이 혀를 차고 했었다. 오늘도 소문을 듣고 고기를 사러 온 손님의 마땅찮은 질문에 할멈이 성질을 버럭 낸다. "냉동 괴기 같은 건 우리 식당에서 취급 안 한께요 싼 거 먹을라면 그리로 가보소!" 도마 위로 고기 썰던 손을 바삐 놀리며 할멈이 박을 힐끔 쳐다봤다.

고기 몇 점에 막걸리를 걸쳐보지만 박은 도무지 옛날 맛 같지가 않다. 포구 건너편 해부장에서 큰 칼잡이 작은 칼잡이들이 칼질하던 때가 엊그저께처럼 여겨지기만 했다. 놈의 뜨거운 몸에서 김이 피어오르면 칼잡이들은 서슴없이 놈을 난도질했다. 가마솥에 삶은 내장과 살코기를 동기들과 소금에 찍어 먹던 달큼한 맛을 박은 아직 잊을 수가 없었다. 고래를 못 본 걸 눈치챘는지 뚱보 할멈이 한소리 거든다. "박씨 어르신요, 오늘도 고래 못 본 기라. 괴기 한 점 먹는 것으로 위안 삼으소. 크루즈는 마 인제 그만 타고…… 뱃삯도 무시 못 한께." 뚱보 할멈이 방금 뜯어낸 고래 갈빗

---

* 물돼짓과의 포유류. 물까치, 쇠돌고래라고도 함.

살을 박에게 건네며 몇 마디 알은체했다.

옛날 소학교가 있던 야산 언덕으로 박은 걸음을 재촉했다. 선상에서 시작된 갑갑증이 좀체 풀리지 않은 탓이었다. 고래 고기에 막걸리까지 몇 잔 걸쳤지만 술이 취하기는커녕 싱숭생숭한 기억들로 울화증이 끓었다. 야산 정상에 서면 수평선을 마주 보기 한 항구가 한눈에 들어왔다. 산 중턱 너머까지 공장 창고와 트럭들로 산이라고도 할 수 없는 야산이었다. 이제는 거의 이사하고 사람들은 살지 않았다. 박의 뒤편으로 먼지를 날리며 트럭 한 대가 무지막지하게 달려오면서 지나갔다. 야산 왼편에는 바다를 끼고 조선소 골리앗 크레인의 횡렬이, 오른편에는 무수한 화학공단의 굴뚝과 정유공장 탱크가 즐비했다. 공장 탱크가 있던 자리는 해체장이 있던 곳이었다. 엄청나게 큰 고래는 포구까지 들여놓지 않고 바로 저곳에서 고래를 해체했었다. 많은 사람들이 이곳을 떠났지만 이 야산만은 마을을 꿋꿋이 지키며 오랜 시간 이 얄궂은 변화들을 지켜보아온 셈이었다.

항구는 바다에서 강과 나누어지는 경계선을 지나 깊숙이 포구로 들어와 천혜의 항구로 일찌감치 자리매김했으나 박이 찾는 항구는 없었다. 몇십 대의 포경선이 깃발을 휘날리던 그 포구는 기억 속에만 살아 꿈틀거렸다. 지금은 몇 척의 데구리선*과 엔진이 부착된 소형어선들이 멸치와 잡

---

* 나포한 일본 어선.

어들을 실어 나르는 정도였다. 몇 년 전 완공한 대교 위로 수십 대의 차량이 지나다녔다. 대교 아래 항구 건너편 산으로 나룻배를 타고 가던 나날들이 박의 눈에 펼쳐졌다. 나룻배를 타고 정을 나누며 건넛마을 소식을 전해 듣던 순박한 사람들이 살았던 고향은 온데간데없고 고래 특구를 이용하여 돈을 벌려는 상인들의 상점으로 선창은 채워졌다.

사람들에게 잊힌 고래를 살리고 사라진 항구를 살려놨다고 구청은 홍보했으나 마을 사람들은 여전히 서러웠다. 고래 박물관 주위로 고래 조형물들이 고래의 흔적을 나타내주고 있지만 마을 사람들이 기억하는 고래는 어디에도 없었다. 컨테이너 박스 앞에 고래 모양의 풀빵을 산다고 줄지어 서 있는 사람들의 모습은 고래의 그리움만 더욱 증폭시켰다. 유일하게 살아 있다면 고래 수족관에 있는 돌고래세 마리였다. 일본서 들여온 세 마리의 돌고래가 묘기를 부리면 아이들과 어른들이 아우성을 질러댔다. 하지만 박에게 돌고래는 고래 축에도 못 끼었다.

박의 시야에 박제된 성진호가 들어왔다. 마지막 포경선인 성진호가 박물관 옆에 전시돼 있다. 강 포수는 죽고 포경선만 남았다. 그는 고래잡이의 전설적 인물이었다. 강 포수를 본떠 모형 인간이 포를 쏘고 있는 자세를 취하고 있다. 사람들이 그 포수 곁에서 포즈를 취하고 사진들을 찍느라 분주하다. 그 옆에는 따개비가 덕지덕지 붙은 귀신고래의 모형도 서 있다. 모형이라고 하지만 금방이라도 살아 움직일 것같이 잘 만들었다. 옆에는 귀신고래를 찾는다는 현수막이 펄렁거린다. 구청에서는 귀신고래를 찾는 사람에게 포상금을 주겠다고 약속했지만 귀신고래는 씨가 말랐는지 지금껏 아무 소식이 없다. 야산 꼭대기에서 포경선의 포를 뚫어지게 바라보는 박의 눈가가 그늘진다.

통화음이 자지러져 박은 주머니를 뒤지다 폰을 떨어트릴 뻔했다. 딸이었다. 폴더를 열자 딸의 애절한 목소리가 들려왔다. 언제 올라올 거냐며 딸이 재차 묻는다. "곧 올라가야지." 박은 건성으로 대답한다. 기약 없는 막연한 대답에 딸이 채근한다. 엄마도 없는 집에서 아버지 혼자 무얼 하느냐는 딸의 질문에 박은 울컥해진다.

몇 년 전, 박의 아내는 이곳에 내려와 숨을 거두었다. 이곳을 다시 찾아오리라곤 생각도 못 했었다. 떠날 때 너무 힘들었기에 이쪽은 돌아보지도 말자던 박이었다. 하지만 췌장암에 걸린 아내 때문에 20년 만에 이곳을 다시 찾았다. 아내는 남도 섬 출신이고 박은 이곳이 고향이었다. 말은 안 해도 아내는 박의 심중을 누구보다 잘 알고 있었다. 사실 아내의 병은 핑계였는지도 몰랐다. 딸은 올라오라고 하지만 딸과는 살 수 없는 게 박의 형편이었다. 사위가 지금은 살갑게 잘 대해주나 함께 살다 보면 달라질 수도 있었다. 괜히 박 때문에 딸이 곤란해지는 것도 싫었고, 딸이 사는 근처 요양원으로 갈 바에야 아내의 흔적이 있는 이곳이 그나마 더 나았다.

포경선을 타는 게 유일한 꿈이던 시절이었다. 70년대 초에 조선소가 들어설 때만 해도 포경을 그만두리라는 생각은 그 어느 누구도 하지 않았었다. 공장은 공장이고 포구는 포구였다. 아무리 해안선에 공장이 들어선다고 하지만 자자손손 고기를 잡고 살아온 사람들이었다. 외지 사람들이 공장으로 몰려들었지만 고래 포구는 성황이었다. 포구의 비릿함을 싫어하는 사람들이 외지 사람들이었다. 박은 그 비릿함이 살아 있는 냄새, 사람 사는 냄새라 여기며 포구를 누비고 다녔다. 비릿함은 밥벌이고, 박과 이곳 사람들을 살게 만든 냄새였다. 이 비릿함 가득한 포구에서 박은 하루를 시작하고 하루를 마감했다.

　어느 날 난데없이 정부는 국제 포경위원회 어쩌고 하면서 상업 포경 금지령을 선언했다. 박뿐만 아니라 고래로 밥벌이하며 살던 사람들은 이해가 가지 않았다. 고래를 보호한다며 국제 협약을 따른다고 하지만 왜 우리나라가 그 조약을 지켜야 하는지 도통 알 수가 없는 노릇이었다. 일본과 유럽에서 고래를 버젓이 잡고 있기에 몇 달 떠들다 말겠지, 하고 대수롭지 않게 넘겼다. 포구 사람들 중 어느 누구도 심각하게 받아들이지 않았다. 해경이 부둣가로 들이닥쳐 포경선에 가드레일을 치자 사람들의 긴장한 눈빛에 핏발이 섰다. 시청을 찾아가고 청와대를 찾아갔지만 높으신 분들이 싸잡아 동물 학대자로, 생태파괴자로 몰아가는데 두 손을 들어야 했다. 장 포수와 10년 동안 돈을 모아서 산 포경선이었다. 조업 금지라는 통보를 받고도 5년을 한 치도 의심하지 않고 조업 규제가 풀릴 날만을 손꼽아 기다렸다. 만 명이 넘던 마을 사람들이 대부분 다 떠나고 이천 명도 남지 않게 될 즈음 조업 해제 대신 돌아온 것은 '석유화학공단 주변 환경오염지구'라는 오명이었다.

동풍이 불었다. 해무였다. 새벽에 이렇게 안개가 잔뜩 긴 날은 만선일 경우가 많았다. 바다에 안개야 다반사지만 새벽안개가 짙은 날은 풍어를 안겨주었다. 일찍 눈을 뜨면 박은 포구 주변을 도는 게 하루의 시작이었다. 달리 할 일도 없는 데다 오랜 습관이 새벽에 눈을 뜨게 했는지도 몰랐다. 두어 척의 배가 출항을 준비하고 있었고 한 척의 어선이 안개를 가르며 새벽을 깨웠다. 모든 것이 살아 움직이는 순간을 바다만큼 실감 나게 보여주는 건 없었다. 슬그머니 안개가 비껴간 자리 끝에서 이글거리던 생명이 금빛 바다에서 뛰놀았다. 비린내를 머금은 바람이 폐의 깊숙한 자리까지 내려가면 박은 왠지 모를 기운에 의욕이 차오르곤 했다.

박의 걸음이 주춤했다. 마을회관 옆 국밥집에서 해장하려던 참이었다. 마을회관 앞마당에 아침부터 눈에 띄는 사람들이 있었다. 고래 포수로 꽤 이름을 날리던 김 포수였다. 그 옆에는 조 포수랑 몇몇 노인들이 평상 마루에 화투판을 벌였다. 그들 사이로 걸터앉은 노인네들의 고! 고! 소리가 쩌렁쩌렁 울렸다. 마음속으로는 한심한 노인네들이라고 말하면서도 발걸음은 그쪽으로 자꾸 당겼다. 화투를 칠 생각은 없었다. 그곳에 동락을 함께한 이들이 있다는 게 이유라면 이유였다. 양손으로 화투패를 잡고 눈은 화투판에 박혀 있었지만 입은 옛날의 시간에 머물러 기억을 타고 해무가 피어오르듯 피어올랐다.

"야, 그때만 해도 잘나갔다! 잘나갔어!"

"하모, 그걸 말해 뭐하노, 몇 급 공무원도 안 부러웠재."

"와, 늦봄에 감포에서 잡은 참고래 말이다. 니 생각나나?"

"그때 김 포수가 8백 벌어 아파트를 두 채 샀다 아이가?"

"맞다, 니 잘 기억하네."

"그때 그놈이 20미터 넘었다 아이가. 마, 해부장에 안 들어가서 무지 애먹었다 아이가. 그때 반 잘라서 나눈 것 기억난데이."

"맞다, 맞다! 그때만 해도 부러울 게 없었재."

노인들의 몸뚱어리는 지금 화투판에 있는데 그들의 혼은 수십 년 전 기억 속에서 살아 움직였다. 아스라이 지나간 기억들이 생생하게 살아나자 노인들의 눈빛은 먼바다의 고래를 찾아 나섰을 때의 눈빛으로 돌아와 있었다. 유체이탈로 목숨을 이어가는 그들처럼 박도 다를 바가 없었다. 어느 누구도 알지 못하는 시간을 그들만이 공유했기에 박은 오늘도 화투 한 장 잡지 않았지만 그들의 대화에 썰물처럼 빨려 들어갔다.

붕~붕~ 웅장한 화물선 출항이 바닷길을 잠식했다. 자동차를 잔뜩 실은 거대한 선박들이다. 요즘은 저 화물선들이 이 지역을 벌어먹여 살린다고 누군가가 말했다. 전국에서 몰려온 구직자들로 이곳은 산업 터전의 메카가 되었고 작은 포구 마을의 고래잡이들은 빛바랜 사진첩에 갇힌 채 박물관에 사장되었다. 자동차를 실은 화물선에 생명이 없다고 여겼기에 박은 출항을 알리는 기적 소리가 뱃고동 소리가 아니라며 고개를 좌우로 흔들어댔다.

지난밤 꿈에 놈을 만났다. 첨벙. 바닷물을 펌프질하며 놈이 고개를 내밀었다. 고래 눈을 꿈에서도 보리라고는 기대를 못 했었다. 한바탕 놀자고 놈이 웃고 있었다. 꿈이 좋아서일까, 박은 다시 기대를 걸고 크루즈선에 오른다. 화물선 기적 소리보다 낮은 크루즈 뱃고동 소리가 기적 소리를 내지만 박은 여전히 그 뱃고동 소리가 가짜라는 것을 지울 수가 없다. 뱃고동 소리가 멎을 때까지 몸에 맞지 않는 어색한 옷을 입은 기분이 영 떠나지 않는다. 어쩌면 오늘 놈들을 만날지도 몰랐다. 크루즈선이 뒷걸음질 치며 유유히 바다를 빠져나간다. 전국에서 몰려든 관광객들로 크루즈는 차고 넘쳤다. 사람이든, 고기든, 고래든, 배는 가득 차야 하는 법이었다. 그러나 고래를 실은 배처럼 보기만 해도 배부른 건 단연코 없었다.

오늘따라 유달리 놈들이 가까이 느껴져 박은 가만히 있을 수가 없었다. 선상 뱃머리를 향해 작은 물방울들이 튀어

오른다. 바닷물에 닿지는 않지만 박은 팔을 뻗어보았다. 그 때 주머니에서 폰 소리가 유별나게 울려 박은 화들짝 놀랐다. 황 포수 아들의 전화번호가 액정 폴더에 뜨자마자 소리를 멈췄다. 박을 만나면 늘 자신의 아버지 대하듯 깍듯이 대하는 사람이었다. 일주일에 한두 번 안부를 묻곤 해서 박은 왠지 정감이 갔다. 어쩌면 박을 보며 황 포수를 생각하는지도 몰랐다.

아내는 박이 포경선에 오르는 것에 자부심을 가졌었다. 고래 잡는다고 몇 달씩 집을 비워도 싫은 내색 한번 하지 않은 아내였다. 고향이라고 여기며 돌아온 곳에 이제 아내도 고래도 없다. 박은 그것이 못내 안타까웠다. 아내는 먼 남도 바다가 고향이었다. 아내를 화장해 고향인 가거도에 재를 뿌리고 돌아왔다. 희부연 재가 바닷속으로 가라앉는 걸 지켜보며 박은 아내가 바다 밑으로 끝없이 자맥질한다고 여겨졌다. 박은 뱃머리에 허리를 쑥 내밀어 어두운 바닷속을 한없이 들여다보고 또 보았다. 깊은 바다에서 아내는 고래를 만났을지도 몰랐다. 그때 박의 귀에 고래 울음소리인지 아내 울음소리인지 구슬프게 들려오는 것 같았다.

새로 부임한 선장은 포경선 선장이 아니기에 포수가 자신보다 더 높은 위치라는 걸 모를 거라고 박은 생각했다. 그는 명색이 크루즈선 선장이라고 하면서 고래 떼의 물길도 모른 채 아까운 기름만 낭비했다. 오늘 몇 번을 놈들이 지나갈 길을 귀띔해주어도 선장은 깡그리 무시했다. 박이 예견한 뱃길을 우회해 선장이 뱃머리를 돌리자 박은 황 포수 아들 제의를 재고해봐야겠다는 생각마저 들었다.

황 포수의 아들은 박 포수의 진가를 잘 알고 있었다. 지금도 망루에 올라 고래를 보는 데 어르신을 따를 자가 없다고 말하는 황의 말은 박을 들뜨게 했다. 포수의 아들이 포수를 알아봤다. 불법 포경선에서 해경을 따돌리고 고래를 잡는 황의 아들이 대단해 보이기까지 했다. 어부에게 바다만큼 신성하고 정직한 곳은 없었다. 자연의 법칙을, 생태보호라는 규제를 들먹이며 30년 가까이 그들이 막아버렸다. 지나간 시간을 생각만 해도 화병이 도졌다. 자신은 고향을 떠났었지만 대부분 포수들은 떠나지 못했다. 고기를 잡아 벌어 먹고사는 사람들은 어디를 가도 마찬가지였다. 포경선이 멸치잡이와 새우잡이 배로 바뀌었다.

안으로 들어오는 박을 보자마자 사무장이 두 손을 뻗쳐 박의 어깨를 가볍게 밀쳤다. 사무장 얼굴은 일그러질 대로 일그러졌다. 맨 끝 쪽에 앉은 항해사까지 달려오더니 박의 한쪽 팔을 저지했다. 항해사의 팔목에 기다란 푸른 정맥이 도드라져 금방이라도 터질 것 같았다. "보소, 내 나갈 테니 손 좀 놓으소!" 억세고 강한 그의 손이 팔과 어깨를 단단히 다시 잡더니 박을 끌고 나갔다. 그들은 말 한마디도 않고 험상궂은 얼굴로 이번에는 출입구까지가 아니라 아래층까지 들다시피 해 박을 뱃전 바닥에 내동댕이쳤다.

선상 바닥에 널브러진 박을 그들은 아주 무서운 표정으로 째려보더니 조타실을 향해 갔다. 찌릿한 아픔이 골반 뼛속까지 아려왔다. 관광객들이 바닥에 반쯤 드러누운 박을 의심스러운 눈으로 쳐다보았다. 어쩌자고 못 볼 꼴을 보일까 하는 서글픔에 눈시울이 젖어들었다. 이렇게 한다고 놈을 잡는 것도 아니었다.

그때 선미가 서서히 북쪽으로 방향을 틀었다. 무전기를 든 선장의 얼굴이 배 아래에서 보였다. 박의 바람대로 뱃머리를 몽돌 해안 쪽으로 완전히 돌렸다. 배를 몰아본 선장이라면 박의 말을 듣는 것이 당연하다고 박은 마음속으로 그럼 그렇지, 하고 맞장구를 쳤다. 간밤에 놈의 꿈을 꾼 것도 그렇고, 어쩌면 놈들을 오늘 볼지도 몰랐다. 멸치 떼를 몰고 오는 바람이 불어왔다. 바람이 박의 머리카락을 치솟게 만들자 박의 몸은 파르르 떨었다. 모름지기 선수 생활로 몇 십 년 배를 타던 박이었다. 배는 물결을 가르며 몽돌 해변으로 들어섰다. 멀리 수평선만 가물거릴 뿐 마침 오늘따라 작은 선박조차 보이지 않았다. 놈들이 한바탕 놀기 좋았다. 푸른 화선지 위에 하얀 여행선만 넘실거렸다. 하늘과 바다 그 중심에 배가 있었고, 박이 있었다.

몇 마리의 갈매기가 보이기 시작하더니 떼 지어 날아왔다. 드디어, 놈들이 왔구나! 바다에 놈들이 보이지 않는데도 박은 소리를 냅다 질렀다.

"고래다! 고래가 왔어!"

그 외침에 앉아 있던 사람들이 일어나 배 로프를 잡고 박이 소리 지르는 쪽을 바라봤다. 박은 계속 고함을 질렀다. 그 소리는 사람들을 이끄는 힘이 담겨 있었다. 고래가 보이지 않는데도 사람들은 그의 힘에 이끌려 박이 손가락으로 가리키는 곳을 향해 뚫어지게 보았다. 수많은 갈매기 떼들이 하늘 아래에서 내려왔다. 스피커에서 고래가 나타났다는 방송을 하자 사람들이 소리를 질렀다. 1층과 2층에 있던 사람들이 3층으로 급히 뛰어 올라오는 소리로 시끌벅적했다. 박의 소리에 이어 선장의 목소리도 들렸지만 아직 사람들 눈에 고래는 보이지 않았다.

고래를 본 것처럼 저마다 사람들이 "고래다!" 소리쳤다. 박은 조타실 입구까지 뛰어 올라가 고래 만세를 외쳤다. 멀리서 물거품이 일었다. 하얀 물거품들이 샘물이 퐁당대듯 연이어 튀어 올랐다. 놈들이었다. 물살을 가로질러 신나게 휘돌아 놈들이 배 쪽으로 헤엄쳤다. 몇백 마리를 넘어 족히 몇천 마리나 되는 참돌고래 떼였다. 놈들이 가깝게 다가오자 뱃고동 소리가 거듭 울렸고 사람들은 여기저기서 까무러치듯 소리를 질렀다.

놈들이 내뱉은 보얀 포말이 거품을 일으키며 솟아오르자 녀석들과 함께한 찬연한 시간들과 뒤범벅되어 박의 심장이 다시 가파르게 뛰었다. 검정 주둥아리를 삐죽 내민 놈들은 일제히 수정같이 빛나는 물방울을 일으키며 바닷물에 자신들의 몸을 맡긴 채 달리고 달렸다.

배의 50미터까지 들어오자 온갖 종류의 폰 플래시가 터졌다. 배도 참돌고래의 속도와 맞추어 나갔다. 놈들이 바다 위로 날아올랐다. 유선형의 날렵한 몸들이 아치를 그려 나아갔다. 녀석들은 자신들을 향해 열광하는 관중에게 마치 답례라도 하듯 묘기를 부리며 하늘을 향해 뛰어올랐다. 몇백 마리가 하늘을 향해 뛰어오르자 사람들은 환호성을 지르며 그들을 향해 손짓했다.

박은 바다를 향해 한껏 손을 뻗었다. 놈들에게 닿지 못할 것을 뻔히 알았지만 뻗은 손과 함께 자신이 그들 속으로 빨려 들어가 어울려 헤엄치는 모습을 그려보았다. 억센 손이 박의 등 뒤에서 어깨를 잡았다. "어르신, 위험합니다. 떨어질 수 있어요, 조심하세요!" 서글서글한 눈매의 청년이 박의 어깨를 감쌌다. 물비늘이 피어오르듯 놈들은 물안개 속에서 끊임없이 피어올랐다. 그 매끄러운 등을 다시 만져볼 수만 있다면 박은 무엇이라도 할 것 같았다.

소득이 있는 하루였다. 고래 한 마리 잡지 못하고 허탕을 쳤지만 그래도 마음의 빈 곳은 어느 정도 채워졌다. 어둑한 해거름이 포구를 뒤덮고 있었다. 마을 사거리에서 아는 얼굴이 비틀대며 박을 향해 걸어왔다. 게걸음을 걷던 김 포수는 진즉부터 박이 서 있는 것을 알아챈 듯 손가락질을 해댔다. "어이, 박 포수!" 그의 몸 전체에서 술 냄새가 물씬 풍겼다. "야, 너 오늘도 크루즈선 탔어? 그래 오늘 고래 봤

나? 잡을 거도 아닌데 만날 뭐하는 기고." 술에 취해 발음
이 정확하지 않았지만 박은 다 알아들었다. 포경선 타던 사
람이 쓸데없이 무엇 하느냐는 거였다. "넌 포……수야……
포수라고!" 속에 있는 것을 다 뱉어낼 듯 그의 '포수' 소리
에 박은 씁쓸해졌다. 성에 안 찼는지 그는 집게손가락으
로 박의 가슴을 꾹꾹 찔러대며 "너…… 포수…… 맞지? 정
신…… 차려!" 지나가는 사람들을 향해 이 사람이 고래는
안 잡고 뱃놀이 다닌다고 소리를 질러댔다. 갈지자로 걸음
을 걷는 김 포수를 박은 우두커니 쳐다보았다.

박은 여느 포수들처럼 자자손손 어부를 해온 집안 내력
이 있는 포수는 아니었다. 그래서일까, 포수들이 조업 해
제의 날만 풀리기를 기다리며 고향을 지키고 있을 때 그는
배를 팔고 외지로 나갔다. 김 포수와 자신은 달라도 확연히
다르다고 심중에서 말했지만 왠지 모르게 그 손가락질에
서러움이 복받쳤다. 아내는 이런 사정을 알고 다시 돌아가
자고 박을 부추겼는지 몰랐다.

어제 주점에서 만난 황 포수 아들의 말은 꽤 괜찮은 제
안이었다. 박이 찾던 녀석들은 요즘 이쪽보다 어청도와 신
안 바닷가에 자주 나타난다고 했다. 황은 주요 식당에 고정
납품을 할 정도로 고래를 잡고 있다며 어르신의 능력을 썩
히지 말라고 말했다. "고래 잡던 사람들이 환경보호다 생태
보호다, 소리치는 사람들 때문에 이게 뭐하는 짓입니까! 당
당히 못 잡고, 해경을 피해 불법 취급받고요." 황의 입에서

연방 침이 튀어나왔다. "법이니 나발이니…… 다 자신들 잇속 때문에 만든 것 아닙니까?" 박은 오랜만에 속이 뻥 뚫렸다. 평소 박이 품고 있던 생각들을 황이 시원스럽게 대변해 주었다.

그래, 맞아, 고래 보호한다고 고래 잡을 날이 도래하기만 기다리다니, 등신이나 하는 짓이야. 다른 여러 나라에서는 지금도 생태 보호와 상관없이 버젓이 고래를 잡고 있었다. 김 포수가 서너 걸음 앞서간다 했더니 아랫도리 바지를 벗고는 오줌을 갈겨댔다. 마치 오줌보를 포경포로 착각이라도 한 듯이 위아래로 흔들어대면서. 70밀리 포를 한 치의 오차도 없이 과감히 쏘아대던 김 포수였다. 포수의 경지에 올랐다고 인정받던 사람이 아랫도리를 흔들어대는 꼴이라니, 그 모습이 박을 더욱 착잡하게 만들었다. 김 포수의 오줌발은 허공으로 얼마 올라가지도 못하고 하향 곡선을 그리고 말았다. 이대로 끝낼 수는 없었다. 박은 두 주먹을 불끈 쥐며 황 포수와의 출항을 그려보았다.

저 멀리 어청도 해변의 파도가 너울거렸다. 메밀꽃 이는 해안은 몽돌이 쓸려갔다 쓸려오는 저 혼자만의 반복을 멈추지 않을 듯 보였다. 반대편에는 기름을 실은 유조선 한 척이 서해 쪽을 향해 갔다. 사방에는 드문드문 동력선 몇 척과 부표들만 두둥실 떠다녔다. 갑자기 남동풍으로 갈아탄 바다는 시치미를 뚝 떼고 소금 냄새를 짙게 풍겼다. 오

늘같이 바람 부는 날은 새우 떼가 몰려온다며 사내가 넌지
시 박을 향해 말했다. 보리새우 철이었다. 배를 좀 탄 사람
이라고 박은 짐작하며 고개를 끄덕였다.

이튿째 놈들은 나타나지 않았다. 황의 배는 30톤급으로
50톤이 넘던 포경선과는 비교할 수 없었지만 그래도 꽤 큰
편이었다. 황의 말로는 대여한 배라고 했다. 하긴 배 한 척
값이 어마어마하니 산다는 건 엄두도 못 낼 판이었을 것이
다. 고향을 떠나기 전 장 포수와 10년을 모아서 마련한 선
박을 팔았을 때 쓰라림이 되새김질되었다. 황은 일반선박
으로 가장하기 위해 숨겨둔 연장들을 깊은 바다 속에서 다
시 끌어 올렸다. 통발에 넣어둔 연장들이 줄을 타고 올라왔
다. 소금물에 젖은 작살과 갈고리의 날이 햇빛에 번들거렸
다. 황은 바닷물이 놈들이 놀기 알맞게 올라왔다며 신안바
다 쪽으로 내려가자고 선장에게 신호를 보냈다.

마스트에 앉은 박의 볼을 소금 바람이 핥고 지나갔다.
익숙한 바람에 박의 가슴이 콩닥거렸다. 아내가 잠든 바다
는 시시때때로 바다 색깔을 바꾸면서 수면의 정적을 일깨
웠다. 섬 주변의 어둑한 그늘은 끝없는 수심의 절정을 방불
케 하다가 한껏 달구어진 태양의 열기를 식혀주었다. 해가
서쪽 하늘에 기울자 갈바람이 일었다. 바람의 강도가 조금
씩 세질 때마다 박은 흥분으로 가슴이 찌릿했다. 닷새 동안
배만 탔는데도 설렘은 쉬 가라앉지 않고 멈추지 않았다. 지

금의 심경은 전에 놈을 만날 때의 기분과 흡사했다.

기다리기 지루하다며 줄 낚시하던 사내는 붕장어를 낚는 재미에 빠져 있었다. 그는 머리에 문신을 하고 있었다. 낚싯줄에 매달려 올라오는 현란한 붕장어의 몸놀림에 사내는 환호성을 내지르며 요란을 떨었다. 마스트 아래로 황 포수가 갑판을 왔다 갔다 하며 줄담배를 뻑뻑 피워댔다. 황은 박을 향해 눈짓을 보냈다. 놈이 나타날 기미가 보이느냐는 신호였다. 황 포수의 속내를 모르지 않는 박은 얼마 안 있으면 나타날 거라며 긍정의 사인을 보냈다. 하지만 바다는 퍼질 대로 퍼져 게으른 기지개를 켜며 마냥 여유를 부렸다. 바다가 한없이 여유를 부려도 멀지 않아 놈들은 나타날 게 틀림없었다. 그렇게 학수고대하던 배를 타게 된 눈앞의 현실이 박의 신념을 확고하게 다져주었다.

하늘가에는 점점이 흩어졌다 모여드는 한 무리의 새 떼가 국흘도를 향해 치달았다. 여기서 보금자리를 틀다가 기나긴 여행 끝에 다시 돌아오는 철새들이었다. 박의 시선은 한없이 새 떼들을 따라갔다. "가도 가도 끝이 없는 섬에서 어쩌자고 이녁을 만나러 여기까지 왔을까이." 하소연조로 말하던 아내의 목소리가 바다제비의 지저귐처럼 들려오는 것 같았다. 시작이 있으면 끝이 있는 법, 제자리를 찾아가는 철새들을 보며 박은 오랜만에 되찾은 안정감에 마음이 뿌듯해졌다. 얼마 전까지만 해도 박은 이 배가 아닌 크루즈 선에 올라타 있었다. 갑판 바닥에 내동댕이쳐져 수모를 겪었던 일들을 떠올리자 눈시울이 뜨거워지며 물기가 그렁그렁 차올랐다.

황이 신안의 무인도 쪽으로 가자고 눈짓했다. 해안을 벗어난 포경선이 짙푸른 바다를 향해 내달렸다. 그곳은 밤새 새우 떼를 싹쓸이 잡아먹은 놈들이 낮에 섬 주위를 뱅뱅 돌며 질펀하게 놀고 있는지도 몰랐다. 놈들이 요즘 자주 출몰하는 곳이라고 황이 말했다. 황은 지난달에 여기서 5미터 크기의 밍크고래 두 마리를 잡았다고 했다. 한 장 벌었다고 하는 게 1억이었다. 1억이라는 말을 듣자 입이 쩍 벌어졌지만 황은 배 대여에, 인부들 월급에, 다 떼고 나면 많이 남지 않는다고 했다. 돈푼깨나 만지려면 한 달에 서너 마리 정도는 잡아야 수지가 맞는다고 했다.

고래가 몇 년 동안 어쩌다 한 마리만 그물에 걸려도 대박이라고 하는데 서너 마리라는 말을 듣고 박은 왠지 모를 껄끄러움에 담배만 줄곧 피워댔다. 일주일에 한 마리는 잡아야 하는 꼴이었다. 머리에 문신을 한 사내는 어업 경력이 10년이고 또 다른 사내는 15년이라고 했다. 베트남 출신의 청년은 자신이 돈을 벌어야 여덟 식구가 산다고 박에게 서툴게 말했다. 큰 눈동자가 인상 깊어 박은 그를 눈 큰 청년이라 불렀다. 배에 승선한 사람은 황과 박, 그리고 조타실의 선장, 사내 둘과 동남아 청년, 이렇게 모두 여섯이었다.

머리 문신 사내를 향해 박이 낚싯대를 빨리 접으라고 소리쳤다. 사내가 박의 신호를 알아들었는지 다급하게 낚시릴을 감아올렸다. 박이 황을 향해 손짓하자 황도 조타실로 뛰어 들어갔다. 먼 수평선 위로 갈매기 떼들이 모습을 드러냈다. 드디어 놈이 정체를 드러낼 순간이었다. 잔잔한 수면 위로 몇 줄기의 물이랑이 파였다 가라앉기를 반복했다. 물이랑 아래에 놈이 몸을 숨기고 있는 게 틀림없었다.

바다에서 물안개가 몇 번 뿜어져 올라왔다. 이랑의 폭이나 길이로 봐서 큰 밍크고래나 참고래일지도 몰랐다. 서른 살 즈음에 김 포수랑 참고래를 몇십 마리 잡던 때도 있었지만 요즈음은 참고래 씨가 말랐다고들 했다. 눈앞에 어른거리는 참고래 생각에 박은 입이 바짝 마르며 목 안까지 타올랐다. 오랜 기다림의 결과를 오늘에서야 실현하게 된다는 들뜸에 눈 밑으로 물기마저 젖어들었다.

배가 고래들을 향해 황급히 쫓아갔다. 참고래 떼가 아니었다. 스무 마리 정도의 밍크고래였다. 사정권에 든 밍크고래가 소용돌이치는 물이랑에서 빠져나오려는 듯 몸을 하늘 위로 날렸다. 하얀 뱃가죽이 물보라를 일으키며 떨어졌다. 박은 눈을 부릅뜨고 황을 향해 수화로 신호를 보냈다. 전신이 부르르 떨려왔다.

방정맞게도 대기 신호를 어기고 누군가 작살을 던졌다. 어설프게 내달은 작살은 고래 근처에도 못 가고 픽 떨어져 줄만 바닷물에 잠기었다. 연이어 황 포수와 사내들이 한 손은 지지대를 잡고 일제히 놈들을 향해 작살을 던졌지만 족족 빗나갔다. 만만치 않은 놈들이었다.

작살을 감지한 놈들이 부리나케 달아났다. 웬만해서는 해경에 대비해 포경포를 쏘지 않았지만 포경포가 필요한지도 몰랐다. 자신들이 쫓기고 있다는 것을 눈치챈 녀석들이 엄청난 속도로 질주했다. 선장도 배의 속도를 높여 추격했다. 선두에 심한 회오리가 일듯 배가 정신없이 돌아갔다. 박도 선원들도 갑판에서 중심을 잃고 내동댕이치며 미끄러졌다. 어찌 된 영문인지 배가 놈들에게 포위당하고 있는 꼴이 돼버렸다. 놈들이 배 밑에서 바람을 일으키자 세찬 물기둥이 하늘로 솟구치며 소용돌이쳤다. 박이 키를 잡은 선장을 향해 왼쪽으로 끝까지 꺾으라고 팔을 내저었다.

황 포수가 숨겨둔 포경포의 비닐을 재빨리 벗기더니 포를 잡고 놈 쪽으로 조준했다. 포를 황 포수에게 맡길 수 없다고 판단한 박이 재빨리 황 포수가 잡고 있던 포를 낚아챘다. 녀석 중에 한 놈이 하늘을 향해 상반신을 드러내는 찰나였다. 옆 가슴지느러미를 드러낸 놈을 향해 박은 있는 힘껏 포를 쐈다. 놈과 박의 거리는 불과 30미터도 채 되지 않았다. 포경선을 타고 처음 놈을 쐈을 때의 전율이 손을 타고 온몸으로 번져갔다. 그때가 스물두 살이었다. 지금도 그때처럼 작살 포는 정확하게 놈을 가격했다.

사내들의 탄성이 일제히 들려왔다. 바닷물 속으로 몸을 숨긴 놈의 주변이 붉게 물들기 시작하면서 시뻘건 거품이

품어져 나왔다. 황이 박을 향해 두 손의 엄지를 들이밀었다. 황과 사내들이 활짝 웃으며 입을 다물지 못했다. 놈은 족히 6미터가 넘어 보였다.

하지만 다 끝난 게 아니었다. 박은 이후 일어날 일을 이미 예상하고 있었다. 벌건 핏물이 물결을 따라 세차게 흔들렸다. 한 방으로는 부족했다. 바다 밑에서 박힌 작살을 빼내려고 놈이 발버둥 칠 게 뻔했다. 작살이 박힌 놈이 물 밖으로 치솟으며 꼬리로 물살을 가르다 못해 마구 쳐댔다. 박이 신호를 보내자 선원들이 긴 작살을 꼬리 쪽으로 던졌다. 두 개의 작살이 놈의 등 아래쪽에 꽂히자 놈은 원을 그리며 뱃머리를 들이박았다. 놈이 꼬리로 파도를 마구 일으키자 비릿한 핏물이 왈칵 얼굴까지 끼얹어졌다. 배 갑판으로 붉은 물이 줄줄 흘러넘쳤다. 핏물이 배 난간에 뚫린 배수구를 타고 바다로 다시 빠져나가자 호흡이 가빠진 박의 입에서 연기가 피어올랐다.

새빨간 바닷물이 사방에서 거품을 일으키며 뽀글거렸다. 연거푸 놈은 몸을 비틀며 작살을 빼내려 안간힘을 써댔다. 놈의 저항에 배가 한쪽으로 기우뚱거렸다. 황이 조타실로 급히 뛰어갔다. 머리 문신 사내가 선두에서 미끄러져 선실 쪽으로 튕겨 나갔다. 안심하기는 이른 것이었다. 박은 안간힘을 쓰며 밧줄을 양손으로 동여 잡고 몸을 일으켰다. 긴 작살을 다시 꽂아야 했다. 몸집이 큰 사내가 박에게 작살을 건넸다.

박이 물보라를 일으키는 놈의 가슴지느러미를 향해 한
껏 작살을 날렸다. 작살이 꽂힌 자리에서 붉은 피가 넘쳐흐
르자 다리가 후들거리고 목이 타들어 갔다. 사내 둘이 최대
한 팔을 휘둘러 작살을 던졌다. 한 대는 빗나가고 한 대의
작살이 놈의 등 중앙에 퍽 꽂히자 놈이 물속으로 잠수했다.
붉은 피가 포말이 되어 휘돌았다. 30년을 고래잡이만 꿈꾸
며 녹슨 작살을 거머쥐고 살았던 수인의 나날이 지금에서
야 말끔히 씻겨 나간 듯 박의 몸은 생생히 살아났다.

놈이 지쳐버렸는지 속도를 조금씩 조절했다. 온몸에 작
살이 단단히 박혔으니 이제 누가 더 오래 버티나가 관건이
었다. 놈이 지치기를 기다리기만 하면 되는 거였다. 붉은
바다가 뱅그르르 소용돌이쳤다. 작살이 꽂힌 놈 주위로 고
래 서너 마리가 떠나지 않고 돌고 돌았다. 녀석의 가족인
지도 몰랐다. 놈들이 꼬리를 쳐서 물보라를 마구 일으켰다.
시뻘건 피가 바다 깊은 곳에서 한없이 뿜어져 나왔다.

붉게 물든 하늘 아래 조명탄이 번쩍 치솟으며 "해경이
다! 해경!" 누군가 다급하게 외쳤다. 박의 귓가에는 뱃고동
소리가 들려오는 것 같았다. 다시 하늘 위로 번개가 치듯
주위가 환해졌다. 물에 흠뻑 젖은 문신 사내가 선장을 향해
두 팔을 치켜들어 손사래를 쳤다. 갑자기 배의 방향이 바뀌
면서 황이 작두를 들고 나와 작살줄을 힘껏 내리쳤다. 어찌
된 영문인지 박의 귀에는 해경의 사이렌 소리가 뱃고동 소
리와 겹쳐 들려왔다.

만선을 알리는 뱃고동 소리가 점점 크게 울렸다. 붉게 물든 하늘 아래 붉은 선황기가 휘날렸다. 아내가 해맑게 웃으며 박을 향해 두 손을 흔들어댔다. 둥. 둥. 둥. 북소리가 바람결을 따라 점점이 퍼져갔다. 배 선두에 서서 박이 뿌듯이 가슴을 들이밀며 머리카락을 휘날렸다. 북소리가 점점 가팔라지며 커져갔다. 어디선가 고래 울음이 뱃고동 소리처럼 구성지게 들려왔다. 박은 양손에 날이 시퍼런 갈고리를 들고 붉게 물든 바다를 지치지도 않고 노려보았다.